Auteur inconnu

Catalogue et description des objets d'art de l'antiquite , du moyen a ge et de la renaissance expose s au muse e

Anatiposi

Auteur inconnu

Catalogue et description des objets d'art de
l'antiquite
´
, du moyen a⍰ge et de la renaissance expose
´
s au
muse
´
e

Réimpression inchangée de l'édition originale de 1860.

1ère édition 2023 | ISBN: 978-3-38270-147-5

Anatiposi Verlag est une marque de Outlook Verlagsgesellschaft mbH.

Verlag (Éditeur): Outlook Verlag GmbH, Zeilweg 44, 60439 Frankfurt, Deutschland
Vertretungsberechtigt (Représentant autorisé): E. Roepke, Zeilweg 44, 60439 Frankfurt, Deutschland
Druck (Imprimerie): Books on Demand GmbH, In de Tarpen 42, 22848 Norderstedt, Deutschland

MINISTÈRE D'ÉTAT.

MUSÉE
DES THERMES ET DE L'HOTEL DE CLUNY.

CATALOGUE

ET

DESCRIPTION DES OBJETS D'ART
DE L'ANTIQUITÉ,

DU MOYEN AGE ET DE LA RENAISSANCE,

EXPOSÉS AU MUSÉE.

PARIS,
HOTEL DE CLUNY.

1860.

Le Musée des Thermes et de l'Hotel de Cluny, créé par la loi du 24 juillet 1843, est entièrement consacré aux monuments, meubles et objets d'art de l'antiquité, du moyen âge et de la renaissance.

Il est placé sous l'autorité du Ministre d'État, et dans les attributions de la Commission des Monuments historiques.

Conservateur-Administrateur : M. E. Du Sommerard.

LE MUSÉE EST OUVERT AU PUBLIC

Le Dimanche, de onze heures à quatre.

Les Mercredis, Jeudis et Vendredis, le public est admis avec des billets d'entrée, et les étrangers sont reçus sur la présentation de leurs passeports.

Nota. — Les billets d'entrée pour les jours réservés et les cartes d'étude sont délivrés à l'administration du Musée.

TABLE ET CLASSIFICATION.

NOTICE HISTORIQUE.

CATALOGUE.

Tous les objets sont rangés sous une seule série de numéros. — La classification adoptée est celle des différentes branches d'art et d'industrie des temps anciens. — Dans chaque division, les objets sont rangés par ordre chronologique, depuis l'antiquité jusqu'aux dernières années du XVIIe siècle.

Les divisions sont les suivantes :

I. SCULPTURE.

1° MONUMENTS. — STATUES. — BAS-RELIEFS.

II. PEINTURE.

III. PEINTURE SUR VERRE.

IV. EMAUX.

V. FAIENCES.—VERRERIES.

VI. ORFÉVRERIE. — HORLOGERIE.

VII. ARMES.

VIII. SERRURERIE.

IX. TAPISSERIE.

X. MATIÈRES PRÉCIEUSES. — OBJETS DIVERS.

MUSÉE

DES THERMES ET DE L'HOTEL DE CLUNY.

NOTICE HISTORIQUE.

LE PALAIS DES THERMES.

Les ruines romaines connues sous le nom de THERMES DE JULIEN sont les restes du Palais des Césars, construit dans les premières années du IVe siècle. C'est le monument le plus ancien de Paris, et le seul vestige encore debout des somptueux édifices élevés par les empereurs sur le sol de l'antique Lutèce.

Les historiens ne sont pas d'accord sur la date précise de la construction de ce Palais, non plus que sur le nom de son fondateur. L'opinion la plus accréditée est celle qui l'attribue à Constance Chlore. Le séjour de quatorze années que cet empereur fit dans les Gaules, le genre des matériaux employés, leur disposition, et surtout le système de décoration du monument, sont les preuves les plus convaincantes à l'appui de cette assertion.

Quoi qu'il en soit, le Palais des Thermes existait, à n'en pas douter, du temps de Julien. Il est certain que ce prince y avait fixé sa résidence et qu'il y fut proclamé empereur par ses troupes en l'an 360. Les traces du séjour qu'y firent les empereurs Valentinien Ier et Valens sont également bien constatées.

Plus tard, après les longs déchirements résultant de l'invasion des peuples barbares, la puissance romaine et ses alliances durent céder à la valeur des Franks, et la demeure des Césars devint la résidence de nos rois de la première et de la seconde race, jusqu'à l'époque où, transférant leur séjour dans la Cité, ils firent construire à la pointe de l'île le vaste bâtiment connu sous le nom de Palais; dès lors l'édifice appelé *Palais des Thermes*, ou *Thermes de Paris*, devint le Vieux-Palais (1), et les terrains qui en dépendaient et qui, s'étendant vers la Seine, embrassaient tout le littoral jusqu'à l'église Saint-Vincent (aujourd'hui Saint-Germain-des-Prés), furent morcelés et divisés successivement par la nouvelle enceinte de Paris, élevée sous le règne de Philippe-Auguste (2).

Ces terrains furent couverts de constructions qui passèrent, ainsi que le Palais lui-même, dans les mains de divers propriétaires, parmi lesquels nous trouvons, d'après les titres des XIIIe et XIVe siècles, les sires Jehan de Courtenay, seigneur de Champignelles, Simon de Poissy,

(1) Voici la description qu'en donne Jehan de Hauteville, en l'an 1180 : « Ce palais des rois, dit-il (*domus aula regum*), dont les « cimes s'élevaient jusqu'aux cieux, et dont les fondements atteignaient l'empire des morts....

« Au centre se distingue le principal corps de logis, dont les ailes « s'étendent sur le même alignement et, se déployant, semblent embrasser la montagne. »

(2) L'enceinte de Philippe-Auguste partait, du côté du midi, du point correspondant à l'extrémité occidentale de la Cité, vers la rue des Grands-Augustins, suivant à peu près le prolongement de cette rue, venait aboutir à la rue Hautefeuille par l'impasse du Paon, lon-

Raoul de Meulan, l'archevêque de Reims et l'évêque de Bayeux, jusqu'au jour de l'acquisition faite, vers 1340, par Pierre de Chaslus, au nom de l'ordre de Cluny, de la totalité de ce domaine, tel qu'il existait encore.

Pendant les cent cinquante ans qui s'écoulèrent depuis cette acquisition jusqu'à la construction de l'Hôtel de Cluny par Jehan de Bourbon et Jacques d'Amboise, on ignore quelle fut la destination des bâtiments. Toujours est-il qu'à la fin du XVe siècle il ne restait plus de cet immense édifice, complétement intact trois siècles auparavant, que les salles qu'on voit aujourd'hui, et qui ont conservé le nom de Palais des Thermes.

A cette époque, l'Hôtel de Cluny vint s'élever sur une partie des fondations romaines, et les salles antiques

geait la rue Pierre-Sarrazin, traversait celle de la Harpe vers la rue des Mathurins, et la remontait jusqu'à la place Saint-Michel. De là, elle rejoignait la rue Saint-Jacques, entre les rues du Foin et des Mathurins, pour aboutir, par la rue des Noyers et entre les rues Perdue et de Bièvre, au port Saint-Nicolas, vis-à-vis la pointe orientale de la Cité, dont il s'agissait avant tout de garantir les abords. Cette nouvelle enceinte restreignait considérablement la circonscription des jardins et dépendances du Palais des Thermes, telle qu'elle existait encore au commencement du XIIIe siècle. On trouve dans les titres du XIIe siècle la désignation bien positive de l'étendue de cet enclos, cité sous le nom de Clos de Llas ou de Laas, Clos du Palais (du mot *Arx*). Il était borné, du côté de l'orient, par les bâtiments du palais et par une voie romaine venant d'Orléans, traversant Issy, et qui, passant entre la Sorbonne et l'église Saint-Benoît, prenait, au-dessous de la rue des Mathurins, la direction de la rue Saint-Jacques jusqu'au Petit-Pont.—Du côté du nord, la Seine même formait sa limite, ce qui ajoutait à l'agrément de ses jardins. — A l'occident, sa limite résultait d'un canal dit la *Petite-Seine*, allant, du bas de la rue Saint-Benoît, baigner l'abbaye de Saint-Germain-des-Prés, et venait joindre la Seine à l'angle du quai Malaquais et de la rue des Petits-Augustins — Au midi, il s'étendait jusqu'aux abords du Panthéon.

encore debout furent conservées, comme dépendances, par les abbés de Cluny, qui demeurèrent propriétaires de tout le domaine jusqu'à la fin du siècle dernier. Ce fut alors que, par suite de la conversion des biens religieux en propriétés nationales, les restes du Palais des Césars furent mis en vente et adjugés à vil prix; et, quelques années plus tard, la grande salle, louée à un tonnelier, fut concédée par un décret impérial, en septembre 1807, à l'hospice de Charenton.

En 1819, la ville forma le projet d'établir aux Thermes un Musée destiné à renfermer les antiquités gauloises et romaines trouvées à Paris. Ce projet fut abandonné aussitôt que conçu, et ce fut seulement en l'année 1836 que, grâce aux dispositions prises par le Préfet de la Seine, sur la proposition du Conseil municipal, les restes du Palais romain rentrèrent dans le domaine de la ville de Paris.

En 1843, lors de l'acquisition faite par l'État de l'Hôtel de Cluny et de la collection Du Sommerard, pour la formation du Musée des antiquités nationales, la ville de Paris s'empressa d'offrir le Palais des Thermes en pur don au gouvernement. De ce jour, les débris du Palais des Césars et de la première résidence de nos rois mis à l'abri d'une destruction imminente, sont devenus, comme l'Hôtel de Cluny, la propriété de l'État; les deux monuments, contigus et entés l'un sur l'autre, ont été réunis dans le même but; la communication qui existait entre eux a été rétablie; et tandis que sous les lambris de l'Hôtel de Cluny sont rassemblés les meubles et les objets d'art du moyen-âge et de la renaissance, les voûtes de l'ancien Palais romain ouvrent un vaste abri à tous les fragments de l'art antique trouvés chaque jour sur le sol de Paris, et dont la réunion formera un Musée aussi intéressant pour l'art que pour l'étude des premières époques de notre histoire.

En entrant par l'Hôtel de Cluny dans la grande salle des Thermes, on est saisi du majestueux aspect et des proportions admirables de ce gigantesque édifice. L'architecture en est simple; la construction se compose d'un appareil carré, mêlé de chaînes de briques superposée, symétriquement. Les voussures sont d'une grande hardiesse et les seules sculptures servant de décoration à cette immense salle consistent en des proues de navires qui terminent chacune des retombées de la voûte, et constituent le point de départ des emblèmes de la ville de Paris.

Cette salle, qui forme un vaste parallélogramme, était le *frigidarium*, ou salle des bains froids du Palais. A côté se trouve une partie plus basse, contiguë et de forme analogue; c'était *la piscine* (1).

La paroi qui fait face à la piscine, à gauche en entrant, est décorée de trois niches, dont une en hémicycle, et de deux grandes arcades.

Ces arcades, bouchées de temps immémorial avec des matériaux antiques, et dans lesquelles on retrouve des ouvertures pratiquées au XVe siècle, servaient de communication avec les salles voisines; quant aux niches,

(1) Les dimensions de la salle sont les suivantes :
Hauteur, 18 mètres; longueur, 20; largeur, 11,50.
Les dimensions de la piscine sont :
Longueur 10 mètres; largeur, 5.

elles présentent les vestiges bien conservés des canaux qui apportaient les eaux pour le service des bains. En effet, au centre de chacune d'elles existe un orifice garni d'un tuyau en poterie, qui donnait passage et issue aux eaux du réservoir général, placé dans une salle voisine, détruite aujourd'hui.

De ces orifices les eaux tombaient dans les baignoires disposées devant chacune des niches, et de ces baignoires elles se déversaient, en traversant le sol par un conduit existant encore, dans le canal de décharge construit au centre des caveaux.

Au milieu de la grande niche, et au-dessous de l'ouverture des tuyaux, est pratiquée une seconde issue garnie également en poterie et destinée à conduire les eaux à la piscine. Au fond de cette partie de la salle on retrouve un autre conduit de décharge pour l'écoulement des eaux dans le déversoir commun. Le même appareil qui amenait les eaux à la piscine servait à les diriger par un tube divergeant dans la salle voisine, le *tepidarium*, ou salle des bains chauds. Là se trouvait l'*hypocaustum* ou fourneau servant au chauffage du bain, et dont il reste encore quelques parties.

Il paraît donc certain que le sol de cette grande salle était anciennement un peu plus élevé, et qu'entre ce sol et l'aire actuelle s'étendaient les ramifications de la conduite des eaux.

En passant dans cette partie de l'ancien *tepidarium*, salle voûtée dans le principe, et dans laquelle on retrouve toutes les niches destinées à renfermer les baignoires, on traverse une petite pièce d'une construction remarquable. Elle s'élève au-dessus d'un caveau dont elle n'est séparée que par une voûte plate sans voussures ni arêtes, et dont toute la force réside dans la cohésion du ciment. A droite est située une autre petite pièce qui a été défoncée sans doute pour y pratiquer un escalier moderne descendant aux caveaux et supprimé depuis. Cette pièce était probablement découverte afin de donner passage à la lumière, par suite du changement d'axe des deux grandes parties de l'édifice.

De ces petites pièces on arrive au *tepidarium*, dépouillé de ses voûtes et orné de ses niches en hémicycle. Dans cette salle, qui forme aujourd'hui l'extrémité des ruines du côté de la rue de la Harpe, on trouve, en descendant quelques marches, une construction massive en briques plates, dans un état de calcination remarquable. Cette masse constitue les fondations de l'*hypocaustum*, placé plus ordinairement au centre de la salle des bains, dans les thermes antiques de Rome et de l'Italie. Les eaux arrivaient à cet hypocauste de la manière que nous avons indiquée plus haut, et séjournaient dans un réservoir situé probablement sous l'escalier qui conduit à présent à la rue de la Harpe. L'eau de ce réservoir allait s'échauffer dans les vases placés au-dessus des fourneaux, et de là elle se distribuait dans les baignoires disposées au devant de chacune des niches.

Derrière cet hypocauste est un conduit romain d'une profondeur de deux mètres et qui servait de canal, soit pour l'arrivée des eaux, soit pour leur décharge.

Les restaurations en pierre de taille que l'on remarque sur le mur de cette salle faisant face à la rue de la Harpe, ainsi que les toitures de la grande salle, ont été exécutées comme travaux de soutènement et de consolidation, en 1820, sur la demande du duc d'Angoulême. A la même époque a été détruit le jardin qui couronnait l'édifice, et qui, semblable aux jardins suspendus des temps antiques, était planté d'arbres de haute taille.

Outre ces beaux débris du palais antique, il existe encore à l'Hôtel de Cluny des traces de salles entières, des souterrains et des caveaux qui se continuent sous les maisons voisines et forment un vaste réseau de fondations romaines, embrassant toute une partie du littoral de la rive gauche de la Seine.

L'HOTEL DE CLUNY.

Ce fut en l'an 1340, comme il a été dit plus haut, que Pierre de Chaslus, abbé de Cluny, fit, au nom de son ordre, l'acquisition du palais des Thermes et des dépendances qui s'y rattachaient encore à cette époque, depuis la construction de la nouvelle enceinte de Paris, bâtie par Philippe-Auguste.

Un siècle plus tard, Jean de Bourbon, abbé de Cluny, fils naturel de Jean Ier, duc de Bourbon, jeta les premières fondations de l'Hôtel de Cluny sur les ruines d'une partie de l'ancien palais Romain ; mais les travaux d'édification furent arrêtés par sa mort, qui survint le 2 décembre 1485, et ils ne furent repris que cinq ans plus tard, en 1490, par Jacques d'Amboise, abbé de Cluny, depuis évêque de Clermont, et le septième des neuf fils de Pierre d'Amboise, seigneur de Chaumont. Cet abbé consacra, dit Pierre de Saint-Julien, « cinquante mille « angelots provenant des dépouilles du prieur de Leuve,

« en Angleterre, à l'édification de fond en cime de la « magnifique maison de Cluny, audit lieu jadis appelé « le palais des Thermes. »

Depuis l'époque de sa fondation jusqu'à la fin du siècle dernier, l'Hôtel de Cluny, mis continuellement à la disposition des rois de France, et habité pendant trois siècles par les hôtes les plus illustres, ne cessa jamais d'appartenir à l'ordre de Cluny, ainsi qu'en font foi les chartes et titres de cette abbaye (1), dont le siége était en Mâconnais, et qui tenait également en sa dépendance le collége de Cluny, situé sur la place de la Sorbonne (2).

Dès les premiers jours de l'année 1515, peu de temps après l'achèvement des travaux, la veuve du roi Louis XII, Marie d'Angleterre, sœur de Henri VIII, fit choix de l'Hôtel de Cluny pour sa résidence, et vint y passer la durée de son deuil, sur l'invitation du roi François Ier.

« Le dict sieur roy donna ordre, dit Jean Barillon, « secrétaire du cardinal Duprat, que la royne Marie,

(1) Le plus récent de ces titres date du 25 juillet 1789; ce sont des lettres-patentes signées de Louis XVI, qui reconnaissent le cardinal de Larochefoucauld, archevêque de Rouen, abbé de Cluny, comme *possédant en cette dernière qualité* une maison appelée l'Hôtel de Cluny, sise à Paris, rue des Mathurins-Saint-Jacques, et qui l'autorisent, « vu que les abbés de Cluny ne font pas dans ladite ville un « séjour assez long pour veiller eux-mêmes aux réparations de cette « maison », à céder ledit Hôtel à titre de bail emphytéotique, moyennant une redevance annuelle de quatre mille cinq cents livres et autres conditions portées à l'acte.

(2) L'ordre de Cluny remontait au commencement du Xe siècle; il dut sa fondation à Guillaume-le-Pieux, duc d'Aquitaine, qui, en 910, fit bâtir aux environs de Mâcon l'abbaye de Cluny. Louis IV, *d'Outre-Mer*, confirma cette fondation en l'an 939, et sept ans après le pape Agapet II déclara l'abbaye de Cluny et tous les monastères de sa dépendance relevant immédiatement du Saint-Siége (an 946).

« veufve du roy Louis dernier, décédé, fust honorable-
« ment entretenue; laquelle royne se veint loger en
« l'Hostel de Cluny, et le dict sieur la visitoit souvent
« et faisoit toutes gracieusetés qu'il est possible de
« faire. »

La chambre habitée par cette princesse a conservé jusqu'à nos jours le nom de *chambre de la reine Blanche* (les reines de France portaient le deuil en blanc).

Peu d'années après, cet hôtel fut le théâtre d'un événement qui lui donna une consécration plus royale encore : le mariage de Madeleine, fille de François Ier, avec Jacques V, roi d'Écosse.

« Le dimanche dernier de décembre 1536 (dit Pierre
« Bonfons), Jacques, roi d'Écosse, fit son entrée à
« Paris et vinst loger en l'Hostel de Cluny, lès Mathu-
« rins, où le roy l'attendait, et le lendemain, premier
« de janvier, il épousa Madeleine. »

Parmi les autres personnages illustres dont le séjour à l'Hôtel de Cluny est bien constaté par les chroniques, on doit citer les princes de la maison de Lorraine, et entre autres le cardinal de Lorraine, son neveu le duc de Guise, et le duc d'Aumale, en l'an 1565; les nonces du pape en 1601; et l'illustre abbesse de Port-Royal-des-Champs, en 1625.

A la fin du siècle dernier, dès les premières années de la tourmente révolutionnaire, l'Hôtel de Cluny fut, comme tous les biens du clergé, transformé en propriété nationale. C'est de cette époque surtout que datent les principales mutilations de son architecture.

Voici la description qu'en donne Piganiol de la Force, en 1765 :

« Tout ce qui reste entier de remarquable dans l'Hôtel « de Cluny, et dont aucune des éditions précédentes n'a « parlé, c'est la chapelle qui est au premier étage, sur le « jardin. Le gothique de l'architecture et de la sculpture en « est très-bien travaillé quoique *sans aucun goût pour le* « *dessin*. Un pilier rond, élevé dans le milieu, en sou- « tient toute la voûte très chargée de sculpture, et c'est « de ce pilier que naissent toutes les arêtes. Contre les « murs sont placées par groupes, en forme de mausolées, « les figures de toute la famille de Jacques d'Amboise, « entre autres du cardinal; la plupart sont à genoux avec « les habillements de leur siècle, très singuliers et bien « sculptés (1).

« L'autel est placé contre le mur du jardin qui est « ouvert dans le milieu par une demi-tourelle en saillie, « formée par de grands vitraux, dont les vitres, assez « bien peintes, répandent beaucoup d'obscurité.

» En dedans de cette tourelle, devant l'autel, on voit « un groupe de quatre figures, de grandeur naturelle, « où la Sainte-Vierge est représentée tenant le corps de « Jésus-Christ détaché de la croix et couché sur ses ge- « noux; ces figures sont d'une bonne main et fort bien « dessinées pour le temps. On y voit encore, comme dans « tout cet hôtel, un nombre infini d'écussons avec les « armoiries de Clermont et beaucoup de coquilles et de

(1) Ces figures, disparues à la fin du XVIIIe siècle, ont été retrouvées en 1844 pendant le cours des travaux d'installation du Musée; elles avaient été placées par fragments et hachées pour former un mur dans la salle basse située au-dessous de la chapelle; ce mur, composé entièrement de ces fragments, avait pour but de dissimuler le charmant escalier qui décore cette salle, et dont la découverte ne date que de ce jour.

« bourdons, par une froide allusion au nom de Jacques
« On montre dans la cour de cet hôtel le diamètre de la
« cloche appelée *Georges d'Amboise*, qui est dans une
« des tours de la cathédrale de Rouen, et qui est tracé
« sur la muraille de cette cour, où l'on assure qu'elle a
« été jetée en fonte. »

Plus tard, dans les premières années du XIXe siècle, les membres composant l'administration du département de la Seine aliénèrent *la maison de Cluny*, qui passa successivement en la possession du sieur Baudot, médecin, *ex-législateur*, puis enfin de M. Leprieur, l'un des doyens de la librairie moderne.

Ce fut à cette dernière époque, en 1833, qu'un amateur infatigable des monuments des siècles passés, M. Du Sommerard (1), fit choix de ce vieux manoir pour servir d'asile aux précieuses collections d'objets d'art du moyen âge et de la renaissance, réunies par ses soins pendant quarante années de recherches et d'études.

A la mort du célèbre antiquaire, et sur le vœu exprimé par la commission des monuments historiques, le ministre de l'intérieur, M. le comte Duchâtel, présenta un projet de loi pour l'acquisition de cette belle collection, destinée à devenir la première base d'un Musée d'antiquités nationales.

L'Hôtel de Cluny, le seul de tous les monuments civils du moyen âge qui restât encore debout sur le sol de

(1) Alexandre Du Sommerard, né à Bar-sur-Aube en 1779, est mort à Saint-Cloud, en août 1842, à l'âge de 63 ans. Il était alors conseiller-maître à la Cour des comptes. Il a laissé de nombreux travaux sur les arts, entre autres le grand ouvrage *des Arts au moyen âge*, magnifique histoire des siècles passés par les monuments.

l'ancien Paris, fut choisi pour servir d'abri au nouveau Musée; la ville, s'associant à cette noble création, offrit en pur don au gouvernement les ruines du Palais des Thermes, base et point de départ de l'art gallo-romain.

La collection Du Sommerard et l'Hôtel de Cluny furent acquis par l'État, en vertu de la loi du 24 juillet 1843, et le nouveau Musée fut immédiatement constitué sous le nom de *Musée des Thermes et de l'Hôtel de Cluny.*

Dès ce jour, la communication qui reliait jadis les ruines du Palais des Césars et la résidence des abbés de Cluny a été rétablie. Les galeries de l'Hôtel, défigurées depuis deux siècles et transformées en appartements modernes, ont été remises dans leur état primitif; les sculptures ont été dégagées et restaurées; les collections d'objets d'art, classées et disposées sous les voûtes du IVe siècle et dans l'édifice du XVe, ont pris dans les deux monuments la place que leur assignait leur âge, et le Musée a été ouvert au public pour la première fois le 16 mars 1844.

La façade principale de l'Hôtel de Cluny se compose d'un vaste corps de bâtiment flanqué de deux ailes qui s'avancent jusqu'à la rue des Mathurins. Sa porte d'entrée, ornée autrefois d'un couronnement gothique richement sculpté, conserve encore un large bandeau décoré d'ornements et de figures en relief. Au-dessus du mur régnait une série de créneaux, ainsi qu'on peut en juger par ceux qui ont pu être conservés; ces créneaux seront rétablis et la porte d'entrée reprendra son premier aspect.

Les bâtiments de la façade principale sont surmontés d'une galerie à jour derrière laquelle s'élèvent de hautes lucarnes richement décorées de sculpture, et qui présentaient dans leurs tympans les écussons de la famille d'Amboise, écussons dont il reste encore des traces bien apparentes.

Vers le milieu du bâtiment principal s'élève une tourelle à pans coupés que couronnait, dans l'origine, une galerie analogue à celle qui décore les autres parties de l'édifice. Sur les murs de cette tourelle, on trouve sculptés en relief les attributs de saint Jacques, les coquilles et les bourdons de pèlerins, allusions au nom du fondateur Jacques d'Amboise.

L'aile droite est percée de quatre arcades ogivales qui donnent accès dans une cour communiquant directement avec les Thermes. Cette cour, dont les murs sont de construction romaine, était une dépendance du Palais. Sa couverture antique n'a été renversée qu'en 1737, et l'on voit encore les traces de son arrachement.

Les bâtiments du rez-de-chaussée de l'aile gauche renfermaient les cuisines et les offices de l'Hôtel. Auprès de cette partie de l'édifice, on aperçoit tracée sur le mur la circonférence de la fameuse cloche appelée Georges d'Amboise, destinée à la cathédrale de Rouen, et coulée en fonte dans la cour de l'Hôtel de Cluny.

Du côté du jardin, la façade est d'une architecture plus sévère; les galeries à jour n'existent pas, les lucarnes sont richement travaillées et présentent, ainsi que l'extérieur de la chapelle, une grande variété d'ornementation. La salle basse, construite au-dessous de la chapelle pour servir de communication directe avec le Palais des Thermes, est une des parties les plus curieuses de l'Hôtel de Cluny. Un pilier soutient la voûte aux arcades ogivales ;

il est surmonté d'un chapiteau sur lequel on remarque le K couronné du roi Charles VIII, date précise de la construction, puis les armes et écussons des d'Amboise, attributs des fondateurs.

De cette salle basse on arrive à la chapelle par un escalier travaillé à jour, et qui a été récemment découvert. L'architecture de cette chapelle est fort riche; les voûtes aux nervures élancées retombent en faisceaux sur un pilier central isolé, et qui prend son appui sur celui de la salle basse; les murs sont décorés de niches en relief travaillées à jour et d'une grande finesse d'exécution; ces niches, au nombre de douze, renfermaient les statues de la famille d'Amboise, qui ont été jetées bas à la fin du XVIIIe siècle, puis brisées et employées comme matériaux de construction.

Les vitraux qui garnissent les fenêtres ont été détruits et remplacés par d'autres; un seul existait encore et a été remis en place, c'est le portemen de croix; il avait été recueilli par le chevalier Alex. Lenoir.

Sur les murs sont gravées plusieurs inscriptions, dont l'une, datée de1644, rappelle la visite d'un nonce du pape.

La cage de l'escalier, travaillée à jour, a été dégagée en 1832, ainsi que les peintures du XVIe siècle que l'on voit de chaque côté de l'autel, et les sujets sculptés en pierre dans la voûte de l'hémicycle. Ces sujets représentent le Père Éternel entouré d'anges et le Christ en croix. Toutes les figures, bas-reliefs, et même les choux sculptés et dorés, placés de chaque côté, étaient couverts d'une épaisse couche de plâtre à laquelle on doit leur conservation.

Cette chapelle était devenue, sous le régime révolutionnaire, une salle de séances pour la section du quartier, puis elle avait été convertie en amphithéâtre de dissection, puis enfin en atelier d'imprimerie.

Les écussons armoriés, disposés au-dessous des niches, ont été grattés et effacés, et les croix de consécration que l'on retrouve encore aujourd'hui n'ont survécu que grâce à une épaisse couche de badigeon qui couvrait les murs.

La salle voisine de la chapelle a conservé jusqu'à ce jour le nom de Chambre de la reine Blanche, en souvenir du séjour qu'y fit Marie d'Angleterre, veuve du roi Louis XII, pendant la durée de son deuil, en janvier 1515.

La décoration peinte de cette salle a été retrouvée sous les papiers de tenture. Les peintures, mises au jour lors des travaux d'installation du Musée, étaient encore assez apparentes pour permettre une restauration complète; elles datent du règne d'Henri II et rappellent les motifs des ruines antiques de l'Italie. Au milieu est une sorte de fronton destiné probablement à l'encadrement d'un baldaquin, et de chaque côté se trouvent des médaillons ornés de guirlandes et d'animaux chimériques.

Les autres salles de l'Hôtel de Cluny ont été remises provisoirement en état. Leur restauration s'achèvera successivement. Tous les supports et les consoles des plafonds ont été retrouvés avec leurs écussons aux armes de la maison d'Amboise, que l'on rencontre également sur les vitraux des fenêtres. L'Hôtel de Cluny est, du reste, entièrement construit sur des fondations romaines, anciennes dépendances du Palais des Césars.

CATALOGUE.

MUSÉE

DES THERMES ET DE L'HOTEL DE CLUNY.

CATALOGUE.

I. SCULPTURE.

1° MONUMENTS. — STATUES. — BAS-RELIEFS.

PIERRES.

1. 2. 3. 4. — Autels gallo-romains élevés à Jupiter par les mariniers de Paris, sous le règne de l'empereur Tibère, et découverts en l'an 1711 dans les fouilles faites sous le chœur de Notre-Dame de Paris.

Le premier de ces autels (n° 1) est complet; il se compose de deux pierres superposées et forme un cippe carré dont les faces présentent des personnages sculptés en relief.

Sur la première face est la figure de Jupiter; le dieu est représenté debout; la partie gauche du corps est couverte d'une draperie et dans la main droite est une pique sans fer; au-dessus de la tête on lit: IOVIS.

La seconde face représente la figure de Vulcain; le dieu du feu est coiffé d'un bonnet de forgeron; il tient d'une main les tenailles et de l'autre le marteau; Au-dessus est l'inscription : VOLCANVS.

Sur la face opposée l'on voit le Mars gaulois, Esus: il a le bras droit levé et tient une hache dont il frappe un arbre placé auprès de lui.

La quatrième face de cet autel représente un taureau debout au milieu des feuillages. Il porte trois grues; l'une est posée sur sa tête, et les deux autres sont sur son corps. Au-dessus on lit l'inscription : TARVOS TRIGARANVS.

Le second de ces autels (nº 2) est incomplet: la partie supérieure existe seule. Trois des faces sont sculptées à figures; la quatrième porte l'inscription de consécration ainsi conçue :

TIB. CAESARE.
AVG. IOVI OPTVM
MAXSVMO MO
NAVTAE. PARISIACI
PVBLICE. POSIERV
NT.

Sur chacune des autres faces, on voit trois demi-figures vêtues et armées de la lance et du bouclier. D'un côté on lit: EVRISES, et d'un autre on distingue les caractères suivants : SENANI. V.... ILOM.; — quant aux autres lettres, elles ont entièrement disparu.

Le troisième autel (nº 3) est également incomplet; la partie supérieure seule existe encore.

Les faces sont de même décorées de sculptures en relief. Sur la première, on distingue un homme vêtu d'une draperie et coiffé d'un bonnet; il a la main droite posée sur la tête d'un cheval qui est près de lui et il tient de la gauche une sorte de lance; au-dessus, on lit : CASTOR.

Le côté suivant représente une figure semblable et dans la même attitude; mais elle est tout-à-fait mutilée, et l'inscription est enlevée. Il y a tout lieu de croire cependant que ce devait être la figure de Pollux.

Sur la troisième face est un vieillard à la tête chevelue et barbue, portant de grandes cornes branchues et entourées chacune d'un gros anneau; au-dessus, on lit : CERNVNNOS.

Sur la quatrième face, on retrouve une figure de profil, nue et brandissant une masse sur la tête d'un serpent qui se dresse à son côté. L'inscription est presque complétement effacée.

Le quatrième autel (nº 4), également incomplet, et de forme analogue aux précédents, est décoré comme les autres de bas-reliefs à figures; aucune inscription ne se retrouve au-dessus des personnages qui sont fort mutilés et parmi lesquels on distingue seulement un homme couvert d'une cuirasse et portant une lance dans la main droite, ainsi qu'une femme vêtue et parée d'un bracelet au bras droit.

Ces divers fragments ont été trouvés pendant les travaux de construction de l'autel du chœur de Notre-Dame, élevé en exécution du vœu de Louis XIII; ils étaient placés au-dessous d'un mur qui traversait toute la largeur du chœur; ils sont tous de la même époque et datent, comme il est dit plus haut, du règne de Tibère, empereur, mort l'an 37 de J.-C.

5. — Le taureau de saint Marcel. — Bas-relief antique trouvé dans la base du clocher de l'église Saint-Marcel.

6. — Autel à quatre faces trouvé dans les fouilles de Saint-Landri, style gallo-romain du IVe siècle.

La première face représente une figure de Diane-Lucifère vêtue d'une tunique et tenant dans la main droite un flambeau; au-dessus de la tête sont les vestiges d'une draperie flottante.

Sur la seconde face est un guerrier couvert d'une tunique attachée sur l'épaule gauche. Il est coiffé d'un casque à cimier.

Sur la troisième face on distingue un guerrier armé d'une cuirasse dont la ceinture est enrichie d'un dessin en relief. — Cette cuirasse se termine, à son extrémité inférieure, par des lambrequins ornés. Sur le pectoral est une tête de Méduse. Le frontal du casque qui couvre la tête de ce guerrier est décoré d'une chimère.

La quatrième face de cet autel est couverte de feuilles d'eau sculptées en relief.

7. — Fragment d'un autel de forme analogue au précédent et de même époque.

Toute la partie supérieure manque. Trois des faces n'offrent que l'extrémité des jambes des personnages représentés sur les parties détruites. La quatrième est sculptée à feuilles d'eau.

8. — Fragments d'une frise gallo-romaine, trouvés dans les fouilles de Saint-Landri, en 1829.

Le sujet de ces bas-reliefs est une chasse aux lièvres. Deux de ces animaux sont vivement poursuivis par des chiens; — des génies tendent les filets dans lesquels les lièvres se précipitent pour échapper à leurs ennemis.

9. — Fragment d'un bas-relief trouvé dans les mêmes fouilles de Saint-Landri.

Ce fragment présente un torse d'homme nu; les mains sont attachées derrière le dos, et l'on voit l'extrémité d'une lanière qui sert à lier les bras du captif; auprès est un autre torse couvert d'un vêtement militaire que relève une ceinture.

Ces divers fragments de sculpture gallo-romaine (nos 6, 7, 8, 9) semblent remonter tous à peu près à la même époque, au IVe siècle. — Quelques médailles ont été trouvées en même temps: ce sont celles d'Antonin, de Faustine, de Posthume, et enfin, la plus récente, celle de Maximus qui usurpa l'autorité suprême dans les Gaules, et y régna depuis l'an 383 jusqu'à l'an 388. — Cette dernière médaille peut donc préciser à peu près la date du monument qui a été sans doute élevé pour consacrer la mémoire de la bataille remportée par cet empereur sur Gratien, qui fut mis en déroute sous les murs de Paris, et qui fut pris et mis à mort à Lyon en 383.

10. — Fragments d'architecture gallo-romaine, trouvés dans les fouilles du Palais-de-Justice.

11. — Inscription gallo-romaine, trouvée dans les fouilles du Palais-de-Justice.

Cette inscription est incomplète; elle paraît néanmoins se rapporter à la mort d'une jeune fille. Les caractères que l'on peut lire sont les suivants :

.....E. RAPVISTIS. AIA....
....RAT. PROPENSO. D....
...IXTO. LASCIVA.....
...NS COMIS. PIA. CA....
...ATORUM. MORT....
...IO. IVNGIT. SES....

12. — Tombe gallo-romaine, trouvée à Paris.

13. — Tombe de même époque et de même provenance.

14. — Tombe d'époque et de provenance analogues.

15. — Tombe antique, d'origine gallo-romaine trouvée à Hérouval (Oise), et donnée au Musée par M. Sanson-Davillier, membre du conseil général de la Seine.

16. — Fragments d'une voie romaine découverte à Paris, au mois de juillet 1842, sous les rues du Petit-Pont et Saint-Jacques.

Ces fragments se composent de grands blocs de grès de différentes dimensions, ajustés les uns près des autres. Les plus grands portent 1 mètre 50 centimètres de longueur sur 35 à 40 centim. d'épaisseur.

17. — Chapiteau provenant de la nef de l'église Saint-Germain-des-Prés. — XIe siècle.

18. — Chapiteau à figures, de même provenance. — XIe siècle.

19. — Chapiteau décoré d'ornements en relief, de même provenance. — XIe siècle.

20. — Chapiteau à figures, de même provenance. — XIe siècle.

21. — Chapiteau de même provenance. — XIe siècle.

22. — Chapiteau décoré de figures et d'animaux chimériques, même provenance. — XIe siècle.

23. — Chapiteau décoré d'ornements et d'entrelacs, même provenance. — XIe siècle.

24. — Chapiteau couvert de feuilles et d'animaux chimériques, provenant de Saint-Germain-des-Prés. — XIe siècle.

25. — Chapiteau à figures, de même provenance. — XIe siècle.

26. — Chapiteau de même provenance. — XIe siècle.

27. — Chapiteau décoré de feuilles en relief, de même provenance. — XIe siècle.

28. — Chapiteau de même provenance. — XIe siècle.

Ces douze chapiteaux ont été donnés au Musée par la ville de Paris.

29. — Statue mutilée provenant de la décoration extérieure de Notre-Dame de Paris. — XIIe siècle.

30. — Statue mutilée de même provenance. — XIVe siècle.

31. — Statue mutilée de même provenance. — XVe siècle.

32. — Fragment d'une statue provenant de Notre-Dame de Paris. — XVe siècle.

33. — Statue mutilée provenant de la décoration de Notre-Dame de Paris. — XVe siècle.

34. 35. 36. — Statues mutilées de même provenance. — XVe siècle.

37. — Fragment d'une statue provenant de Notre-Dame de Paris. — XVe siècle.

38. 39. 40. — Statues mutilées provenant du même monument. — XVe siècle.

41. — Fragment d'une statue provenant du même monument. — XVe siècle.

42. — Fragment d'une statue de même provenance. — XVIe siècle.

43. — Tronçon de statue de même provenance.

Ces quinze statues, toutes mutilées, ont été retrouvées dans la rue de la Santé, où elles servaient de bornes.

44. — Bénitier en pierre trouvé dans les fouilles faites dans la rue de Constantine, sur l'emplacement de l'ancienne église Saint-Martial. — XIIe siècle.

45. — Chapiteau trouvé dans les fouilles faites sur l'emplacement de l'ancienne église Saint-Martial. — XIIe siècle.

46. — Chapiteau de même provenance et de même époque.

47. — Chapiteau du chœur de l'ancienne église Sainte-Geneviève. — XIIIe siècle.

Donné par la ville de Paris.

48. — Chapiteau et base provenant de l'église Saint-Jacques-la-Boucherie. — XIIIe siècle.

Donnés par M. Vacquer.

49. — Tombe d'abbesse provenant de l'abbaye de Montmartre. — XIIIe siècle.

Donnée par la ville de Paris.

50. 51. 52. 53. — Chapiteaux en pierre sculptée, décorés de figures chimériques et d'ornements, provenant de l'ancienne église Notre-Dame de Corbeil. — Fin du XIIIe siècle.

Ces quatre chapiteaux ont été recueillis et donnés au Musée par M. le baron Taylor.

54. — Fragments sculptés provenant de l'ancienne église de Corbeil. — Fin du XIIIe siècle.

Donnés par M. le baron Taylor.

55. — Chapiteau de l'église de Cluny. — XIIIe siècle.

Donné au Musée par M. Paul Durand.

56. — Chapiteau provenant de l'Abbaye-aux-Bois, à Bièvre. — XIIIe siècle.

Donné par M. Bourla, architecte.

57. — Rétable de l'autel principal de la Sainte-Chapelle de Saint-Germer, construite par Pierre de Wuessencourt, en 1259.

Ce rétable est un des plus beaux bas-reliefs du XIIIe siècle que possède la France; malheureusement toutes les têtes ont été mutilées en 1794, lors de la dévastation de la chapelle où il était placé.

Les sujets sont tirés de l'histoire de la vie et de la passion du Christ et de la légende de saint Germer. Au centre du bas-relief est le Christ en croix entre la Vierge et saint Jean. A la droite du Sauveur et à côté de la figure de la Vierge on distingue la vraie Religion, la croix d'une main et le calice de l'autre; à gauche et auprès de saint Jean est la Religion juive; on voit encore le bandeau qui lui couvrait les yeux, l'étendard brisé et la table de la loi renversée. Plus loin, et de chaque côté, sont les figures de saint Pierre et de saint Paul; à la droite du premier se trouve la salutation angélique, puis un guerrier le bras en écharpe, guéri par saint Ouen, oncle de saint Germer. La figure de saint Germer termine ce côté du bas-relief.

A côté de saint Paul on voit la visitation, puis un seigneur qui s'entretient avec un pèlerin; puis enfin saint Germer demandant au roi Dagobert la permission de quitter la cour pour fonder l'abbaye qui porte encore son nom.

Toutes ces figurines, peintes avec un soin extrême, étaient de plus couvertes de dorures, ainsi qu'on peut en juger par les traces encore visibles, et elles se détachaient sur un fond en pâte gaufrée et dorée, appliquée sur la pierre. Sur la moulure qui contourne le rétable sont les traces d'une inscription aujourd'hui tout-à-fait incomplète.

Sous la restauration, cette belle sculpture, descendue de l'autel, fut déposée face contre terre dans le cimetière, où l'humidité du sol détériora en peu de temps les peintures et les applications d'or.

58. — Tête sculptée en pierre; fragment d'une statue trouvée à Saint-Pierre-aux-Bœufs. — Fin du XIVe siècle.

Donnée par M. Lassus, architecte.

59. — Chapiteau du cloître de Montmartre. — XVe siècle.

Donné par M. Naissant, architecte.

60. — Bas-relief en pierre, composé de quatre figures avec des encadrements d'architecture de style

gothique, trouvé à Saint-Germain-l'Auxerrois. — xve siècle.

61. — Double croix en pierre, représentant d'un côté le Christ en croix, et de l'autre la Vierge et l'Enfant-Jésus. — xve siècle.

Cette croix a été trouvée à Montmartre.

Donnée par M. Naissant, architecte.

62. — Monument en forme de piscine, trouvé à Saint-Germain-l'Auxerrois. — xve siècle.

63. — Gargouilles à figures chimériques provenant de Saint-Germain-l'Auxerrois. — xve siècle.

64. — Tombe en pierre, trouvée dans les fouilles faites autour de l'église Saint-Germain-l'Auxerrois. — xve siècle.

65. — Fragment d'une pierre tumulaire du xve siècle, trouvée dans les fouilles de la rue des Prêtres-Saint-Germain-l'Auxerrois, le 17 août 1841.

Ces divers objets ont été donnés au Musée par la ville de Paris.

66. — Fragment de sculpture provenant de l'ancienne chambre des comptes de Paris et représentant un dauphin. — Fin du xve siècle.

Trouvé dans les travaux du Palais-de-Justice et donné par la ville de Paris.

67. — Rétable en pierre représentant diverses scènes de la vie et de la passion du Christ. — xvie siècle.

Au milieu du rétable est le sujet principal, la résurrection du Christ ; à droite, l'annonciation ; et à gauche, l'apparition à la Madeleine. — Plus bas sont six sujets tirés de la vie et de la passion du Christ, et dans la partie la plus élevée l'on voit le Seigneur dans sa gloire au milieu d'un chœur d'anges.

Ce rétable, qui conserve encore quelques traces des couleurs variées qui enrichissaient sa sculpture, a été donné par M. Hubert, architecte, à l'École des Beaux-Arts, puis transporté à l'Hôtel de Cluny lors de la fondation du Musée.

68. — Fragment d'une statue de saint Jacques. — Commencement du XVIe siècle.

Donné par M. le capitaine Petit.

69. — Chapiteau du château de Madrid, bâti au bois de Boulogne par François Ier. — XVIe siècle.

Donné par M. A. Lenoir, architecte.

70. — Le fleuve la Seine; figure allégorique provenant de la porte Saint-Antoine. — XVIe siècle.

71. — La rivière la Marne; figure allégorique provenant du même monument.

Ces deux figures, dont l'exécution est attribuée à Jean Goujon, décoraient l'arc principal de l'édifice.

72. — Bas-reliefs en pierre sculptée, provenant d'un château près de Bruxelles. — XVIe siècle.

Ces bas-reliefs, d'une conservation remarquable, représentent un fleuve, deux cartouches d'animaux encadrés dans de riches ornements et les quatre figures de la Foi, de l'Espérance, de la Charité et de la Prudence. L'écusson placé au-dessus du fleuve porte la date de 1535.

73. — Chapiteau en pierre, de forme allongée, trouvé dans les fouilles faites aux Célestins. — XVIe siècle.

74. — Chapiteau en pierre de même époque et de même provenance.

Ces deux chapiteaux ont été donnés par M. Charles, architecte de la ville de Paris.

75. — Fragment d'une figure grotesque en pierre sculptée, trouvé à l'Hôtel de Cluny. — XVIe siècle.

76. — Fragment d'un bas-relief à figures, trouvé dans un mur de l'hôtel de Cluny. — XVIe siècle.

77. — Fragment d'un petit bas-relief représentant des moutons. — Même provenance. — XVIe siècle.

78. 79. — Fragments divers de même provenance. — XVIe siècle.

80. — Grand bas-relief de pierre, couvert d'écussons armoriés du XVIe siècle, trouvé dans les fouilles de Saint-Landri.

81. — Écusson d'armoiries en pierre. — XVIe siècle.

82. — Figure en pierre peinte et dorée, portant une banderolle avec le nom : SIDONIUS APOLLINARIS. — XVIe siècle.

83. — Saint personnage, figure en pierre peinte et dorée. — XVIe siècle.

84. — Pilastre en pierre à pans coupés, trouvé en 1841 dans les fouilles de la rue des Prêtres-Saint-Germain-l'Auxerrois.

85. — Médaillon en pierre calcaire, bas-relief représentant un évêque, sculpture peinte et dorée du XVIe siècle.

MARBRES.

86. — Bas-relief antique en marbre, représentant un combat. — Fragment d'une frise analogue à celle du temple de la Victoire-Aptère à Athènes.

87. — Bas-relief antique en marbre, représentant la mort d'une jeune fille.

Ce bas-relief a été trouvé dans des fouilles faites rue Montholon, à Paris.

88. — Buste antique en marbre de Paros.

89. — Chapiteau et console en marbre d'une église chrétienne d'Athènes, près du monument de Lysicrate.

Ces deux objets ont été rapportés d'Athènes et donnés au Musée par M. le baron Taylor.

90. — Marbre sculpté. — Petit monument à quatre faces. — X^e^ au XIe siècle.

Chacune des trois premières faces représente un buste d'homme, et sur la quatrième est un ornement sculpté en relief. Les figures sont nimbées : la première, à la tête chevelue et barbue, repose sa main gauche sur une épée et tient une lance dans la droite; les autres figures lèvent une main vers le ciel tandis que l'autre repose sur une épée.

91. — Chapiteau en marbre provenant de l'abbaye de Montmartre. — XIIIe siècle.

Donné par la ville de Paris.

92. — Pierre tumulaire de Nicolas Flamel, provenant de l'ancienne église de Saint-Jacques-la-Boucherie. — An 1418.

L'inscription est ainsi conçue :

Feu Nicolas Flamel jadix escri
vain a laissé par son testament à

leusvre de ceste église certaines
rentes et maisons qu'il avoit
acquestées et achetées à son vi
vant pour faire certain service
divin et distribucions d'argent
chascun an par aumosne tou
chans les Quinze Vins : lostel di
eu et aultres églises et hospiteaux
à Paris. — Soit prié pour les trépassés.

93. — Statue en marbre représentant une figure d'ange vêtu, et provenant d'Autun. — xve siècle.

94. — Statue en marbre de même provenance et de même époque.

95. — Jésus présenté au temple. — Groupe en marbre. — Commencement du xve siècle.

96. — La Vierge et l'Enfant-Jésus. — Statue en marbre mutilée. — xve siècle.

97. — Le Saint-Sépulcre. — Groupe en marbre. — xve siècle.

98. — *Mater dolorosa*. — Groupe en marbre rehaussé de couleurs. — Fin du xve siècle.

99. — Support en marbre représentant un moine accroupi et petit dais gothique sculpté à jour en marbre blanc rehaussé de couleurs. — xve siècle.

100. — Le portement de croix. — Bas-relief en marbre provenant d'une église de Château-Thierry. — xvie siècle.

101. — La mise au sépulcre. — Bas-relief de même époque et de même provenance.

102. — L'ascension. — Bas-relief de même époque et de même provenance.

103. — Vénus et l'Amour. — Groupe en marbre par Jean Cousin. — xvie siècle.

Ce groupe remarquable et qui malheureusement a

subi de nombreuses mutilations, est dû au ciseau de Jean Cousin, peintre, sculpteur, architecte et graveur français, né à Soucy en 1530, et mort en 1589, après avoir créé les belles verrières de la chapelle de Vincennes, celles du château d'Anet, le mausolée de l'amiral Chabot, et après avoir exécuté dans toutes les branches des arts les travaux remarquables qui lui ont valu le surnom de Michel-Ange français.

104. — Ariadne abandonnée. — Statue en marbre; allégorie représentant la figure de Diane de Poitiers. — XVIe siècle.

Cette figure a été trouvée, il y a peu d'années, dans la Loire, en face le château de Chaumont : château que la reine Catherine de Médicis avait obligé Diane de Poitiers à accepter en échange de celui de Chenonceaux, dont elle l'avait dépossédée.

105. — Diane chasseresse. — Bas-relief en marbre blanc, de l'école de Jean Goujon. — XVIe siècle.

Diane est assise; à ses pieds sont ses deux chiens, Procion et Cirius; un de ses bras est appuyé sur le cerf, et sa main gauche tient un javelot.

106. — Le Sommeil. — Marbre blanc; figure couchée. — XVIe siècle.

Le socle est en ébène, sculpté et orné d'un médaillon d'ivoire qui représente l'Enfant-Jésus et saint Jean.

107. — Catherine de Médicis sous la figure de Junon. — Médaillon en marbre dont l'exécution est attribuée à Germain Pilon; provenant du château d'Anet. — XVIe siècle.

108. — Diane de Poitiers représentée en Vénus. — Médaillon en marbre attribué à Germain Pilon et provenant du château d'Anet. — XVIe siècle.

109. — Le Christ apparaissant à la Madeleine, *Noli me tangere*. — Bas-relief en marbre blanc. — XVIe siècle.

110. — La salutation angélique. — Bas-relief en marbre blanc du XVIe siècle.

111. — Le jugement de Salomon. — Bas-relief en marbre blanc du XVIe siècle.

112. — La reine de Saba déposant ses présents au pied du trône de Salomon. — Bas-relief en marbre du XVIe siècle.

113. — Combat des Centaures et des Lapithes. — Bas-relief en marbre du XVIe siècle.

114. — Vénus et l'Amour. — Bas-relief en marbre du XVIe siècle.

115. — Vénus et l'Amour. — Bas-relief en marbre. — XVIe siècle.

116. — Saint Jean. — Bénitier en marbre blanc. — XVIe siècle.

117. — Fragment d'un bas-relief à figures, en marbre blanc. — XVIe siècle.

118. — Amour endormi. — Marbre blanc. — XVIe siècle.

119. — L'Ange gardien. — Bas-relief en marbre blanc — XVIIe siècle.

120. — La Vierge et l'Enfant-Jésus. — Bas-relief en marbre. — XVIIe siècle.

121. — Pied de croix en marbre blanc, orné de trois petits bas-reliefs : la salutation angélique, la nativité et l'adoration. — XVIe siècle.

122. — Grand écusson d'armoiries en marbre blanc avec un Hercule et une licorne pour supports. — XVIe siècle.

123. — Mascaron de fontaine en marbre blanc. — XVIe siècle.

124. — Écusson d'armoiries en marbre blanc.

125. — Enfants jouant avec un agneau. — Bas-relief en marbre blanc.

126. — La Vierge. — Statuette en marbre blanc. — XVIIe siècle.

127. — Groupes de chiens adossés, provenant d'un ancien tombeau. — Marbre blanc.

128. — Cheminée en marbre couverte de bas-reliefs et de cariatides en bronze, moulés sur des ivoires et des bois sculptés des XVIe et XVIIe siècles.

ALBATRES.

129. — Le couronnement de la Vierge. — Albâtre sculpté en relief. — XIVe siècle.

La Vierge, couronnée par le Père et le Fils, est debout sur les ailes d'un chérubin; autour d'elle sont groupés des chœurs d'anges.

130. — Sainte Ursule. — Bas-relief en albâtre peint et doré. — Fin du XIVe siècle.

131. — La salutation angélique. — Bas-relief en albâtre. — Fin du XIVe siècle.

132. — L'adoration des mages. — Bas-relief en albâtre. — Fin du XIVe siècle.

133. — Le Calvaire. — Bas-relief en albâtre de même époque.

134. — Le baiser de Judas. — Bas-relief en albâtre de même époque.

135. — Le Christ à la colonne et la flagellation. — Bas-relief en albâtre de même époque.

136. — La mise au sépulcre. — Bas-relief en albâtre. — Fin du XIVe siècle.

137. — La résurrection. — Bas-relief en albâtre de même époque.

138. — Même sujet. — Bas-relief en albâtre de même époque.

139. — La Sainte-Trinité. — Bas-relief en albâtre de même époque.

140. — Même sujet. — Bas-relief en albâtre de même époque.

141. — Le couronnement de la Vierge. — Bas-relief en albâtre de même époque.

Ces bas-reliefs proviennent d'un rétable de la fin du XIVe siècle.

142. — La Vierge dans sa gloire, au milieu d'un chœur d'anges. — Bas-relief en albâtre. — Fin du XIVe siècle.

143. — Saint Pierre. — Statue d'applique en albâtre. — XVe siècle.

144. — Saint Jean. — Figure d'applique en albâtre. — XVe siècle.

145. — La Vierge et l'Enfant-Jésus. — Statue en albâtre. — XVIe siècle.

146. — Le Christ à la colonne. — Figure en albâtre du XVIe siècle, sur socle en albâtre sculpté à figures.

147. — La Mère de Dieu. — Groupe en albâtre. — XVIe siècle.

148. — La Vierge et l'Enfant-Jésus. — Bas-relief en albâtre encadré en ébène. — Ouvrage italien du XVIe siècle.

149. — La cène. — Bas-relief en albâtre, entouré d'une bordure d'arabesques en pâte coloriée et dorée. — XVIe siècle.

150. — Le jugement de Salomon. — Bas-relief en albâtre. — XVIe siècle.

151. — Le baiser de Judas. — Bas-relief en albâtre. — XVIe siècle.

152. — La résurrection. — Bas-relief en albâtre. — XVIe siècle.

153. — Le portement de croix. — Bas-relief en albâtre. — XVIe siècle.

154. — La mise au sépulcre. — Bas-relief de la même époque.

155. — La cène. — Petit bas-relief en albâtre encadré dans une bordure d'arabesques en pâte dorée. — XVIe siècle.

156 — La résurrection des morts. — Bas-relief en albâtre. — XVIe siècle.

157. — La Vierge, l'Enfant-Jésus et saint Jean. — Bas-relief en albâtre. — XVIe siècle.

158. — La résurrection du Christ. — Bas-relief en albâtre. — XVIe siècle.

159. — *Ecce Homo*. — Bas-relief en albâtre. — XVIe siècle.

160. — Le couronnement d'épines. — Bas-relief en albâtre. — XVIe siècle.

161. — La mise en croix. — Bas-relief en albâtre. — XVIe siècle.

162. — La descente de croix. — Bas-relief en albâtre. — XVIe siècle.

163. — La résurrection. — Bas-relief en albâtre. — XVIe siècle.

164. — La présentation au peuple. — Bas-relief en albâtre. — XVIe siècle.

165. — L'entrée à Jérusalem. — Bas-relief en albâtre. — XVIe siècle.

166. — Actéon changé en cerf. — Bas-relief en albâtre. — XVIe siècle.

167. — Scène de la vie du Christ. — Bas-relief en albâtre. — XVIe siècle.

168. — Orphée attirant par ses accords les animaux des forêts. — Bas-relief en albâtre. — XVIe siècle.

169. — Jésus dans sa gloire. — Bas-relief en albâtre. — XVIe siècle.

170. — La crèche. — Bas-relief en albâtre. — XVIe siècle.

171. — Loth et ses filles. — Bas-relief en albâtre. — XVIe siècle.

172. — Le portement de croix. — Bas-relief en albâtre. — XVIe siècle.

173. — L'adoration des mages. — Bas-relief en albâtre. — XVIe siècle.

174. — L'enlèvement. — Groupe en albâtre d'après Jean de Bologne. — Fin du XVIe siècle.

175. — La Renommée. — Statuette en albâtre. — Fin du XVIe siècle.

176. — Statue fragmentée en albâtre gypseux. — XVIIe siècle.

177. — Corbeille en albâtre, décorée d'arabesques travaillées à jour, et flanquée à ses angles de figures accroupies. — XVIe siècle.

178. — Salière en albâtre soutenue par trois figures d'amours. — XVIe siècle.

PLATRES.

179. — Tête de l'empereur Julien, moulée sur la statue du Musée du Louvre.

180. — Autel votif consacré à la déesse Néhalénia de l'île Walkren. — Moulage en plâtre.

L'original, apporté en France, a été rendu aux alliés en 1815, après avoir fait partie du Musée des Petits-Augustins.

181. — Jupiter antique, statue provenant des fouilles du vieil Évreux. — Moulage en plâtre.

182. — Vénus mâle, statue provenant des fouilles du vieil Évreux. — Moulage en plâtre.

183. — Autel taurobolique de Mont-Dole. — Réduction en plâtre.

Le taurobole était, chez les anciens, un sacrifice expiatoire. — On égorgeait un taureau sur une grande pierre disposée en forme de grille. Sous cette pierre était une fosse dans laquelle le criminel se plaçait pour recevoir sur son corps et sur sa tête le sang de la victime.

184. — Fragment d'une tombe en plâtre, ornée de dessins en relief, trouvé dans les fouilles faites pour l'établissement d'un égout, rue de l'Arbre-Sec, n° 28, le 17 août 1841.

185. — Fragments de tombes en plâtre trouvés dans les fouilles de la place Saint-Germain-l'Auxerrois, le 27 juillet 1841.

186. - Estampage en plâtre du tombeau de saint Saturnin de Carcassonne.

Donné par M. le préfet de l'Aude.

187. — Chapiteau du chœur de Notre-Dame de Paris, construction primitive. — Moulage en plâtre.

188. — Chapiteau de même provenance et de même époque.

189. — Chapiteau du même monument.

Donnés par M. A. Lenoir, architecte.

190. — Colonne de la façade de la basilique de Saint-Denis. — Moulage en plâtre.

191. — Colonne de même provenance et de même époque.

192. — Chapiteau de la façade de la basilique de Saint-Denis. — Moulage en plâtre.

193. — Bas-relief de l'église Saint-Nazaire, à Carcassonne. — Moulage en plâtre.

Le sujet de cette sculpture serait, suivant la tradition, l'épisode de la mort de Simon de Montfort. Elle aurait été exécutée au XIe siècle, du temps de Roger II, comte de Carcassonne, qui abattit la nef de Saint-Nazaire. — Ce bas-relief, enclavé dans le soubassement de la nef, a été débarrassé par les soins de Mme Delessert, femme du préfet de l'Aude.

Donné au Musée par M. Viollet-Leduc, architecte de la basilique de Saint-Denis.

194. — Estampages en plâtre de divers bas-reliefs de la façade de Poitiers.

Donnés par M. Mallay, architecte.

195. — Chapiteau du cloître de Moissac. — Moulage en plâtre.

Donné par M. A. Lenoir, architecte.

196. — Fragments du portail de Civray (Vienne), moulés en plâtre.

197. — Morceau de la grande frise du cloître de Moissac. — Moulage en plâtre.

198. — Morceau de frise orné de feuilles de vignes, du même cloître.

199. — Trois fragments moulés en plâtre provenant de l'ancienne église de Saint-Côme.

Donnés par M. A. Lenoir, architecte.

200. — Bas-relief de Saint-Julien-le-Pauvre. — Sujet légendaire : Le Christ passant l'eau sous la conduite de saint Julien, transformé en batelier. — XVe siècle.

Moulage en plâtre donné par M. Lassus, architecte.

201. — Bas-reliefs du château de Gaillon. — Fragments moulés en plâtre.

202. — Bas-relief provenant de la chapelle de Philippe de Comines, aux Grands-Augustins.

Moulage en plâtre donné par M. A. Lenoir, architecte.

203. — Console du portail de l'église Saint-Michel de Dijon. — Moulage en plâtre.

Ce moulage a été exécuté par les soins de la commission départementale des antiquités de la Côte-d'Or, et donné au Musée par M. de Saint-Mesmin, conservateur du Musée de Dijon.

Cette console, placée en avant du portail, servait anciennement de support à une statue de saint Michel, brisée dans la première révolution.

Elle a été exécutée en pierre dure, et son plan a la forme d'un fer à cheval. Son ornementation consiste en un grand nombre de bas-reliefs allégoriques et de sujets tirés de l'histoire du Nouveau et de l'Ancien Testament. Parmi ces allégories et ces sujets on remarque les figures de l'Abondance et de la Paix, plus loin celles d'Apollon, dieu de l'harmonie, de Vénus et de l'Amour, puis d'Apollon chasseur; à côté sont représentés les sujets suivants : Judith tenant la tête d'Holopherne, le jugement de Salomon, saint Roch et son chien, puis enfin l'apparition de Jésus-Christ à la Madeleine.

Au-dessous de ces divers petits bas-reliefs sont d'autres scènes parmi lesquelles on remarque : l'Amour porté par un centaure, Jupiter et Léda, Jupiter et Ganymède, Jason et le dragon, Hercule et les bœufs de Géryon, puis enfin des animaux, des fleurs et des emblèmes.

204. — Achèvement de la façade de Saint-Ouen de Rouen. — 1er projet.

205. — Achèvement de la façade de Saint-Ouen de Rouen. — 2e projet.

206. — Achèvement de la façade de Saint-Ouen de Rouen. — 3e projet.

Ces trois projets ont été exécutés par M. Grégoire, architecte, et déposés au Musée par les ordres du Ministre de l'Intérieur. Le 3e projet est celui qui a été adopté pour l'exécution.

BOIS SCULPTÉS.

207. — Rétable en bois sculpté, provenant de l'abbaye de Cluny, et représentant les diverses scènes de la passion du Christ. — Fin du XIVe siècle.

208. — Grand rétable en bois sculpté et doré, provenant de l'abbaye d'Everborn, près de Liége. — Travail flamand du XVe siècle.

Cette grande sculpture se divise en trois parties : le sujet du milieu représente la messe de saint Grégoire. Sous un ciel d'architecture dentelée apparaissent quelques figures aux lucarnes des maisons, et au-dessous de la scène principale sont deux anges tenant un bel ostensoir placé sur un socle richement sculpté. La partie de gauche représente l'épisode d'Abraham et de Melchisédech, et sur le côté droit on voit la cène en figures de haut-relief. La table qui supporte ce rétable est de la même époque.

209. — Rétable flamand en bois sculpté, peint et doré. — L'adoration des mages. — Règne de Louis XII.

Les figures sont exécutées en ronde-bosse, et les volets sont couverts de peintures; à l'intérieur on voit saint Roch et un saint archer, armé de toutes pièces, l'arc et les flèches en main; et sur les faces extérieures, Jésus au jardin des Olives et le Christ apparaissant à la Madeleine dans le jardin. Les côtés du rétable sont ornés de trophées de musique et de guerre peints en grisaille.

210. — La Mère de Douleurs. — Bois sculpté, peint et doré, du XVe siècle.

Sur le premier plan, la Mère de Douleurs se tient agenouillée et dans l'attitude de la prière. Dans le fond sont les murailles crénelées d'une ville à l'architecture gothique, et au-dessus s'élève un dais à dessins à jour et richement dentelé. Cette sculpture provient sans doute d'un rétable flamand.

211. — Saint Michel terrassant le démon. — Groupe en bois sculpté et doré. — Fin du XVe siècle.

212. — La Vierge et l'Enfant-Jésus. — Statue en bois. — XVe siècle.

213. — Statue de sainte en bois sculpté et peint. — Figure allemande de la fin du XVe siècle.

214. — Groupe en bois sculpté. — Un seigneur et un saint personnage. — Fin du XVe siècle.

215. — Bas-relief, bois sculpté. — Archers. — Fin du XVe siècle.

216. — La circoncision. — Rétable en bois sculpté à jour, peint et doré, avec figures en haut-relief. — Règne de Louis XII.

217. — La circoncision. — Rétable en bois sculpté à jour, peint et doré, de même époque.

218. — L'arbre de Jessé. — Bois sculpté, peint et doré. — Règne de Louis XII.

219. — Figure de Pandore. — Statue en bois. — Époque de Louis XII.

220. — La mise au sépulcre. — Groupe en bois sculpté et peint. — Commencement du XVIe siècle.

221. — Rétable en bois sculpté, peint et doré, provenant d'une église d'Amiens : le Calvaire. — XVIe siècle.

222. — La décollation de saint Jean. — Groupe en bois sculpté, travail allemand. — Règne de François Ier.

223. — Chapelle portative en bois peint et doré. — Sainte Catherine. — Commencement du XVIe siècle.

Les volets sont fleurdelisés à l'intérieur; leur face externe porte les figures peintes de la Vierge et de saint Jean-Baptiste.

224. — Chapelle portative à volets en bois sculpté, peint et doré. — La Vierge et l'Enfant-Jésus. — Commencement du XVIe siècle.

Les volets sont ornés de figures en relief.

225. — Le Calvaire. — Triptyque en bois sculpté. — XVIe siècle.

Les volets représentent, en relief, le Christ à la colonne, Jésus-Christ au mont des Olives, le couronnement d'épines et la présentation au peuple.

226. — Le Calvaire. — Petit rétable en bois sculpté, peint et doré. — XVIe siècle.

227. — La fuite en Égypte. — Petit rétable en haut-relief, flanqué de pilastres décorés d'arabesques. — XVIe siècle.

228. — Le *Credo* en action. — Volets d'un rétable provenant de l'abbaye de Saint-Ricquier, et portant la date de 1587.

Chacun de ces panneaux, au nombre de quatre, est divisé en trois bas-reliefs qui représentent la mise en action des versets du *Credo*.

Le premier a pour sujet les trois versets :

Credo in unum Deum, factorem cœli et terræ;
Et in Jesum Christum qui propter nos descendit de cœlis;
Et incarnatus est ex Maria Virgine et homo factus est.

Le second de ces panneaux représente les trois versets suivants :

Crucifixus sub Pontio Pilato, passus et sepultus est
Et resurrexit tertia die secundum scripturas;
Et ascendit in cœlum, sedet ad dexteram patris.

Sur le troisième volet sont les versets :

Et iterum venturus est cum gloria judicare vivos et mortuos;
Et in Spiritum Sanctum qui ex patre filioque procedit;
Qui locutus est per prophetas.

Le quatrième volet porte les versets :

Unum baptisma in remissionem peccatorum;
Expecto resurrectionem mortuorum;
Et vitam venturi sæculi. — 1587.

229. — Petite chapelle portative à volets, en bois sculpté, peint et doré, représentant les figures du Christ et du Père Eternel entre les séraphins. — XVIe siècle.

Le Père Éternel et le Christ sont assis, la main droite levée en signe de bénédiction, la gauche placée sur le livre de vérité. — La destination de ce petit monument est indiquée par une inscription placée au dos et signée par la propriétaire, sœur Perrette Dobray :

« *Et luy feut donée l'an 1592, au moys de decenbre*
» *p. ses frères et seur et a couste* XVIII *L.*
» *Je prie a tous ceulx et celles q^t y prendront devo^on*
» *ce gardent de la gaster et prie po^r moy et por ceulx*
» *q^i me l'ont donee.*

» *Sr Perrette Dobray.* »

230. — Le Christ à la colonne. — Haut-relief en bois de poirier sculpté, d'après Sébastien del Piombo. — XVIe siècle.

231. — L'éducation de la Vierge. — Groupe du XVIe siècle.

232. — Même sujet. — XVIe siècle.

233. — Le Christ en croix. — Bois peint et doré. — XVIe siècle.

234. — Larron en croix. — Bois sculpté. — Fragment d'un rétable du XVIe siècle.

235. — Larron en croix. — Même époque et même provenance.

236. — *Mater Dolorosa.* — Groupe en bois sculpté et peint. — XVIe siècle.

237. — La mort de la Vierge. — Groupe en bois. — XVIe siècle.

238. — Deux petits groupes en bois sculpté et peint. — XVIe siècle.

239. — La circoncision. — Groupe sculpté et peint ; travail allemand. — XVIe siècle.

240. — La Vierge et l'Enfant-Jésus. — Groupe en bois sculpté. — XVIe siècle.

241. — Figure en bois sculpté, peint et doré. — Saint Jean. — XVIe siècle.

242. — Figure en bois sculpté, peint et doré. — XVIe siècle.

243. — Sainte femme en prière. — Figure du XVIe siècle.

244. — Saint évêque. — Figure en bois sculpté, peint et doré. — XVIe siècle.

245. — Saint André. — Figure du XVIe siècle, en bois sculpté, peint et doré.

246. — Figure en bois sculpté, peint et doré. — Saint Jean. — XVIe siècle.

247. — Vierge. — Bois sculpté et doré. — XVIe siècle.

248. — Saint Nicolas. — Figure en bois sculpté, peint et doré. — XVIe siècle.

249. — La Vierge et l'Enfant-Jésus. — Groupe en bois sculpté, peint et doré. — XVIe siècle.

250. — Tête d'ange ailée. — Bois sculpté. — XVIe siècle.

251. — Deux bas-reliefs en bois sculpté. — Saints personnages.

252. — Vénus et l'Amour. — Petit groupe en bois sculpté. — XVIe siècle.

253. — Une école. — Groupe en bois sculpté, peint et doré. — XVIe siècle.

254. — Sainte Catherine. — Groupe en bois sculpté, attribué à Lucas de Leyde. — XVIe siècle.

255. — La Foi. — Figurine en bois sculpté, travail flamand du XVIe siècle. — La Charité, idem. — L'Espérance, idem. — La Force, idem. — La Prudence, idem.

256. — Quatre figures en bois sculpté, peint et doré, représentant des divinités allégoriques. — XVIe siècle.

257. — Bas-relief en bois sculpté, peint et doré. — Fragment d'un rétable. — XVIe siècle.

Ce fragment se compose de trois étages : à l'étage supérieur, le portement de croix; plus bas, Jésus présenté au peuple, et dans la partie inférieure, des têtes de spectateurs dans les galeries.

258. — Gardes à cheval. — Groupe en bois sculpté provenant d'un rétable du XVIe siècle.

259. — Divers fragments d'un rétable en bois sculpté. — Sujets tirés de la passion du Christ. — XVIe siècle.

260. — Fragment d'un rétable en bois sculpté. — La mort de la Vierge. — Pilate et le portement de croix. — Les gardes du Calvaire et la descente de croix.

261. — Les saintes femmes. — Fragment d'un rétable en bois sculpté, peint et doré. — XVIe siècle.

262. — La résurrection. — Fragment d'un rétable en bois sculpté. — XVIe siècle.

263. — La crèche. — Fragment d'un rétable du XVIe siècle.

264. — La résurrection. — Fragment d'un rétable en bois sculpté. — XVIe siècle.

265. — Le portement de croix. — Groupe en bois sculpté, peint et doré. — XVIe siècle.

266. — La mort de la Vierge. — Bois sculpté, peint et doré. — XVIe siècle.

267. — La mort de la Vierge et les gardes au Calvaire. — Fragment d'un rétable en bois sculpté, peint et doré. — XVIe siècle.

268. — La Vierge, l'Enfant-Jésus et saint Joseph. — Groupe en bois sculpté, peint et doré. — XVIe siècle.

269. — Les saintes femmes. — Bas-relief en bois sculpté, peint et doré, provenant d'un rétable du XVIe siècle.

270. — Les gardes au Calvaire. — Groupe en bois sculpté, peint et doré, provenant d'un rétable du XVIe siècle.

271. — Le jardin des Olives. — Fragment d'un rétable du XVIe siècle.

272. — Les gardes montant au Calvaire. — Fragment d'un rétable de même époque.

273. — La résurrection. — Fragment d'un rétable de même époque.

274. — Le couronnement d'épines. — Fragment d'un rétable de même époque.

275. — Le Christ à la fontaine. — Bas-relief en bois sculpté.

276. — Figure en bois sculpté et doré. — Sainte Catherine. — Fragment d'un rétable du XVIe siècle.

277. — Figure en bois sculpté et doré, de même provenance et de même époque.

278. — Figure en bois sculpté et doré, provenant du même rétable.

279. — Figure en bois sculpté et doré, provenant du même rétable.

280. — Jésus au milieu des docteurs. — Bas-relief en bois sculpté. — XVIe siècle.

281. — La salutation angélique. — Tableau en bois sculpté et peint. — XVIe siècle.

282. — La salutation angélique. — Bas-relief en bois sculpté. — XVIe siècle.

283. — Le couronnement de la Vierge. — Bas-relief en bois. — XVIe siècle.

284. — Le couronnement de la Vierge. — Bas-relief en bois sculpté. — XVIe siècle.

285. — Jézabel livrée aux chiens. — Bas-relief en bois sculpté, peint et doré. — XVIe siècle.

286. — Panneau en bois sculpté, à trois compartiments décorés de figures et d'ornements en haut-relief et séparés entre eux par des cariatides et des figures. — XVIe siècle.

287. — Panneau de bois sculpté, décoré de figures et d'ornements en haut-relief. — XVIe siècle.

288. — Le portement de croix. — Bas-relief en bois sculpté. — XVIe siècle.

289. — L'adoration des mages. — Bas-relief en bois sculpté, peint et doré. — XVIe siècle.

290. — Panneau en bois sculpté, décoré de six figures. — XVIe siècle.

291. — Bas-relief en bois sculpté, représentant le Christ et les petits enfants. — XVIe siècle.

292. — Panneau en bois sculpté, composé de bas-reliefs, de trophées et d'attributs du XVIe siècle, parmi lesquels on distingue la salamandre dans les flammes.

293. — La crèche. — Bas-relief en bois sculpté, peint et doré. — XVIe siècle.

294. — Bas-relief en bois sculpté. — Les douze apôtres. — XVIe siècle.

295. — Tableau en bois sculpté et coloré, représentant quatre divinités de l'antiquité : JUPITER, JUNON, DIANE et NEPTUNE. — XVIe siècle.

296. — Un sacrifice. — Bas-relief en bois sculpté, travail italien. — XVIe siècle.

297. — Panneaux d'arabesques en bois sculpté. — XVIe siècle.

298. — Saint Pierre repentant. — Bas-relief en bois sculpté. — XVIe siècle.

299. — Sainte Madeleine. — Bas-relief en bois sculpté. — XVIe siècle.

300. — Un prisonnier. — Bas-relief en bois sculpté. — XVIe siècle.

301. — Déposition de croix. — Bois sculpté. — XVIe siècle.

302. — La descente aux limbes. — Bois sculpté. — XVIe siècle.

303. — Grandes cariatides d'applique, avec culs-de-lampe et pendentifs de fleurs et de fruits. — XVIe siècle.

304. — Grandes figures d'applique, en bois sculpté. — XVIe siècle.

305. — Fragment d'une frise en bois sculptée à rinceaux. — XVIe siècle.

306. — Bas-relief en bois représentant un combat entre deux femmes.

307. — La présentation au temple. — Bas-relief en bois sculpté.

308. — La visitation. — Bas-relief en bois sculpté.

309. — La Vierge et l'Enfant-Jésus. — Groupe en bois de poirier. — Commencement du XVIIe siècle.

310. — Jésus-Christ bénissant le monde. — Statue en bois sculpté, par Duquesnoy, dit *François Flamand*. — XVIIe siècle.

311. — La Force. — Figurine en bois sculpté, d'école flamande. — XVIIe siècle.

312. — Vénus et l'Amour. — Bois sculpté. — XVIIe siècle.

313. — Saint personnage. — Statue en bois peint. — XVIIe siècle.

314. — Saints personnages. — Figures en ébène. — XVIIe siècle.

315. — Ecusson d'armoiries en bois sculpté, surmonté d'une couronne de comte avec deux anges vêtus pour supports.

316. — Cinq pilastres en bois de cèdre sculpté en relief, exécutés d'après les pilastres de Saint-Pierre-de-Rome. Les chapiteaux et les bases sont en cuivre ciselé et doré.

317. — Une chasse. — Bas-relief en bois sculpté, du temps de Louis XIII.

318. — La reine de Saba. — Bas-relief en bois sculpté.

319. — Panneau de bois sculpté, représentant la fuite en Egypte, la naissance du Christ et le massacre des innocents, avec encadrement de style gothique moderne. — XVIIe siècle.

320. — Colonnes torses ornées de guirlandes et surmontées d'un chapiteau.

321. — Colonne torse en ébène sculptée, ornée de guirlandes et d'amours. — XVIIe siècle.

322. — Croix en bois de cèdre sculpté, décorée des principaux sujets de la passion du Christ. — Travail du Liban au XVIIe siècle.

Les figures de Marie et de saint Jean sont peintes à l'huile dans l'encadrement.

323. — Petite croix en cèdre du Liban, décorée de figures en relief. — XVIIe siècle.

LES ROIS DE FRANCE.

Suite de figurines en bois sculpté, au nombre de soixante, exécutées sous le règne de Louis XIII. Hauteur, 7 centimètres.

La série des rois commence à Clovis, premier Roi chrétien et cinquième Roi de France. Les quatre premiers Rois païens, Pharamond, Clodion, Mérovée et Childéric, n'y sont pas figurés, mais leurs numéros d'ordre sont réservés, ainsi que celui de Clotaire, successeur de Dagobert II, couronné par Charles Martel, mais non reconnu par Jehan Dutillet, dans son Recueil des Rois. Chacune de ces figures est représentée de bout; les deux dernières seules sont à cheval. — Sur les socles sont placées les légendes extraites du Recueil des Rois.

Ces figurines sont les suivantes :

324. — Clovis, 5e Roy de France, premier Roy chrétien. De l'an 485 à l'an 514.

Régna trente ans. Gist à Paris, en une église qu'il avait fait construire en l'honneur de saint Pierre et saint Paul, aujourd'hui Sainte-Geneviesve-du-Mont.

325. — Childebert, 6e Roy de France. — 515-560.

Régna quarante-cinq ans. Gist en l'église Saint-Germain-des-Prez, qu'il avait édifiée et dédiée au nom de saint Vincent.

326. — Clotaire, 7e Roy de France. — 559-564.

Régna cinq ans. Gist à Saint-Médard de Soissons.

327. — Cherebert, autrement Aribert, 8e Roy de France. — 564-573.

Mourut à Blaye-sur-Gironde; y est enterré en l'église de Sainct-Romain.

328. — Chilpéric, 9e Roy de France. — 573-588.

Régna quatorze ans. Gist à Saint-Germain-des-Prez, lès-Paris.

329. — Clotaire II, 10e Roy de France. — 588 631.

Régna quarante-quatre ans. Gist à Saint-Germain-des-Prez, lez-Paris.

330. — Dagobert, 11e Roy de France. — 632-646.

Régna quinze ans. Mourut au lieu d'Épinay, près de Seine, le 29e jour de janvier, et fut enterré en l'église de Saint-Denis qu'il avait fait édifier.

331. — Clovis II, 12e Roy de France. — 646-662.

Régna dix-sept ans. Mourut au bourg de Chelles près Paris. Gist à Saint-Denis.

332. — Clotaire III, 13e Roy de France. — 663-667.

Régna cinq ans. Gist à Chelles.

333. — Childéric II, 14e Roy de France. — 668-679.

Régna douze ans; fut occis en la forêt Lanconis, près Chelles. Gist à Sainct-Germain-des-Prez.

334. — Théodoric, 15e Roy de France. — 680-693.

Régna quatorze ans. Gist à Arras, en l'église de Sainct-Vast.

335. — Clovis III, 16e Roy de France. — 694-697.

Régna quatre ans. Gist à Saint-Étienne de Choisy.

336. — Childebert II, 17e Roy de France. — 698-715.

Régna dix-sept ans. Gist à Nancy, en l'église de Saint-Étienne.

337. — Dagobert II, 18e Roy de France. — 716 719.

Régna quatre ans, d'autres disent six. Mort et enterré à Nancy.

« Après le règne de ce Roy, dit Dutillet, Martel » feit couronner 19e Roy de France, pardessus luy, » un nommé Clotaire, lequel affectant le royaume » s'efforça de s'en saisir et de l'occuper, mais il ne » peut avoir aucun lien en l'ordre des Roys, parce » que Paul-Émile ne l'y met pas. » Ce Roi n'est pas figuré dans la suite de ces figurines, mais son numéro d'ordre est conservé.

338. — CHILPÉRIC II, 20e Roy de France. — 722-725.

Régna trois ans, d'autres disent quatre. Gist à Noyon.

339. — THÉODORIC II, 21e Roy de France. — 725-741.

Régna dix-sept ans; trépassa au mois de juillet et fut enterré à Saint-Denis le 22 octobre.

340. — CHILDÉRIC III, l'*Insensé*, 22e Roy de France. 742-750.

Régna neuf ans, et fut contraint de se rendre moine à Soissons, en l'an 751.

Ici finit la première race dite des Méroviens, et commence la seconde, dite des Charliens.

341. — PÉPIN, 23e Roy de France. — 751-768.

Régna dix-huit ans, selon d'autres dix-sept; mourut à Paris le 24 septembre, l'an 768. Gist à Saint-Denis.

342. — CHARLEMAGNE, 24e Roy de France. — 768-815.

Régna quarante-sept ans; fut proclamé Empereur par le pape Léon, l'an 801, le jour de Noël; mourut âgé de soixante-douze ans, le 28 janvier, l'an 815. Gist à Aix, en la chapelle qu'il avait fait bâtir.

343. — LOYS, *le Débonnaire*, 25e Roy de France. — 815-840.

Régna vingt-six ans; mourut en l'an 840, le 21 may. Gist à Metz.

344. — CHARLES II, *le Chauve*, 26e Roy de France. 840-878.

Régna trente-huit ans; mourut à Mantoue, le 6 octobre 878; fut enterré à Saint-Eusèbe de Versay, puis sept ans après transféré à Saint-Denis, en France.

345. — LOYS II, *le Bègue*, 27e Roy de France. — 878-880.

Régna deux ans; mourut à Compiègne, le 13 avril 880. Gist en l'église Saincte-Cornille.

346. — Loys III, 28e Roy de France. — 880-884.

347. — Carloman, idem. — 880-885.

Sacrés et couronnés en l'abbaye de Saint-Pierre de Ferrières. — Le premier mourut à Tours en 884, et fut enterré à Saint-Denis; le second mourut en 885, en la forêt Basine, et gist à Saint-Denis.

348. — Charles, *le Gros*, 29e Roy de France. — 886-890.

Régna cinq ans. Fut destitué le 6 octobre, l'an 8̇0.

349. — Eudes, 30e Roy de France. — 891-899.

Sacré par Gautier, archevêque de Sens; rendit le royaume à son pupille, et gist à Saint-Denis.

350. — Charles, *le Simple*, 31e Roy de France. — 900-927.

Sacré et couronné à Rheims, à l'âge de douze ans, l'an 892, par Foulques, archevêque de Rheims. Mourut en prison à Péronne, et gist en l'abbaye de Fourey.

351. — Raoul, 32e Roy de France. — 923-936.

Régna treize ans. Gist à Sainte-Colombe, lez-Sens.

352. — Loys, d'*Outre-Mer*, 33e Roy de France. — 936-954.

Régna dix-huit ans. Gist à Saint-Remy, à Rheims.

353. — Lotaire, 34e Roy de France. — 954-986.

Sacré et couronné le 13 novembre 954. Régna trente-un ans. Mourut à Rheims, l'an 986, le 10 mars. Gist à Saint-Remy.

354. — Loys V, 35e Roy de France. — 986-987.

Régna un an. Gist à Sainct-Cornille de Compiègne.

Ici finit la race des Charliens et commence la troisième race des Roys.

355. — Hugues Capet, 36e Roy de France. — 987-996.

Fut salué Roy à Noyon, puis sacré et couronné à Rheims. Régna neuf ans. Gist à Saint-Denis.

356. — **Robert**, 37e Roy de France. — 996–1031.

Régna trente-quatre ans. Gist à Saint-Denis.

357. — **Henry Ier**, 38e Roy de France — 1031-1060.

Régna trente ans. Gist à Saint-Denis.

358. — **Philippe Ier**, 39e Roy de France. — 1060–1108.

Régna quarante-huit ans. Gist à Sainct-Benoist-sur-Loire.

359. — **Loys VI**, *le Gros*, 40e Roy de France. — 1108–1137.

Régna vingt-huit ans. Gist à Sainct-Denis.

360. — **Loys VII**, *le Jeune*, 41e Roy de France. — 1137–1180.

Régna quarante-trois ans. Gist au monastère de Barbeau, ordre de Cisteaux, lequel il avait édifié.

361. — **Philippe II**, Auguste-Dieudonné, 42e Roy de France. — 1180–1223.

Régna quarante-trois ans. Mourut à Mantes, le 14 de juillet. Gist à Sainct-Denis.

362. — **Loys VIII**, 43e Roy de France. — 1223-1226.

Régna trois ans. Gist à Sainct-Denis.

363. — **Saint-Loys**, 44e Roy de France. — 1226-1270.

Régna quarante-quatre ans, mourut en son camp devant Carthage, le 25 août 1270. Gist à Sainct-Denis.

364. — **Philippe III**, *le Hardi*, 45e Roy de France. 1270-1285.

Régna quinze ans. Gist à Sainct-Denis.

365. — **Philippe IV**, *le Bel*, 46e Roy de France. — 1285–1314.

Régna vingt-huit ans. Mourut à Fontainebleau Gist à Sainct-Denis.

366. — Loys X, *le Hutin*, 47e Roy de France. — 1314-1316.

Régna seize mois. Gist à Sainct-Denis.

367. — Philippe V, *le Long*, 48e Roy de France. — 1316-1322.

Régna cinq ans. Gist à Sainct-Denis.

368. — Charles IV, *le Bel*, 49e Roy de France. — 1322-1328.

Régna sept ans. Gist à Sainct-Denis.

369. — Philippe VI, de Valois, *le bien Fortuné*, 50e Roy de France. — 1328-1350.

Régna vingt-deux ans. Gist à Sainct-Denis.

370. — Jean, *le Bon*, 51e Roy de France. — 1350-1364.

Régna quatorze ans. Mourut à Londres. Gist à Sainct-Denis.

371. — Charles V, *le Sage*, 52e Roy de France. — 1364-1380.

Régna 16 ans. Mourut à Beauté-sur-Marne. Gist à Sainct-Denis.

372. — Charles VI, 53e Roy de France. — 1380-1422.

Régna quarante-deux ans. Mourut en son hôtel de Sainct-Pol. Gist à Sainct-Denis.

373. — Charles VII, 54e Roy de France. — 1422-1461.

Ne fut sacré et couronné à Rheims que le 17 juillet 1429. Régna trente-huit ans. Mourut à Meun-sur-Yeurre, le 24 juillet 1461. Gist à Sainct-Denis.

374. — Loys XI, 55e Roy de France. — 1461-1483.

Régna vingt-trois ans. Mourut au Plessis-les-Tours. Gist à Notre-Dame-de-Cléry.

375. — CHARLES VIII, 56e Roy de France. — 1483-1498.

Régna quatorze ans. Mourut à Amboise. Gist à Sainct-Denis.

376. — LOYS XII, 57e Roy de France. — 1498-1515.

Régna dix-sept ans. Mourut le 1er janvier 1515, à Paris, en son hostel des Tournelles. Gist à Sainct-Denis.

377. — FRANÇOIS Ier, de Valois, 58e Roy de France. 1515-1547.

Nasquit à Cognac, le 12 septembre 1494. Fut sacré à Rheims, le 25 janvier 1515. Régna trente-deux ans, et mourut à Rambouillet, le dernier jour de mars, l'an 1547. Gist à Sainct-Denis.

378. — HENRI II, de Valois, 59e Roy de France. — 1547-1559.

Régna douze ans, et mourut à Paris, le 10 juillet 1559, au palais des Tournelles. Gist à Sainct-Denis.

379. — FRANÇOIS II, de Valois, 60e Roy de France. 1559-1560.

Régna seize mois et vingt-cinq jours, et mourut à Orléans, le 5 décembre, l'an 1560. Gist à Sainct-Denis.

380. — CHARLES IX, de Valois, 61e Roy de France. 1560-1574.

Régna quatorze ans. Mourut le 30 may, l'an 1574, à Vincennes. Gist à Sainct-Denis.

381. — HENRY III, de Valois, 62e Roy de France. — 1574-1589.

Régna quinze ans. Fut assassiné à Saint-Cloud le 1er aoust 1589. Gist à Sainct-Denis.

382. — HENRY IV, de Bourbon, 63e Roy de France. 1589-1610.

Nasquit en l'an 1553, à Pau, d'Antoine de Bourbon et de Jeanne d'Albret. Fut sacré à Chartres le dimanche 27 février 1594. Régna vingt ans neuf mois treize jours, et mourut à l'âge de cinquante-sept ans et cinq mois, assassiné par François Ravaillac, le 14 may 1610. Gist à Sainct-Denis.

383. — Lovys XIII, de Bourbon, 64e Roy de France. 1610-1643.

Nasquit à Fontainebleau, le 27 septembre 1601, de Henry IV et de Marie de Médicis. Monta sur le trône en 1610, sous la régence de sa mère. Mourut en 1643. Gist à Sainct-Denis.

Ici finit la série des figures des Rois de France, exécutées au commencement du règne de ce dernier roi.

IVOIRES.

384. — Figure panthée : — du IIIe au IVe siècle.

Cette sculpture, aussi remarquable par son exécution que par son antiquité, est un monument de la plus haute curiosité.

385. — Ivoire. — Boîte ronde destinée à renfermer les Eulogies. — VIe siècle.

Cette boîte est ornée dans son développement circulaire de compositions empruntées aux sarcophages des premiers siècles du christianisme. — Les sujets sont les suivants : la guérison du paralytique, celle de l'aveugle-né, la Samaritaine et la résurrection du Lazare.

386. — Ivoire. — Boîte de forme ronde, destinée à renfermer les Eulogies. — VIe siècle.

Les sujets qui décorent l'extérieur de cette boîte sont : les pèlerins d'Emmaüs, et les quatre évangélistes.

387. — Ivoire. — Bas-relief byzantin : le mariage d'Othon II, empereur d'Occident (973-983), et de Théophano, fille de Romain II, empereur d'Orient. — Xe siècle.

Le Christ, la tête ceinte du nimbe crucifère, est debout sur un piédestal travaillé à jour, et pose la couronne sur la tête d'Othon et de Théophano. Il est vêtu d'une longue tunique, et ses pieds sont chaussés de sandales.

L'empereur et l'impératrice se tiennent à ses côtés, le premier porte pour vêtement une dalmatique brodée, recouverte d'une chlamyde enrichie de pierres précieuses, et relevée sur l'avant-bras gauche. L'impératrice est vêtue d'une dalmatique également brodée, et porte, ainsi que l'empereur, la main droite sur son cœur en signe d'adoration. Chacune de ces figures est placée debout sur un tabouret.

Aux pieds de l'empereur est un personnage accroupi dans une humble attitude, et couvert d'un manteau semé d'étoiles; sa main droite porte sur un des montants du piédestal qui sert de base à la figure du Christ.

Les inscriptions suivantes sont placées dans le champ du bas-relief:

A droite et à gauche du nimbe crucifère du Christ

IC. XC., Ιησους Χριστος.

Au-dessus de la figure, à la droite du Christ:

OTTO IMP P man ae +. *Otto Imperator Romanorum augustus.*

Au-dessus de la figure, à la gauche du Christ:

ΘΕΟΦΑΝΩ IMP. ac.

Théophano Imperatrix augusta.

Entre l'empereur et le Christ, on lit:

KE BCHΘT TO ΔȢ IΩ XΩ AMEN.

Κύριε βοηθει τῳ δουλῳ Ιωαννη Χω.....

Seigneur, secourez votre serviteur Jean Ch....... — *Amen.*

La date de 937, placée entre le Christ et Théophano, est évidemment une addition moderne. Elle est de plus inexacte; il y a transposition de chiffres. — au lieu de 973, on a écrit 937.

La légende, d'un grec barbare, est encore remarquable par le mélange bizarre des caractères grecs et latins, mélange assez fréquent du reste dans les monuments du Bas-Empire.

La figure prosternée au pied du Christ est celle désignée sous le nom de Jean; c'est sans doute le donateur du bas-relief.

Othon II, fils d'Othon Ier et d'Adélaïde sa seconde femme, avait, dès l'an 962, été couronné roi des Romains. Il succéda à son père en 973; fut vaincu en 978 par Lothaire, Roi de France, qui lui prit la Lorraine; et mourut en 983.

C'est donc à l'année 973 qu'on peut rapporter la date précise de ce curieux bas-relief.

388. — Ivoire. — La Vierge et l'Enfant-Jésus, figure du xe siècle.

La Vierge est assise, la tête ceinte d'une couronne; elle porte sur ses genoux l'Enfant-Jésus, qui tient la main droite levée dans l'attitude de la bénédiction.

389. — Ivoire. — Plaque de couverture de livre, d'école grecque et de travail italien. — xe siècle.

Au milieu est le Christ en croix, entre sainte Marie et saint Jean. Au-dessus de la tête du Sauveur, une figure d'ange ailée tient en main le sceptre et le globe crucifère. A ses côtés sont le soleil et la lune. Immédiatement au-dessous du crucifiement, sont les figures de saint Vital et de sainte Valère, placées debout sous des arceaux en plein cintre. Ce sujet principal est entouré de dix-huit médaillons de forme circulaire, renfermant les figures des apôtres, des saints, et deux des attributs des évangiles. Ces médaillons sont rangés dans l'ordre suivant : saint Pierre, saint André, saint Jacques *le majeur*, saint Jean, saint Thomas, saint Jacques *le mineur*, saint Thadée, saint Jacob, saint Nicolas, saint Benoît, saint Hermagoras, saint Grégoire, pape, saint Pantaléon, saint Laurent, saint Jacques et saint Barthélemy. Aux deux coins de l'extrémité inférieure, sont les figures chimériques des évangélistes saint Marc et saint Luc, caractérisées l'une par le lion, l'autre par le bœuf, tous deux nimbés. Chacun des médaillons est entouré d'un ornement courant, et dans les fonds sont gravés les noms des personnages.

390. — Ivoire. — Figure de saint. — xe siècle.

391. — Couverture d'évangéliaire en ivoire, montée en filigrane doré. — xe siècle.

Deux panneaux d'ivoire sont disposés sur les faces

du livre. La face supérieure représente le Christ en croix entre Marie et saint Jean. — L'autre côté a pour sujet la Vierge entre les saints personnages. L'encadrement de filigrane doré est enrichi de pierreries.

392. 393. — Plaques d'ivoire sculpté à deux faces, représentant d'un côté des sujets mythologiques, de l'autre des sujets chrétiens et tirés de la vie du Christ. — Du xe au xie siècle.

Ces deux plaques d'ivoire sont des monuments aussi précieux par leur époque reculée que par leur exécution. On ne peut décider si dans l'origine elles existaient seules, ou si elles ne sont que les débris d'une couverture de livre, composée d'un certain nombre de sculptures analogues. Il est fort difficile de préciser au juste l'époque à laquelle ces belles plaques ont été exécutées. Il y a lieu de présumer cependant que la face conservée intacte de nos jours est d'une exécution postérieure à celle décorée de sujets chrétiens, rabotés, sans doute, pour donner une autre destination aux ivoires, la matière étant rare et d'un prix élevé.

Les sujets que l'on distingue au premier abord, sur le côté le mieux conservé des deux plaques, sont quatre des signes du zodiaque : le Verseau et le Lion, sur la première; le Capricorne et le Sagittaire, sur la seconde. Dans le haut de la première plaque (n° 392), un guerrier menace de sa lance le Verseau, qui se retient à un arbre; plus bas, un autre guerrier plonge un dard dans la gueule du Lion, et dans la partie inférieure, on distingue une figure d'homme qui se joue dans les branchages. La bordure se compose de feuillages, de lions ailés et d'animaux chimériques.

Dans la seconde de ces plaques (n° 393), le Sagittaire a l'arc en main et s'apprête à lancer une flèche. Le Capricorne est assailli par deux figures, dont l'une, vêtue, est debout sur son dos, et se suspend d'une main à ses cornes, et de l'autre à sa queue, tandis que la seconde, entièrement nue, saisit d'une main la barbe de l'animal chimérique, et de l'autre cueille un fruit que présente l'extrémité d'une branche.

Les sujets qui décorent l'autre face des deux plaques remontent à une époque à peu près analogue, mais certainement antérieure. Ils sont tirés de la vie et de la passion du Christ, et forment de véritables palimpsestes d'ivoire.

Sur la plaque (n° 392) est le Christ accompagné de quatre anges ailés, et assis sur un trône au milieu de sa gloire. Plus bas est un autre sujet composé de quatorze figures, dont l'une est assise sur un siége élevé. On croit y voir la Vierge et les apôtres réunis dans le Cénacle et recevant les langues de feu de la Pentecôte.

Les sujets de l'autre plaque (n° 393) ont conservé leurs silhouettes et sont plus distincts. Ils sont au nombre de trois : le Christ apparaissant à la Madeleine dans le jardin, le Calvaire et le Christ en croix, puis la salutation angélique.

394. — Plaque d'ivoire, sculptée en fort relief, représentant une figure d'apôtre nimbée, sous un portique en plein cintre, avec la légende : « GRATIA D. I; SUM ID QUOD SŨ. ».

Cette plaque était sans doute destinée à l'ornementation d'une couverture d'évangéliaire. — XIe siècle.

395. — Boîte en ivoire, richement travaillée, et représentant une sorte de chapelle autour de laquelle se développent diverses scènes de l'Évangile. — Ouvrage très-précieux du XIe siècle et provenant de Reims.

Les sujets sont : l'adoration des mages, le massacre des innocents et le baptême de Jésus-Christ. Sous une espèce de portique ou de loge qui se développe au-dessus des scènes précédentes, on voit diverses figures qui paraissent se rapporter à la vie de saint Remy et au baptême de Clovis. Les inscriptions sont les suivantes : ANGELUS. EUM. BLANDA. VOCE. SIC. AFATUR. NE. FRANGARIS. — SPIRITUM. ECCE. DEI.

La destination de cet ivoire est inexpliquée. Il y a lieu de croire cependant que c'était une sorte de reliquaire.

396. — Plaque d'évangéliaire en ivoire sculpté. — La mort de la Vierge. — XIIe siècle.

397. — Plaque d'ivoire décorée d'ornements et de rinceaux découpés à jour. — XIIe siècle.

398. — Coffret en ivoire représentant sur son couvercle la figure du Christ dans sa gloire, entourée des symboles des Évangiles. — XIIe siècle.

Le Christ est assis dans une auréole de forme elliptique, la tête surmontée du nimbe crucifère; ses pieds sont nus, et sa main droite est levée dans l'attitude de la bénédiction. — La ferrure de ce coffret est du temps.

399. — Châsse de saint Yvet, de l'abbaye de Braisne en Soissonnais, ivoire sculpté. — XIIe siècle.

Ce reliquaire présente sur ses faces quarante-deux figures en relief, qui sont disposées sous des arcades en plein cintre que soutiennent des pilastres décorés de bases et de chapiteaux à feuilles, et que séparent des tours crénelées.

Au milieu de la face principale on voit un ange ailé qui tient en main l'encensoir; à sa gauche, sont les trois rois mages : GESPAS, BALTHASAR et MELCHIOR; les deux premiers ont la tête ceinte du diadème, et chacun d'eux porte en mains les présents destinés au fils de Dieu; à la droite sont SCA MARIA, SAINT JOSEPH et SAINT SIMÉON. La Vierge porte dans ses bras le Christ qui tient dans la main gauche le livre aux caractères *alpha* et *oméga*, symboles du principe et de la fin, et qui lève la droite en action de bénir le monde. Saint Joseph s'appuie sur le *tau*, et saint Siméon porte les colombes.

Sur la face opposée, le Christ occupe la place du milieu; sa tête est ceinte du diadème; il tient d'une main le livre des Évangiles et de l'autre il bénit le monde. — A ses côtés sont figurés ses apôtres et ses disciples : saint Pierre, saint André, saint Thomas, à sa droite; saint Paul, saint Jean et saint Jacques, à sa gauche. Aux deux extrémités de la châsse sont, d'un côté, saint Philippe, saint Mathias, saint Mathieu et saint Simon; de l'autre, saint Barthélemy, saint Barnabé, saint Judas et saint Jacob. — Chacune de ces figures porte au-dessus d'elle son nom gravé en creux.

Le couvercle est décoré de seize figures principales.

Ce sont les patriarches, les prophètes et les rois. Sur la face antérieure : Moïse, Isaïe, Jacob, David, Salomon, Aaron; du côté opposé, Abraham, Balaam, Roboam, Samuel et Jérémie. Aux deux extrémités figurent d'une part, Jonas et Jessé, entre l'ange Chérubin et l'ange Raphaël; de l'autre, Adam et Noé, entre l'ange Michel et l'ange Gabriel. — Chacun de ces personnages porte une banderolle à son nom; David seul a la tête ceinte de la couronne.

Toutes les figures qui forment la décoration de cette châsse sont placées debout; elles sont vêtues de longues robes drapées; leurs pieds sont chaussés et disposés la pointe en bas. — Le Christ seul ainsi que les prophètes et les disciples sont représentés les pieds nus.

Ce reliquaire était déposé dans la chapelle sépulcrale de l'abbé Barthélemy quand elle fut renversée en 1793. Il était regardé comme possédant la vertu d'opérer des miracles, et à ce titre fort vénéré des populations.

400. — Plaques d'ivoire sculpté. — Fragments d'un coffret du XIIe au XIIIe siècle. — Travail du nord.

401. — Boîte à miroir. — Ivoire sculpté provenant du trésor de l'abbaye royale de Saint-Denis, et représentant, suivant la tradition, le roi saint Louis et la reine Blanche de Castille, sa mère. — XIIIe siècle.

Le roi, la tête ceinte du diadème, est assis sur un siége élevé, auprès de la reine-mère; il tient le sceptre de la main gauche et porte un faucon sur le poing droit. Ses jambes sont croisées et l'un de ses pieds repose sur la tête d'un lion debout devant son trône.

La reine, la tête également couronnée, caresse un petit chien placé sur ses genoux; ses pieds reposent sur le corps d'une chimère.

Ce sujet est complété par quelques figures placées de chaque côté des personnages principaux. Celles du côté gauche subsistent seules, cette belle sculpture ayant subi une grave mutilation.

402. — Coffre en ivoire de forme octogone, décoré de marqueterie et représentant les diverses scènes d'un roman de chevalerie analogue à l'histoire de la Toison-d'Or. — XIIIe siècle.

Le sujet de ce roman est l'histoire d'un chevalier qui part pour combattre les monstres défenseurs du trésor confié à leur garde. — Sur le premier panneau on voit le chevalier recevant les adieux de sa dame; il s'embarque, conduit par ses compagnons, et arrive près de la terre où se trouve le bélier, objet de sa conquête. Il revêt ses armes et se prépare à débarquer. Dès qu'il a mis pied à terre, le chevalier rencontre un taureau furieux qu'il combat et dont il est vainqueur. Plus loin, il est assailli par un dragon dont il se rend maître, et il saisit le bélier qu'il rapporte dans ses bras, au milieu des félicitations de ses parents et de ses amis.

Le couvercle du coffret est également décoré de huit bas-reliefs, dont sept représentent les figures allégoriques des Vertus; le huitième porte deux écussons soutenus par des figurines.

403. — Coffret en ivoire décoré de marqueterie. — Travail vénitien du XIIIe siècle.

Les sujets sont tirés d'un roman de chevalerie. — Ils sont distribués en vingt-quatre panneaux à figures dont l'ensemble forme la légende entière. La frise est couverte de figures et d'ornements.

404. — Grande châsse en ivoire sculpté, décorée de cinquante et un bas-reliefs tirés de l'ancien et du nouveau Testament, avec rehauts d'or et de couleurs. — XIVe siècle.

Chacune des deux faces principales présente quinze bas-reliefs; la partie supérieure en comporte cinq, et chacun des côtés, huit. Ceux de la partie supérieure et du couvercle représentent les sujets de la Passion et de l'ancien Testament; ceux de la partie inférieure, les divers épisodes de l'histoire de Job.

Les sujets sont les suivants :

Sur la partie supérieure du couvercle : — Ève, la tentation de la femme. — Michol, fille de Saül.

favorise la fuite de David, que les gardes s'apprêtent à saisir dans sa maison, par les ordres du roi. — Le buisson ardent : le buisson apparaît en feu à Moïse, près de la montagne d'Horeb, et du milieu sort une voix qui lui dit d'ôter ses sandales parce que ce lieu est saint. — La salutation angélique.

Au-dessous, sur la face antérieure : La fuite en Égypte. — Le passage de la mer Rouge. — Le baptême dans le Jourdain. — Moïse, Aaron et sa sœur Marie. — Jésus chez le Pharisien.

Plus bas : Le portement de croix. — Le Calvaire et le Christ en croix. — La descente de croix. — Le sacrifice d'Abraham. — Jonas désigné par le sort et jeté à la mer.

Sur la face opposée, dans la partie supérieure : David, vainqueur des Philistins, rapporte la tête de Goliath ; les jeunes filles viennent au-devant de lui en jouant des instruments. — L'entrée à Jérusalem. — La manne dans le désert. — La cène. — L'enfant prodigue.

Au-dessous : Samson enlève les portes du temple. — Descente aux limbes. — Daniel dans la fosse aux lions. — Le Christ apparaissant à la Madeleine. — Élie enlevé au ciel dans un char de feu, l'an 892 avant J.-C.

Sur l'une des extrémités, à la suite : Le baiser de Judas. — La gloire du Christ. — L'ascension. — Les tables de la loi. — La Pentecôte.

Sur l'autre extrémité : Le jugement de Salomon. — Le sacrifice d'Abraham. — Le Saint-Sépulcre. — Jonas avalé par la baleine. — La résurrection du Christ.

Au-dessous de ces bas-reliefs sont les divers épisodes de l'histoire de Job. — Job au milieu de sa famille : il y avait un homme au pays des Huts, dont le nom était Job, et cet homme-là était intègre et droit ; il craignait Dieu et se détournait du mal. — Les richesses de Job : et il lui naquit sept fils et trois filles ; et il possédait sept mille brebis, trois mille chameaux, cinq cents couples de bœufs et cinq cents ânesses, et un grand nombre de serviteurs ; et cet homme était le plus grand des Orientaux. — Job, éprouvé par Dieu, est livré à Satan. — Job perd ses troupeaux par le feu du ciel. — Un serviteur vient annoncer à Job un nouveau malheur. — La maison de Job est renversée par le vent et le feu du ciel. — Un serviteur vient encore annoncer à Job une nouvelle épreuve. — Les enfants de Job sont écrasés sous les ruines de leur maison. — « Alors Job se » leva et il déchira son manteau, et il se rasa la tête, » et se jetant par terre, il se prosterna devant Dieu. » (Liv. de Job, ch. Ier.) — Job est soumis à de nouvelles épreuves : Satan le frappe d'un ulcère malin depuis la plante du pied jusqu'au sommet de la tête. — Job est visité par ses amis, qui ne le reconnaissent pas et pleurent sur son sort. — Ils s'asseoient auprès de lui pendant sept jours et sept nuits sans dire aucune parole, tant la douleur de Job était grande. — Sa femme lui dit : Bénis Dieu et meurs. — L'Éternel apparaît à Job et lui rend le bonheur. — « Tous ses » frères, sœurs et amis vinrent et mangèrent avec » lui dans sa maison ; Job eut aussi sept fils et trois » filles, vécut après ces choses-là 140 ans, et mourut » rassasié de jours. »

405. — Le portement de croix. — Fragment d'un bas-relief en ivoire, entouré de motifs d'architecture et encadré en ébène. — XIVe siècle.

406. — Légendes des martyrs. — Bas-relief en ivoire. — XIVe siècle.

407. — Crosse épiscopale à double face en ivoire sculpté, représentant d'un côté la Vierge et l'Enfant-Jésus entre les anges, et de l'autre le Christ en croix entre Marie et saint Jean. — L'enroulement de la crosse est formé par une branche couverte de feuilles de lierre ; il est soutenu par un ange en adoration. — XIVe siècle.

La monture en cuivre doré est gothique et date du XVe siècle.

408. — Ivoire. — Style à écrire. — XIVe siècle.

Cet objet, destiné à graver les caractères sur les tablettes de cire, est surmonté par une espèce de chapiteau gothique qui supporte deux figures, un seigneur et sa dame ; l'un tient en main un faucon, l'autre un petit chien.

409. — Boîte à miroir en ivoire sculpté. — La défense du château d'amour. — XIVe siècle.

410. — Boîte à miroir en ivoire sculpté, décorée de sujets tirés des romans de chevalerie. — XIVe siècle.

411. — Boîte à miroir en ivoire sculpté. — Sujets tirés des romans de chevalerie. — XIVe siècle.

412. — Boîte à miroir, de travail analogue et de même époque.

413. — Grand diptyque, ou chapelle portative à deux volets, en ivoire sculpté. — Douze scènes de la vie et de la passion du Christ. — XIVe siècle.

Les sujets sont les suivants : La salutation angélique. — La nativité et les bergers conduits par l'étoile. — L'adoration des mages. — La présentation au temple. — Le baiser de Judas. — Le Christ à la colonne. — Le Calvaire. — La mise au sépulcre. — La résurrection. — L'ascension. — La descente du Saint-Esprit, et la gloire du Christ et de la Vierge. Ce diptyque est complet, avec sa bordure du temps.

414. — Petit diptyque représentant la vie et la passion du Christ. — XIVe siècle.

Les sujets sont au nombre de huit, ce sont : La salutation angélique. — La visitation. — Les bergers guidés par l'étoile. — La crèche. — L'arrivée des mages. — L'adoration. — La présentation au temple, et le Calvaire.

415. — Feuillet de diptyque en ivoire, décoré de trois sujets tirés de la vie et de la passion du Christ : La résurrection du Lazare. — L'entrée à Jérusalem, et le Calvaire. — XIVe siècle.

416. — Feuillet de diptyque en ivoire, décoré de quatre sujets de la vie de la Vierge : La nativité. — L'adoration. — L'apparition au jardin. — Le couronnement de la Vierge. — XIVe siècle.

417. — Croix en ivoire sculpté, colorié et doré. — XIVe siècle.

La face tout entière, la base et les côtés de cette pièce sont décorés de bas-reliefs en ivoire, au nombre de vingt-neuf; ces bas-reliefs ont pour sujets l'histoire de la vie et de la passion du Christ.

Au milieu est le Christ en croix. Dans les branches sont : La salutation angélique. — L'adoration. — La nativité, et l'apparition de l'étoile aux bergers.

Sur le montant de la croix : La fuite en Egypte. — La flagellation. — La descente de croix. — L'incrédulité de saint Thomas. — Des anges en adoration.

Sur la base : Le baiser de Judas. — La mise au sépulcre. — La résurrection. — L'apparition aux saintes femmes. — La cène. — Jésus au jardin des Olives. — La guérison des aveugles. — Le massacre des innocents. — Hérode ordonnant le massacre. — La salutation angélique. — L'adoration des mages. H. 0m 70.

418. — Oratoire des duchesses de Bourgogne, tableau d'ivoire garni de figures et de sujets en relief, représentant la vie de saint Jean-Baptiste et provenant de l'ancienne Chartreuse de Dijon. — XIVe siècle.

Le titre suivant concernant ce petit monument existe aujourd'hui dans les registres de l'ancienne Chartreuse de Dijon, déposés aux archives de la Côte-d'Or :

Comptes d'Amiot Arnaut, de 1392 à 1393. « Payé » 500 liv. à Berthelot Héliot, varlet de chambre du » duc (Philippe-le-Hardi) pour deux grant tableaux » d'ivoire à ymaiges, dont l'un d'iceulx est la pas- » sion de Notre-Seigneur et l'autre la vie de monsieur » saint Jean-Baptiste, qui les a vendus pour les » chartreux..... »

C'est ce tableau de saint Jean-Baptiste, qui est désigné par Courtépée, dans son histoire du duché de Bourgogne, sous le nom d'ORATOIRE DES DUCHESSES.

Lors de la vente des biens du clergé, ce monument fut vendu avec les autres trésors de la Chartreuse de Dijon.

419. — Grand coffret en ivoire, décoré de vingt bas-reliefs, qui représentent divers sujets de la vie et de la passion du Christ. — XIV° siècle.

Ces sujets sont les suivants : Jésus au milieu des docteurs. — Le baptême dans le Jourdain. — L'entrée à Jérusalem. — La cène. — Le lavement des pieds. — Le mont des Olives. — Le baiser de Judas. — La flagellation. — Le portement de croix. — Le Christ en croix. — La descente de croix. — La mise au sépulcre. — La résurrection. — La descente aux enfers. — L'apparition à la Madeleine. — Les saintes femmes. — *Noli me tangere*, et la résurrection du Lazare.

420. — Coffret en ivoire, décoré de portiques d'architecture et de ferrures ouvragées. — XIV° siècle. (la couverture manque).

421. — Petit coffret en ivoire, décoré d'incrustations en marqueterie. — Travail de Venise. — XIV° siècle.

422. — Fragments d'un coffret en ivoire décoré de sujets tirés de la vie et de la passion du Christ. — XIV° siècle.

423. — Petit coffret en ivoire, décoré de vingt-deux sujets en relief. — Travail du XV° siècle.

Parmi les sujets qui forment la décoration de ce coffret, l'on remarque : Les douze apôtres. — Dieu le Père. — Sainte Catherine. — Saint Jean. — Sainte Barbe, et la salutation angélique.

424. — Coffret en ivoire, décoré de bas-reliefs à figures et d'incrustations de marqueterie. — Travail de Venise. — XV° siècle.

425. — Diptyque en ivoire travaillé à jour. — La vie et la passion du Christ. — XV° siècle.

Les sujets sont au nombre de quinze ; ce sont : — La salutation angélique. — La nativité. — L'adoration des mages. — Le Christ conduit devant Pilate.

— Le Christ à la colonne. — Le portement de croix. — Le Calvaire. — La descente de croix. — Le sépulcre. — La résurrection. — L'apparition à la Madeleine. — La mort de la Vierge. — La Vierge et l'Enfant-Jésus entre les anges. — La glorification de la Vierge. — Le couronnement de la Vierge, assise à la droite de Dieu.

426. — Triptyque, ou petite chapelle portative à trois volets en ivoire sculpté. — Au milieu, le Calvaire et le Christ en croix entre les deux larrons. — Sur les volets, Marie et saint Jean. — xve siècle.

427. — Fragment d'un diptyque en ivoire sculpté. — Scènes de la passion : le Calvaire et le Saint-Sépulcre. — xve siècle.

428. — Plaque d'ivoire sculpté. — Le Calvaire. — Le Christ en croix entre Marie et saint Jean. — xve siècle.

429. — Fragment d'une châsse en ivoire sculpté. — Scènes de la vie du Christ. — Commencement du xve siècle.

Les sujets sont : La salutation angélique. — La visitation. — La nativité. — La présentation au temple. — Jésus chez les docteurs. — Le baptême dans le Jourdain. — La cène. — L'entrée à Jérusalem.

430. — Tablette à écrire en ivoire sculpté. — La crèche et les bergers conduits par l'étoile. — xve siècle.

La partie postérieure était destinée à porter la cire.

431. — Plaque de missel en ivoire sculpté. — Le Christ en croix entre les saintes femmes. — xve siècle.

432. — Plaque d'ivoire gravé, fragment d'un coffret du xve siècle.

433. — Sainte Catherine. — Petit groupe en ivoire. — xve siècle.

434. — Ivoire. — Figure de saint personnage, travail espagnol. — xve siècle.

435. — La mise au sépulcre. — Bas-relief en ivoire. — xvie siècle.

436. — Groupe en ivoire, la Vertu châtiant le Vice. — xvie siècle.

La figure de la Vertu est debout; elle tient dans la main droite un fléau avec lequel elle s'apprête à châtier une autre figure agenouillée à ses pieds et personnifiant le Vice, qui implore merci.

Cet ivoire est attribué à Jean de Bologne, qui serait plus convenablement appelé Jean de Douai. Cet artiste naquit dans cette dernière ville en 1524, et mourut en 1612, après avoir commencé la statue équestre de Henri IV, renversée plus tard.

437. — Groupe en ivoire. — Saint Michel terrassant le démon. — xvie siècle.

438. — Petit bas-relief en ivoire, représentant un combat et portant le monogramme de HANS SEBALD BEHAM, avec la date 1545.

439. — Plaque d'ivoire sculpté à figures. — Le Christ en croix entre Marie et saint Jean. — xvie siècle.

440. — Manche de couteau en ivoire sculpté, formé par trois figures d'enfants groupées les unes sur les autres. — xvie siècle.

441. — Ivoire. — La Vierge et l'Enfant-Jésus, travail espagnol. — xvie siècle.

442. — Cippe en ivoire, décoré de figures en relief. — Le jugement de Pâris. — xvie siècle.

443. — Petit cippe en ivoire, décoré de figures en relief. — xvie siècle.

444. — Ivoire. — Figurine grotesque. — Bouffon portant une lettre. — xvie siècle.

445. — Ivoire. — Figurine grotesque représentant la *charge* d'un peintre. — Fin du XVIe siècle.

Sa coiffure est surchargée d'une palette, et du milieu des plumes qui ornent sa toque sortent des brosses à peindre. D'une main il tient une palette ; de l'autre, un paquet de pinceaux. Sur ses épaules, en guise de nœud de rubans, il porte des godets, ainsi qu'autour de sa ceinture, et son surtout est couvert de têtes et d'images.

446. — La Vierge et l'Enfant-Jésus. — Figure en ivoire du XVIe siècle.

447. — Le Christ à la colonne. — Figurine en ivoire. — XVIe siècle.

448. — Petite figurine en ivoire. — XVIe siècle.

449. — Vénus et l'Amour; groupe en ivoire. — XVIe siècle.

450. — La Vierge portant l'Enfant-Jésus. — Figurine en ivoire. — XVIe siècle.

451. — Ivoire rehaussé d'or. — Figure de sainte. — Travail espagnol. — XVIe siècle.

452. — Cippe en ivoire, soutenu par des enfants. — XVIe siècle.

453. — Le Christ couronné d'épines. — Figurine en ivoire. — Fin du XVIe siècle.

454. — Ivoire. — Figurine grotesque accroupie, en costume de fou du XVIe siècle.

455. — Bas-relief en ivoire, représentant une femme et des enfants jouant avec une chèvre. — Travail italien du XVIe siècle.

456. — Apollon. — Figurine en ivoire. — XVIe siècle.

457. — Éphèbe courant. — Figurine en ivoire. — XVIe siècle.

458. — L'insouciance du jeune âge. — Figurine en ivoire, exécutée par Duquesnoy, dit François Flamand. — XVIIe siècle.

Cette petite figurine s'appuie d'un bras sur une tête de mort, et joue avec les doigts de son autre main.

Duquesnoy était né à Bruxelles, en 1594, la même année que le Poussin, qui devint son meilleur ami. Le Titien était son modèle favori, et non seulement il excella dans la reproduction des figurines d'enfant, mais aussi dans ses ouvrages de haute portée, parmi lesquels on peut citer le saint André de Saint-Pierre de Rome. Il mourut à Livourne, en 1664, empoisonné, dit-on, par son frère, au moment de partir pour la France avec le Poussin.

459. — Manneken-Piss. — Figurine en ivoire par Duquesnoy (François Flamand). — XVIIe siècle.

460. — Figurine d'enfant. — Ivoire du même maître — XVIIe siècle.

461. — Amour couché. — Figurine en ivoire, exécutée par François Flamand. — XVIIe siècle.

462. — Amour couché. — Figurine en ivoire. — XVIIe siècle.

463. — Enfant couché. — Figurine en ivoire. — XVIIe siècle.

464. — Bacchus et bacchante. — Haut-relief d'ivoire travaillé à jour avec encadrement en bois sculpté et doré. — XVIIe siècle.

465. — Sainte Catherine. — Figure en ivoire. — XVIIe siècle.

466. — Saint Jean. — Figurine en ivoire. — XVIIe siècle.

467. — Vénus. — Statuette en ivoire. — XVIIe siècle.

468. — La Vierge portant l'Enfant-Jésus. — Figure en ivoire. — XVIIe siècle.

469. — Saint Pierre. — Statuette en ivoire colorié et doré, de travail espagnol. — XVIIe siècle.

470. — Moine franciscain. — Statuette en ivoire rehaussé de couleur et d'or, de travail espagnol. — XVIIe siècle.

471. — Saint Jean-Baptiste. — Figurine en ivoire rehaussé d'or, de travail espagnol. — XVIIe siècle.

472. — Jupiter. — Figurine en ivoire. — XVIIe siècle. Il tient en main le bâton fleurdelisé.

473. — Vénus. — Figurine en ivoire. — XVIIe siècle.

474. — Jupiter. — Figurine en ivoire. — XVIIe siècle.

475. — Figure de saint personnage. — Ivoire. — XVIIe siècle.

476. — Deux bas-reliefs en ivoire représentant des enfants. — XVIIe siècle.

477. — Vase en corne sculptée, de la forme d'un vase à bière, représentant sur sa panse les travaux d'Hercule exécutés en relief. — La monture en argent est décorée d'une figure de buveur en ivoire, de travail flamand. — XVIe siècle.

478. — Petit drageoir en ivoire sculpté, décoré de cavaliers, de figures de génies et de guerriers, en haut-relief. — XVIIe siècle.

479. — Cuiller en ivoire avec manche travaillé à jour, représentant une figure de Bacchus. — XVIIe siècle.

480. — Cuiller en ivoire avec manche travaillé à jour, représentant un roi à cheval. — XVIIe siècle.

481. — Petit diptyque en ivoire travaillé à jour, composé de vingt-quatre sujets représentant tous les

principaux épisodes de la vie et de la passion du Christ. — XVIIe siècle.

Ce petit diptyque, dont les côtés, de la dimension d'une coquille de noix, renferment cent deux figures, a été exécuté au mont Liban. Il est monté en bois de cèdre.

482. — Pomme de canne à béquille, formée par une tête d'oiseau et surmontée de la figure d'Andromède.

483. — Pomme de canne décorée d'ornements en relief et surmontée d'une figure de Jupiter. — XVIIe siècle.

484. — Christ en croix. — Figure d'ivoire. — XVIIe siècle.

485. — Petite tête de mort en ivoire sculpté.

486. — Sainte Thérèse. — Figure d'ivoire. — Fin du XVIIe siècle.

487. — Figurine de femme, en ivoire, costume monastique, avec la légende : *Souffrir ou mourir.* — XVIIe siècle.

488. — L'Hiver. — Figurine en ivoire. — XVIIe siècle.

489. — La résurrection du Christ. — Monument exécuté en ivoire. — XVIIe siècle.

490. — Petit cippe en ivoire, composé de quatre têtes sculptées en relief.

491. — Tabatière en ivoire. — Combat de cavalerie. — Travail flamand du XVIIe siècle.

492. — Tabatière en ivoire, ornée de deux médaillons à sujets grotesques. — Scène de buveurs et scène d'intérieur. — Travail flamand du temps de Louis XIII.

493. — Ivoire. — Statue équestre de Louis XIV.

494. — Figure de saint. — Ivoire. — XVIIIe siècle.

495. — Statuette équestre de guerrier. — XVIIIe siècle.

496. — Cippe en ivoire, décoré de bas-reliefs qui représentent des tritons et des naïades. — Travail du siècle dernier.

497. — Saint Michel terrassant le démon. — Groupe en ivoire. — Ouvrage moderne.

498. — Cippe en ivoire monté en ébène. — Bacchanale et triomphe de Silène. — Travail moderne.

499. — Cippe en ivoire monté en ébène. — Bacchanale. — Travail moderne.

500. — Cippe en ivoire, représentant une danse de bacchantes. — Bas-relief moderne.

501. — Cippe en ivoire monté en ébène. — Marche de soldats romains conduisant des captifs. — Travail moderne.

502. — Cippe en ivoire monté en ébène. — Le char de l'Amour. — Travail moderne.

503. — Ivoire. — Sainte Catherine, copie moderne d'une figure en bois attribuée à Lucas de Leyde.

504. — Cippe en ivoire monté en ébène. — Sacrifice à la nature. — Travail moderne.

505. — Figure de sainte, debout avec un génie à ses pieds. — Ivoire moderne.

506. — Ivoire. — Médaillons de travail moderne. — Antinoüs. — Vénus Callipyge. — Zénon. — Homère.

507. — Petite boîte en ivoire sculpté, avec couvercle décoré de fruits et d'animaux en relief. — Travail moderne.

TERRES CUITES.

508. — Fragments d'une frise antique. — Bas-reliefs en terre cuite.

509. — Terre cuite. — Modèle réduit des grandes cariatides du pavillon de l'Horloge, au Louvre, exécutées par J. Sarazin, au XVIe siècle.

510. — Saturnale. — Estampage en terre d'un bas-relief de Jean Goujon. — XVIe siècle.

511. — Figurine d'enfant. — Terre cuite attribuée à Duquesnoy, dit François Flamand. — XVIIe siècle.

BRONZES.

512. — Ange en adoration. — Fragment d'un reliquaire en bronze doré du XIIIe siècle.

513. — Buste de Minerve en bronze doré. — XVIe siècle.

La chlamyde en marbre est antique. Ce buste a été trouvé dans des fouilles faites à Paris.

514. — Lutteur. — Figurine italienne. — Bronze du XVIe siècle.

515. — Figure en bronze. — Vénus debout, la tête ceinte du diadème. — Ecole italienne du XVIe siècle.

516. — Junon. — Figurine en bronze provenant d'un chenet italien. — XVIe siècle.

517. — Figurine grotesque de faune. — Lampe en bronze. — XVIe siècle.

518. — Diane. — Bronze doré du XVIe siècle.

519. — Neptune armé de son trident. — Grand chenet italien en bronze. — XVIe siècle.

La figure est élevée sur un pied décoré de figurines, de tritons, de guirlandes et d'ornements.

520. — Mars. — Figurine en bronze de l'école italienne. — XVIIe siècle.

521. — Bellone. — Figurine en bronze de l'école italienne. — XVIIe siècle.

522. — Figurine de guerrier tenant en main la lance. Bronze italien. — XVIIe siècle.

523. — Statuette d'empereur romain. — Bronze italien. — XVIIe siècle.

524. — Bronze. — Cariatide à triple face.

525. — Deux petits mascarons d'enfants en cuivre repoussé et ciselé.

526. — Figure d'enfant couché, en cuivre fondu, d'après un ivoire de François Flamand.

527. — Bas-relief représentant un char antique. — Fonte de fer.

528. — Bas-reliefs en fonte de fer. — Sujets tirés de l'histoire romaine.

529. — La Vierge et l'Enfant-Jésus. — Bas-relief en fonte de fer.

530. — Plaques moulées en fonte de fer. — Bacchus et les Amours.

531. — Idole indienne. — Bronze ancien.

2° MEUBLES EN BOIS SCULPTÉ.

BANCS-D'ŒUVRE. — SIÉGES. — LITS.

532. — Grand banc de réfectoire, aux armes de France, provenant d'une abbaye royale. — xve siècle.

533. — Chaire magistrale, à l'écu de France supporté par deux anges et surmonté de la couronne ouverte. — Règne de Louis XII.

534. — Chaire magistrale décorée de figures et de bas-reliefs. — Règne de Louis XII.

Les sujets sont les suivants : la présentation de la Vierge au temple par ses parents saint Joachim et sainte Anne; la crèche, l'adoration des mages, et la fuite en Égypte. Sur le devant du siége sont trois figures représentant sans doute les saints patrons des possesseurs : saint Jean Porte-Latine, sainte Anne, et saint Jacques de Galice.

Ces deux beaux siéges faisaient partie du cabinet de M. de Sennonnes avant d'entrer dans la *Collection Du Sommerard.*

535. — Siége à dais en bois sculpté, aux armes de la maison de France et de Bretagne, décoré de bas-reliefs : le Calvaire, la Mère de douleurs, et le couronnement de la Vierge. — Fin du xve siècle.

536. — Siége à dais en bois sculpté, enrichi de bas-reliefs à figures et d'ornements, et surmonté d'un riche dais travaillé à jour. — Fin du xve siècle.

537. — Banc-d'œuvre à trois stalles, surmonté d'un dais et décoré d'ornements et d'arabesques. — Règne de François Ier.

Les miséricordes sont couvertes de seulptures grotesques qui représentent : l'une, un porc qui touche de l'orgue ; l'autre, le même personnage avec un âne pour souffleur.

538. — Banc-d'œuvre à trois stalles et à dossier, décoré de figures, de médaillons et d'arabesques. — XVIe siècle.

Le bas-relief du dossier représente la salutation angélique.

539. — Fragments d'un banc-d'œuvre du XVIe siècle.

540. — Fragment d'un siége seigneurial existant jadis au château de Poitiers. — XVIe siècle.

Les sculptures sont exécutées en haut-relief; le sujet principal, la salutation angélique, d'après Raphaël, est entouré d'arabesques d'un travail fort remarquable.

541. — Grand lit à baldaquin, du temps de François Ier.

Ce beau lit, remarquable par la profusion des détails de son ornementation, est surmonté d'un baldaquin que soutiennent les figures de Mars et de la Victoire. Le dossier à fronton est enrichi d'ornements habilement sculptés. La couronne ducale occupe le milieu du chevet et les enroulements sont surmontés de dauphins en haut-relief. La corniche à modillons, d'une grande richesse de décoration, porte à l'intérieur la même couronne ducale; la frise est également couverte d'ornements.

La garniture, la courte-pointe, le ciel et les gouttières sont postérieurs de quelques années; cette tenture provient du lit de Pierre de Gondi, premier évêque de Paris de ce nom; elle était conservée jadis au château de Villepreux.

542. — Lit en bois sculpté de la fin du XVIe siècle.

La garniture, les courtines et les gouttières sont en damas rouge.

543. — Banc d'église, à dossier volant. — Fin du XVIe siècle.

Donné par M. le capitaine Petit.

544. — Chaise en bois sculpté, à dossier renversé, ornée d'arabesques en relief. — XVIIe siècle.

545. — Chaise de même travail et de même époque.

546. — Fauteuil en bois, à bras et à pieds tors, couvert en cuir doré. — Meuble flamand du temps de Louis XIII.

547. — Fauteuil de même forme et de même époque, orné de têtes de femme.

548. — Fauteuil de même forme et de même époque.

549. — Fauteuil en bois sculpté, garni en cuir doré, de fabrique flamande. — XVIIe siècle.

550. — Fauteuil flamand, en bois sculpté, garni en canne. — XVIIe siècle.

551. — Chaise en bois sculpté, de style flamand, montée en canne. — XVIIe siècle.

552. 553. 554. — Chaises de même style et de même époque.

555. — Chaise flamande, en bois sculpté, garnie en cuir doré. — XVIIe siècle.

556. — Chaise de même travail et de même époque.

557. — Grand fauteuil en bois sculpté, composé de bas-reliefs à figures et d'ornements.

CRÉDENCES. — BUFFETS. — DRESSOIRS. — CABINETS.

558. — Grand dressoir de sacristie, provenant de l'église de Saint-Pol-de-Léon. — xve siècle.

Ce meuble, à trois étages, était destiné à renfermer les ornements d'église. Les vantaux sont décorés des armoiries de France, accolées à celles de Bretagne. La partie principale consiste en un dressoir destiné à supporter les vases sacrés; les deux côtés sont formés par des armoires qui renferment les ornements sacerdotaux. Il est surmonté d'un couronnement sculpté à jour, d'une grande finesse d'exécution. Les serrures, verrous et ferrures, sont également aux armes de France et de Bretagne.

559. — Crédence en bois sculpté aux armes accolées de France et de Bretagne. — Règne de Louis XII.

560. — Petit meuble de hauteur d'appui, décoré de figures et d'ornements. — Commencement du xvie siècle.

561. — Petit meuble de forme architecturale, flanqué sur ses angles de tourelles crénelées, et décoré d'ornements à jour. — Commencement du xvie siècle.

562. — Petite crédence à cinq pans, en bois sculpté, décorée d'ornements gothiques. — Commencement du xvie siècle.

563. — Crédence en bois sculpté. — Commencement du xvie siècle.

564 — Crédence en bois sculpté, décorée d'ornements en relief. — Commencement du xvie siècle, règne de Louis XII.

565. — Crédence en bois sculpté à pans coupés, décorée de pilastres sur les angles, et enrichie d'arabesques et de médaillons, avec la date de 1524.

566. — Crédence en bois sculpté, décorée de pilastres et d'ornements en relief. — XVIe siècle.

567. — Crédence de même style et de décoration à peu près analogue. — XVIe siècle.

568. — Crédence en bois sculpté, décorée de pilastres à chimères avec incrustation de marbres de couleur. — XVIe siècle.

569. — Crédence décorée de bas-reliefs et d'arabesques. — XVIe siècle.

Les bas-reliefs à figures, au nombre de trois, représentent l'histoire de Suzanne. — Suzanne surprise au bain par les vieillards. — Le jugement et la lapidation des calomniateurs.

570. — Crédence en bois sculpté. — XVIe siècle.

Le bas-relief du fond représente une Léda, dans un médaillon entouré de riches ornements. Le vantail de la face a pour sujets trois épisodes de la vie de Samson.

571. — Petite crédence à cinq pans, décorée de bas-reliefs et de pilastres à figures. — La salutation angélique. — XVIe siècle.

572. — Petite crédence à cinq pans, en bois sculpté, décorée d'ornements et d'armoiries, style allemand. — XVIe siècle

573 — Grande armoire à deux corps et à quatre vantaux, en bois de noyer sculpté, provenant de l'abbaye de Clairvaux. — Règne d'Henry II.

Ce meuble, orné de sept cariatides en relief, couvert d'ornements et d'arabesques, provient directement de l'abbaye de Clairvaux. — La tradition rapporte que ce beau monnment de sculpture en bois a été exécuté par les moines de l'abbaye, à l'occasion de la fête de leur abbé.

574. — Meuble à quatre vantaux surmonté d'un fronton coupé avec figures en relief et décoré de mascarons et de cariatides. — XVIe siècle.

Les sujets représentés sur les vantaux sont : la salutation angélique et les figures de Bacchus et de Cérès.

575. — Meuble à quatre vantaux, surmonté d'un fronton sculpté à jour, et couvert de figures et d'ornements en relief. — XVIe siècle.

Sur les vantaux supérieurs sont les figures de Mars et de Bellone.

576. — Armoire à deux corps et à quatre vantaux. — XVIe siècle.

Ce meuble est surmonté de son dressoir; les ornements et figures chimériques qui en forment la décoration se répètent sur chacun des panneaux.

577. — Armoire à vantaux, décorée de figures et de bas-reliefs. — XVIe siècle.

Les bas-reliefs des panneaux représentent les attributs de la Paix, de l'Abondance, de la Discorde et de la Guerre. Les montants sont garnis de figures au nombre de six, qui tiennent divers instruments de musique.

578. — Armoire à deux corps, décorée d'incrustations en nacre. — XVIe siècle.

Ce meuble, à quatre vantaux et à fronton coupé, est flanqué sur ses angles de colonnettes engagées au premier étage et dégagées au second. Les sujets des panneaux sont : Neptune et Amphitrite avec leurs attributs, les forges de Vulcain et le jugement de Salomon.

579. — Armoire à deux corps, ornée d'incrustations

en marbre et décorée de colonnettes cannelées. — Fin du XVIe siècle.

Le sujet du vantail supérieur représente Actéon changé en cerf; sur la partie inférieure est la figure de la Victoire.

580. — Armoire à deux corps, ornée d'incrustations en marbre, et flanquée de colonnettes torses et cannelées. — Fin du XVIe siècle.

Les vantaux sont décorés des figures de la Paix et de l'Abondance. Dans les niches disposées de chaque côté sont placées des figurines qui tiennent des instruments de musique.

581. — Meuble à hauteur d'appui. — XVIe siècle.

La porte est ornée d'une figure de saint Jean-Baptiste.

582. — Petit meuble à hauteur d'appui, décoré d'ornements et de figures en haut-relief. — XVIe siècle.

583. — Petit meuble en bois sculpté, à deux vantaux, décoré d'ornements en relief. — XVIe siècle.

584. — Buffet en bois sculpté, décoré de trophées de guerre et d'attributs. — XVIe siècle.

585. — Buffet en bois sculpté, décoré de figures et d'ornements. — XVIe siècle.

586. — Armoire à quatre vantaux, décorée de trophées d'armes et d'ornements en relief. — Style flamand de la fin du XVIe siècle.

587. — Grand meuble à six vantaux, composé des fragments d'un meuble du château de Fontainebleau exécutés sur les dessins du Primatice et de Jules Romain.

Le sujet principal représente une Léda en haut-relief. —Les deux autres, exécutés d'après les peintures de Jules Romain qui existent au palais du T, à Mantoue, sont les filets de Vulcain et Mars revenant de la guerre.

588. — Armoire à deux corps, du temps de Louis XIII.

Les vantaux de la partie supérieure présentent les portraits équestres d'Henry IV et de Louis XIII, sculptés en relief. Les figures de Bellone et de la Victoire en pied, avec leurs attributs, décorent les panneaux inférieurs. Les frises sont couvertes de sujets de chasse et des emblèmes de la paix et de l'abondance ; les montants sont ornés des figures de Diane, de Mercure, de Jupiter et d'Hercule. Le fronton est surmonté, sur ses côtés, de chimères aux ailes déployées et sur sa face d'une statue d'Hercule vainqueur du lion de Némée.

589. — Cabinet à fronton et à deux corps, du temps de Louis XIII.

La partie supérieure est ornée, sur ses angles, de colonnettes torses; la partie inférieure est décorée de colonnes cannelées. Les vantaux du corps supérieur, séparés par une cariatide qui se termine par un mascaron à tête de bélier, sont ornés des figures de Jupiter et de Junon. Plus bas sont celles de Bacchus et de Cérès. Sur le fronton coupé sont deux femmes couchées. La frise qui sépare les deux corps est ornée de mascarons et de têtes de lion.

590. — Meuble à cinq vantaux. — Style flamand du XVIIe siècle.

Les vantaux et les montants sont décorés de figures allégoriques, telles que celles des Saisons, de l'Abondance, de la Musique, de la Vérité, etc. — Les frises sont garnies d'ornements, de figures d'enfants et d'animaux chimériques.

591. — Dressoir flamand à deux corps, décoré de bas-reliefs, de figures et d'ornements. — XVIIe siècle.

592. — Grand cabinet en ébène, à un seul corps, supporté par des colonnes torses sculptées, et enrichi de figures et de guirlandes. — XVIIe siècle.

Les vantaux sont décorés de sujets à figures. L'intérieur est richement sculpté et renferme un temple orné de marqueteries et de peintures.

593. — Grand cabinet en bois d'ébène, à quatre vantaux sculptés en relief et représentant des sujets de guerre et de victoire. — XVIIe siècle.

Les encadrements des sujets représentent des esclaves enchaînés et des trophées de guerre; les frises sont décorées d'arabesques en relief.

594. — Grand cabinet en ébène, décoré de bas-reliefs et de frises sculptées à figures et représentant des sujets tirés des romans de chevalerie. — XVIIe siècle.

Ce meuble a été envoyé d'Espagne par l'amiral Nelson, à Faivret, ébéniste alors en renom, pour être remis en bonne condition. C'est de cette époque que datent les restaurations qu'il a subies.

595. — Armoire en ébène, décorée de deux panneaux sculptés à figures. — XVIIe siècle.

Les panneaux représentent l'adoration des mages et celle des bergers, les quatre évangélistes et les saints personnages. Le meuble porte la date de 1649.

596. — Meuble de hauteur d'appui, en ébène sculptée. — XVIIe siècle.

Le bas-relief principal représente la figure de l'Automne. — Les côtés sont flanqués de cariatides formées par les signes du zodiaque.

597. — Meuble de hauteur d'appui, en ébène sculptée, orné de bas-reliefs à figures et d'ornements. — XVIIe siècle.

Les angles sont flanqués de cariatides formées par les signes du zodiaque. — Ce meuble est le pendant du précédent.

598. — Meuble hauteur d'appui, en ébène sculptée, décoré de figures et d'ornements. — XVIIe siècle.

599. — Meuble hauteur d'appui, décoré de panneaux en ébène couverts de sujets sculptés à figures et d'ornements du XVIIe siècle.

600. — Meuble de travail analogue et de même époque.

601. — Meuble de hauteur d'appui, décoré de panneaux en ébène couverts de sujets à figures en relief. — XVIIe siècle.

602. — Meuble de forme et de décoration analogues.

603. — Meuble de même forme et de même travail.

604. — Cippe en ébène, composé de bas-reliefs à figures et flanqué de colonnettes torses. — Le massacre des innocents et l'enlèvement d'Europe. — XVIIe siècle.

605. — Autre cippe de travail analogue et de même dimension. — XVIIe siècle.

606. — Pupitre en bois d'ébène sculpté, composé de bas-reliefs et décoré de figures et d'ornements.

607. — Petit cabinet en ébène, garni de tiroirs et de vantaux. — XVIIe siècle.

608. — Petit cabinet, modèle en ébène. — XVIIe siècle.

609. — Grand meuble en bois de placage, fabriqué en Hollande au XVIIe siècle.

Donné par Mme Grille de Beuzelin.

610. — Cabinet florentin, décoré de mosaïques en pierre dure de Florence, et de matières précieuses avec application d'écaille. — Fin du règne de Louis XIII.

Ce riche cabinet à trois étages est entièrement plaqué en écaille, tant à l'intérieur qu'à l'extérieur. Sa décoration se compose de mosaïques en pierre dure de Florence, de matières précieuses de toutes les natures, qui représentent des oiseaux et des paysages; il est, de plus, enrichi de pilastres en lapis lazzuli, de cornalines, de plaques en argent repoussé et surtout de peintures et de miniatures rapportées à la fin du XVIIe siècle, le tout entouré d'encadrements en cuivre repoussé à jour et doré.

Il porte sur une table à quatre pieds, garnis de chapiteaux en cuivre repoussé, découpé et doré. Cette table est entièrement couverte d'applications d'écaille avec des incrustations de nacre.

Le corps du meuble est formé d'un double vantail dont l'extérieur est décoré de paysages et d'oiseaux en mosaïque et de matières précieuses avec des encadrements en lapis. — La décoration intérieure est analogue; seulement un grand nombre de ces mosaïques ont été remplacées par des miniatures du temps de Louis XV. Le couronnement est enrichi de pierres de diverses natures et de figurines en argent.

Ce beau meuble, exécuté à Florence sous le règne de Louis XIII, était passé en Pologne, d'où il a été rapporté par un commissaire impérial.

COFFRES. — BAHUTS (1). — COFFRETS.

611. — Coffre gothique chargé d'écussons armoriés soutenus par des lions, des licornes et autres animaux chimériques. — Règne de Louis XI.

612. — Coffre en bois sculpté. — XVe siècle.

La face principale est divisée en deux parties. La partie supérieure présente les figures du Christ et des douze apôtres, ils sont placés debout et tiennent en main les symboles qui les caractérisent. — Les sujets qui décorent la partie inférieure sont les supplices des martyrs de la foi. Les deux côtés sont couverts d'ornements et de motifs de chasse.

(1) L'expression de *bahut* que l'on emploie aujourd'hui pour désigner indistinctement toute espèce de coffre à couvercle, ne s'appliquait absolument qu'aux coffres à couvercle en forme de voûte. Tous les autres étaient désignés sous les noms de COFFRES, ARCHES ou HUCHES

613. — Coffre gothique décoré d'ornements en relief. — XVe siècle.

614. — Coffre en bois de chêne sculpté, décoré d'ornements gothiques. — XVe siècle.

615. — Coffre gothique en bois sculpté, décoré d'ornements en relief, avec sa ferrure. — XVe siècle.

616. — Coffre gothique décoré d'ornements; le panneau du milieu présente la figure de saint Pierre. — XVe siècle.

617. — Devant d'un coffre gothique en bois sculpté aux armes du dauphin de France. — XVe siècle.

618. — Devant d'un coffre en bois sculpté. — XVe siècle.

619. — Coffre de mariage en bois sculpté, décoré de figures et d'ornements en haut-relief sur fonds dorés (école vénitienne). — XVIe siècle.

La façade et les côtés de ce beau coffre sont couverts de sujets à figures, de chimères, de mascarons et d'écussons en haut-relief. Les frises sont ornées de guirlandes et de trophées, et les angles sont formés par des figures chimériques aux ailes déployées.

620. — Coffre de mariage, forme d'arche ou de bahut, en bois sculpté. — XVIe siècle.

Ce coffre est décoré des figures de l'Hymen qui porte son flambeau, et de l'Amour qui tient son arc. Le couvercle est orné d'incrustations en bois de couleur et porte la devise : MITTE ARCANA DEI. Il provient du château de Loches.

621. — Coffre en bois sculpté, orné de bas-reliefs, de figures et de mascarons en saillie, avec ses ferrures du temps. — Travail flamand du XVIe siècle.

622. — Coffre en bois sculpté, décoré de figures, d'ornements et de pilastres. — XVIe siècle.

Le bas-relief du milieu a pour sujet le jugement de Pâris.

623. — Coffre en bois sculpté. — XVIe siècle.

La partie antérieure et les faces latérales sont décorées de figures chimériques, de pilastres et d'ornements. Le médaillon du milieu représente une figure de Neptune couché et tenant en main le trident.

624. — Coffre décoré de pilastres et d'ornements en relief. — XVIe siècle.

Le médaillon de la face antérieure représente l'histoire de Loth et ses filles.

625. — Coffre en bois sculpté, de style flamand, garni de sa serrure et orné de figures et de pilastres couverts d'arabesques. — XVIe siècle.

Le sujet principal représente la salutation angélique.

626. — Coffre en bois sculpté, de style flamand. — XVIe siècle.

Les sujets de la face antérieure sont: la salutation angélique, l'adoration de l'Enfant-Jésus et le Christ en croix.

627. — Coffre en bois sculpté représentant les divers épisodes de la vie de saint Jean. — XVIe siècle.

628. — Coffre en bois sculpté, à figures. — XVIe siècle.

Le Christ et les douze apôtres.

629. — Coffre en bois sculpté, décoré d'ornements et de médaillons en relief. — XVIe siècle.

Le sujet du milieu représente la salutation angélique.

630. — Coffre décoré d'arabesques en relief. — XVIe siècle.

631. — Coffre en bois sculpté, décoré de pilastres et d'ornements en relief : le jugement de Pâris. — XVIe siècle.

632. — Coffre en bois sculpté, décoré des figures du Christ, de saint Pierre et de sainte Barbe. — XVIe siècle.

633. — Coffre de style flamand, à colonnettes engagées. — XVIe siècle.

634. — Coffre de style flamand, décoré d'ornements et de figures qui forment pilastres. — XVIe siècle.

635. — Coffre de style flamand, décoré de pilastres et d'ornements. — XVIe siècle.

636. — Coffre de style flamand, décoré d'ornements en relief. — XVIe siècle.

637. — Coffre flamand, décoré de pilastres et d'ornements. — XVIe siècle.

638. — Devant d'un coffre en bois sculpté, décoré de pilastres et d'un bas-relief, le sacrifice d'Abraham. — XVIe siècle.

639. — Devant d'un coffre en bois sculpté, entièrement semblable au précédent. — XVIe siècle.

640. — Devant d'un coffre flamand, décoré d'ornements et de pilastres. — XVIe siècle.

641. — Devant d'un coffre flamand. — XVIe siècle.

642. — Coffret gothique en bois sculpté, aux armes accolées de France et de Bretagne. — XVe siècle.

La forme première de ce coffre a été dénaturée.

643. — Petit coffret en bois sculpté, décoré d'ornements gothiques découpés et de peintures. — XVe siècle.

644. — Coffret en bois de travail vénitien, couvert d'incrustations en ivoire et en bois de couleur. — xve siècle.

645. — Coffret en bois décoré d'ornements et de sujets symboliques en pâte, sur fonds dorés. — xviie siècle.

646. — Coffret en bois noir, avec appliques en cuivre doré. — xviie siècle.

647. — Coffret en écaille avec appliques en cuivre doré. — xviie siècle.

648. — Petit coffret en écaille, avec appliques en cuivre doré et têtes en argent. — xviie siècle.

649. — Coffret en bois de merisier sculpté, décoré d'ornements, d'arabesques et de chiffres. — Règne de Louis XIV.

650. — Coffret de même époque, décoré d'un double écusson d'armoiries à la couronne de comte, avec deux hercules pour support.

MEUBLES DIVERS. — TABLES. — PORTES. — MIROIRS, ETC.

651. — Grande flèche gothique en bois sculpté, travaillée à jour. — xve siècle.

652. — Fragment d'un campanile gothique en bois sculpté à jour et peint. — Fin du xve siècle.

653. — Fragment d'un campanile gothique en bois sculpté et peint. — Fin du xve siècle.

654. — Flèche d'une niche gothique en bois sculpté. — Fin du xve siècle.

655. — Flèche d'une niche gothique en bois sculpté. — Fin du XVe siècle.

656. — Pupitre d'église, sorte de lutrin, de forme octogone, en bois sculpté, couvert d'ornements gothiques et surmonté d'une figure de saint Michel. — Fin du XVe siècle.

657. — Balustrade d'autel en bois sculpté, à deux battants, décorée de médaillons et d'ornements à jour. — Fin du XVe siècle.

658. — Fragment d'une barrière de chœur en bois sculpté. — Règne de François Ier.

659. — Prie-Dieu en bois sculpté. — XVIe siècle.

Le bas-relief qui décore la face de ce prie-Dieu représente la généalogie de la Vierge; il est flanqué de pilastres fleurdelisés. — La tablette porte l'inscription : *Memento finis.*

660. — Prie-Dieu en bois sculpté, décoré de bas-reliefs, de mascarons et d'ornements. — Style du XVIe siècle.

661. — Table en bois de noyer, à pieds sculptés, décorée de griffons et d'ornements. — XVIe siècle.

662. — Table en bois de noyer sculpté. — XVIe siècle.

663. — Table en bois sculpté, décorée d'inscriptions en marqueterie de Venise, ivoire sur bois de couleur, et montée sur pieds tors avec galerie à jour. — XVIIe siècle.

664. — Table en ébène, montée sur six pieds, et décorée de cariatides en relief, de frises et de sujets à figures. — XVIIe siècle.

665. — Dessus de porte. — Bas-relief en bois sculpté. — XVe siècle.

666. — Porte en bois sculpté, peint et doré, provenant de l'Hôtel-Dieu de Provins, et représentant sur ses panneaux la salutation angélique et plusieurs figures de saints personnages exécutées en relief. — Fin du XVe siècle.

667. — Porte provenant du château d'Anet, décorée de deux médaillons, au-dessus desquels figurent d'un côté la couronne de France, de l'autre une couronne de lauriers. — XVIe siècle.

668. — Porte en bois sculpté, du XVIe siècle, à l'écusson de France.

Les panneaux de la partie du haut sont d'une époque postérieure et ont été rapportés.

669. — Porte sculptée à jour, provenant de l'abbaye de Saint-Ricquier, près d'Abbeville. — XVIe siècle.

670. — Porte de même provenance et de même époque.

671. — Porte à deux battants, décorée de bas-reliefs, de figures et de trophées en bois sculpté. — XVIe siècle.

672. — Porte sculptée à jour et décorée d'ornements en relief avec son couronnement. — XVIe siècle.

673. — Porte décorée d'arabesques sculptées à jour. — XVIe siècle.

674. — Porte sculptée à jour, composée de fragments en ébène et en chêne de diverses époques.

675. — Porte composée de bas-reliefs et de panneaux, d'ornements sculptés en relief du XVIe siècle.

676. — Porte de composition analogue.

677. — Porte composée de fragments des mêmes époques.

678. — Porte composée de fragments semblables.

679. — Gaînes en bois sculpté, décorées d'arabesques en relief. — XVIe siècle.

680. — Cippe en bois sculpté et peint, à quatre faces, composé de huit bas-reliefs : histoire du siége et de la prise de la ville de Troyes. — XVIe siècle.

681. — Piédestal en bois peint et doré, formé par quatre colonnes cannelées, réunies par des cintres. — XVIe siècle.

682. — Petit meuble en forme de socle. — XVIe siècle.

La crèche et l'adoration de l'Enfant-Jésus.

683. — Billot de pharmacie. — XVIIe siècle.

Ce billot, à quatre faces sculptées, est formé par un groupe de quatre chimères à pieds de lion, et décoré de quatre écussons, sur lesquels on lit la légende : PRO COMMUNI OFFICINA — PHARMACOPOEORUM — LUTECIÆ, 1614.

684. — Bâton de confrérie en bois sculpté, à figures, représentant d'un côté un navire en construction, et de l'autre la fuite en Egypte, avec la date 1645 et les mots NICOLAS BILSIC.

685. — Bâton de confrérie en bois sculpté, représentant la fuite en Egypte et un navire en construction, avec la date de 1645 et les mots OLIVIER ETESSE.

686. — Bâton de la même confrérie.

687. — Bâton de la même confrérie.

688. — Bâton de la même confrérie.

689. — Miséricorde. — Fragment d'un banc-d'œuvre — XVe siècle.

690. — Paire de flambeaux d'église en bois sculpté et doré.

691. — Ecran en bois doré, du règne de Louis XIV.

Il est garni de sa tapisserie au petit point, qui représente des ornements et des oiseaux chimériques.

692. — Miroir en bois sculpté, rehaussé d'or, travail italien. — XVIe siècle.

Ce riche miroir, flanqué de deux pilastres cannelés, est recouvert par une plaque gravée qui représente une Léda. — Le fronton et le soubassement sont décorés de chimères, d'ornements et d'écussons en haut-relief. L'écusson d'armoiries placé dans le bas porte la devise LIBERTA.

693. — Miroir avec bordure en pâte, représentant des figures et des arabesques en relief, ouvrage italien du XVIe siècle.

694 — Grand miroir de Venise avec bordure en verrerie de couleur, richement ornée de fleurs de lis. — XVIe siècle.

695. — Miroir de toilette avec bordure en bois sculpté et doré, décoré d'anges et de génies en haut-relief, et surmonté d'un médaillon en ivoire qui représente une femme à sa toilette. La frise en ivoire est composée d'amours et de guirlandes de fruits. — XVIe siècle.

696. — Glace avec cadre en ébène, décoré de figures en relief et d'ornements gravés, et surmonté d'un fronton. — XVIIe siècle.

697. — Grand trumeau de cheminée en bois sculpté et doré. — XVIIe siècle.

Les sculptures représentent des figures d'enfants qui jouent avec des ceps de vigne. Le couronnement en ronde-bosse a pour sujet l'enlèvement de Proserpine.

698. — Miroir avec cadre en bois sculpté et doré, couvert de figures d'enfants et de ceps de vigne. — XVIIe siècle.

699. — Miroir avec cadre en bois sculpté et doré, décoré de figures de génies et de feuillages. — Epoque de Louis XIII.

700. — Miroir décoré d'estampages en cuivre du temps de Louis XIII.

701. — Miroir avec cadre en cuivre ciselé et doré, surmonté d'un mascaron d'ange. — Règne de Louis XIII.

702. — Miroir avec cadre en cuivre estampé et doré.— Règne de Louis XIII.

703. — Miroir avec cadre décoré d'appliques en cuivre estampé et doré. — Règne de Louis XIII.

704. — Miroir avec appliques en cuivre repoussé. — XVIIe siècle.

705. — Miroir avec bordure décorée d'ornements en cuivre estampé et doré

706. — Grand miroir avec bordure décorée d'ornements en cuivre repoussé. — Règne de Louis XIII.

707. — Grand miroir avec bordure en ébène décorée d'émaux et de plaques en cristal taillé.

II. PEINTURE.

1° TABLEAUX. — PORTRAITS.

708. — Fragments d'une peinture murale enlevée du réfectoire de l'abbaye des bénédictins de Charlieu (Loire), dont la fondation première remonte à Rasbert, évêque de Valence, en 876. — XIIe siècle.

Cette peinture couvrait une grande partie des murs du réfectoire. Au centre était le Christ dans sa gloire, entouré des symboles des Évangiles; de chaque côté s'étendait une longue ligne de saints personnages, parmi lesquels se trouvaient les têtes conservées aujourd'hui; une de ces figures paraît être celle du fondateur; elle porte un petit édifice de forme carrée, flanqué d'une haute tour.

709. — La salutation angélique. — Médaillons peints sur bois à fond d'or. — Ecole italienne. — XIVe siècle.

710. — Jésus au jardin des Olives, et les saintes femmes au sépulcre. — Peinture sur bois à fond d'or, de Gentile da Fabbriano, disciple de Giovanni da Fiesole, avec l'inscription: *Anno Domi*, MCCCCVIII.

711. — La Vierge et l'Enfant-Jésus. — Peinture sur bois à fond d'or. — Ecole florentine. — XVe siècle.

712. 713. — Archanges. — Peintures sur bois de la même école et du même temps.

714. 715. — Saints apôtres. — Peintures sur bois du même maître.

716. — La Vierge et l'Enfant-Jésus. — Peinture italienne sur bois à fond d'or. — Dans le fronton qui surmonte le panneau principal est un ange en adoration.

717. — La Vierge et les saints. — Peinture sur bois à fond d'or, d'école florentine. — XVe siècle.

718. — Tête d'ange exterminateur. — Peinture sur bois, d'école florentine. — XVe siècle.

719. — Cérémonie mystique. — Peinture sur bois à fond d'or, d'école italienne. — XVe siècle.

L'objet de la cérémonie paraît être la distribution aux fidèles d'une liqueur ayant touché les reliques d'un saint, dont le corps, placé sous l'autel, est mis, par le moyen d'un tube, en communication avec une vasque taillée dans la table. C'est dans cette vasque qu'un personnage, debout sur les degrés, prend avec une sorte de cuiller ou de pince les reliques, objets de la vénération des fidèles.

720. — Les pèlerins d'Emmaüs et l'incrédulité de saint Thomas. — Peinture sur soie à l'eau d'œuf, exécutée par Cosmé, miniaturiste célèbre de l'école de Ferrare, en 1460.

Ces miniatures, contemporaines de l'époque de l'invention de la peinture à l'huile, ne sont pas moins remarquables par leur état de conservation que par la fraîcheur des tons et la beauté de leur exécution. Elles offrent une similitude complète avec les travaux analogues exécutés par le même artiste au palais public de Ferrare.

721. — La mise au sépulcre et la résurrection. — Peinture sur bois, de la même école et d'un travail analogue.

722. — Marie-Madeleine à Marseille. — Tableau peint sur bois par le roi René de Provence. — XVe siècle.

Sur le premier plan sont les figures du roi René et de la reine Jeanne de Laval. Autour de ces person-

nages sont groupés les habitants de la ville de Marseille, rangés en cercle devant Marie-Madeleine, qui se tient debout sur une tribune, en attitude de parler à l'assemblée; dans le fond on voit la ville de Marseille, les forts et la haute mer. Le roi tient son sceptre de la main gauche; sa tête est ceinte de la couronne. La reine est assise à son côté, la tête également couronnée. Ce tableau emprunte une grande partie de son intérêt à son royal auteur, illustre soutien des arts et surtout de la peinture, qui, « par-
» dessus toutes ses sublimes et royales qualités, étoit
» bon musicien, très bon poëte françois et italien,
» se délectant singulièrement de lire les belles et
» naifves rythmes de nos poëtes provençaux, leurs
» vies, mœurs et coustumes, tellement qu'il a com-
» posé en son temps plusieurs beaux et gracieux
» romans, comme la *Conqueste de la douce merci*,
» et le *Mortifiement de vaine plaisance*, outre quel-
» ques dialogues de divers et rares enseignements;
» mais sur toutes choses aimoit, et d'un amour pas-
» sionné, la peinture, et l'avoit la nature doué d'une
» inclination tout excellente à ceste noble profes-
» sion, qu'il estoit en bruit et réputation entre les
» plus excellents peintres et enlumineurs de son
» temps, ainsi qu'on peut voir en plusieurs divers
» chefs-d'œuvres achevés de sa divine et royale
» main, dans un labeur merveilleusement exact et
» plaisant, tant en Avignon, Aix, Marseille et autres
» villes de Provence, qu'en la cité de Lyon et ail-
» leurs. » *Hist. et Chron.* de Provence par César NOSTRADAMUS, édit. de 1614.

723. — Tableau votif du Puy de l'immaculée conception. — Ecole française. — XVe siècle.

La société des Palinods ou du Puy de l'immaculée conception était instituée en l'honneur de la mère de Dieu, et il s'y distribuait des prix aux meilleures pièces faites à sa louange. Elle était dirigée par un maître ou prince que l'on élisait chaque année, et qui consacrait de ses deniers un tableau à la Vierge, le jour de son entrée en fonctions.

Ici, la Vierge, tenant dans ses bras l'Enfant-Jésus, est figurée au milieu d'un champ de blé, pour faire allusion sans doute au nom du maître donateur, FROMENT. Celui-ci est agenouillé sur le premier plan, en face de sa femme et de sa petite-fille. Derrière ces figures sont groupés les membres de la confrérie du Puy, entourés de leurs parents et de leurs amis.

724. — Tableau votif peint sur bois, représentant la Vierge debout devant une église gothique, et les portraits du donateur et de sa famille, avec la légende : *Eglise où Dieu a fait sa résidence.* — xve siècle.

725. — Sacre de Louis XII. — Tableau peint sur bois, d'école française. — xve siècle.

Cette peinture, d'un grand intérêt, représente le sacre de Louis XII, à Reims, en 1498. Elle est divisée en deux panneaux, qui formaient sans doute les deux volets d'un triptyque. Le panneau de gauche a pour sujet le sacre de David, allusion à l'origine de la cérémonie du sacre.

Dans le volet de droite, le roi Louis XII est à genoux, couvert de la robe fleurdelisée ; auprès de lui se tient l'archevêque Guillaume Briconnet, entouré des pairs ecclésiastiques et laïques, et des grands dignitaires qui lui confèrent les attributs de la royauté. La chapelle est pavée de mosaïques; l'autel est couvert d'un riche rétable, et au-dessus de la figure du roi est appendu le dais avec l'inscription : « *Ung Dieu, ung Roi, une foi.* » Dans les galeries sont groupés des écuyers sonnant des trompettes, dont les bannières sont à l'emprise du roi, le porc-épic et les L couronnés.

Dans le volet de gauche, le roi David est à genoux, portant le sceptre et prêt à recevoir la couronne. Samuël est agenouillé derrière lui et tient dans les plis d'un voile la corne remplie de l'huile sacrée. La chapelle, dont le fond est garni d'un immense dais en drap d'or, est remplie d'hommes d'armes en costumes du xve siècle, portant sur la poitrine les attributs du saint roi, la harpe couronnée; les mêmes attributs sont brodés sur les bannières des trompettes.

Ces peintures remarquables ont été sauvées d'une destruction imminente par les soins de M. Thieulloy, d'Arras.

726. — La délivrance des prisonniers. — Tableau peint sur bois, d'école allemande. — XVe siècle.

727. — Le Calvaire, grand triptyque peint par Herleinn de Nordlingen, élève de Van Eick. — XVe siècle.

Les volets représentent Jésus devant Pilate, et la résurrection du Christ.

728. — Sainte Ursule demandée en mariage. — Tableau peint sur toile par Israël Van Meckeinen, de l'école de Cologne. — XVe siècle.

729. — Le départ de sainte Ursule. — Tableau peint sur toile par le même maître.

Ces deux tableaux proviennent d'une église de Cologne.

730. — La messe de saint Grégoire. — Chapelle portative à trois volets, d'école allemande. — Fin du XVe siècle.

Le Christ, couronné d'épines, les mains et les pieds ensanglantés par les clous de la croix, est debout sur l'autel, au-dessus du calice. Dans le fond, derrière un rétable en bois sculpté et doré, sont figurés les instruments de la Passion. Les volets représentent les portraits du donateur, de sa femme et de ses enfants, avec leurs saints patrons.

731. — Cérémonie religieuse, peinture sur bois d'école flamande. — Fin du XVe siècle.

732. — Triptyque ou tableau à trois volets, de l'école d'Hemeling, peintre flamand de la fin du XVe siècle.

Le panneau du milieu représente l'adoration des mages. La Vierge est assise, tenant sur ses genoux l'Enfant-Jésus, devant lequel se prosternent les rois somptueusement vêtus, et portant en mains des vases d'or richement travaillés. Les sujets représentés sur les volets, sont : la circoncision, l'adoration de l'Enfant-Jésus, et la salutation angélique.

733. — Dieu le Père. — Peinture en or sur fond bleu. — Fin du xve siècle.

734. — Jésus au millieu des docteurs. — Tableau peint sur bois, d'école allemande. — Fin du xve siècle.

735. — La salutation angélique, peinture sur bois, atttibuée à l'ecole de Lucas Leyde, peintre et graveur hollandais, né en 1494, et mort en 1533.

736. — Légende de sainte Catherine, peinture sur bois, d'école flamande. — Commencement du xvie siècle.

Sainte Catherine, vierge et martyre, était fille de Ceste, tyran d'Alexandrie. Elle souffrit le martyre sous l'empire de Maximin.

Chacun des panneaux de cette peinture contient un épisode de l'histoire de la sainte.

737. — Croix vivante, peinture mystique sur bois. — xvie siècle.

Le Christ est étendu sur une croix, dont les extrémités sont terminées par des bras humains. La Religion catholique, entourée des quatre Évangélistes, est couronnée par le bras droit, et recueille le sang du fils de Dieu. A gauche de la croix se tient le judaïsme personnifié par une figure qui est montée sur un âne et porte un scorpion peint sur son étendard. Le bras placé au-dessus de la tête du Sauveur tient une clé qui ouvre la porte du Ciel, tandis que celui de l'extrémité inférieure frappe le démon enchaîné au pied de la croix. Le bas du tableau est rempli, d'un côté, par les images des bienheureux, et de l'autre, par les âmes qui implorent la bonté divine au milieu des flammes du purgatoire.

738. — Décollation de saint Jean, peinture sur bois, attribuée à Lucas von Kranach, peintre allemand du xvie siècle.

Le bourreau est debout, l'épaule et la jambe droites entièrement nues ; d'une main il tient le glaive, et de l'autre la tête de saint Jean, dont le cadavre gît à terre.

Lucas von Kranach, peintre et graveur sur bois

et sur cuivre, né en 1470, à Kranach, près de Bamberg, mourut à Weymar en 1553.

739. — Légendes de Jean et de Jacques. — Volets d'un triptyque du XVIe siècle.

Ces deux peintures représentent, sur les premiers plans, les portraits des donateurs du tableau: à gauche est le donateur Jacques, il est agenouillé devant une table couverte d'un tapis armorié; derrière lui se tient debout un pèlerin décoré des insignes de saint Jacques, et dans le fond on voit l'échelle de Jacob.

Le volet de droite représente le donateur Jean; le personnage est également agenouillé, ses épaules sont couvertes d'une chape brodée d'or. La crosse d'évêque repose sur son bras, et la mitre est placée près de lui; ses mains sont gantées, et ses doigts ornés de bagues. La table qui est dressée devant lui est également couverte d'un tapis armorié. Le fond du volet représente la prédication de saint Jean. Ces peintures portent la date de 1594.

740. — La visitation. — Ecole flamande. — XVIe siècle.

741. — La mise au sépulcre. — Grand tableau peint sur bois, école flamande.

742. — La Vierge et l'Enfant-Jésus. — Peinture sur bois, école flamande.

743. — La Vierge et l'Enfant-Jésus. — Peinture sur bois, école flamande.

744. — Le Christ et les saintes femmes. — Tableau à volets, d'école flamande.

Les volets représentent six épisodes de la vie et de la passion du Sauveur : Jésus dans le temple. — La fuite en Egypte. — La présentation au temple. — Le portement de croix. — Le Calvaire et la mise au sépulcre.

745. — La descente de croix. — Tableau à volets, d'école flamande.

Sur les volets sont représentés un saint évêque et une sainte femme en prières.

746. — L'adoration des mages. — Tableau à volets, d'école allemande. — XVIe siècle.

Sur les volets sont les sujets de la salutation angélique et de la nativité.

747. — Peinture sur bois. — Fragment d'un triptyque d'école allemande, représentant un pape qui tient en main la corne et la croix à triple branche.

748. — Autre fragment du même triptyque; sainte terrassant le démon.

Les revers de ces deux panneaux sont couverts de figures en grisaille.

749. — Le portement de croix. — Peinture sur bois; fragment d'un triptyque d'école flamande.

750. — Le couronnement d'épines et le portement de croix. — Volet de triptyque d'école flamande avec encadrement en bois sculpté à jour et doré. — XVIe siècle.

751. — La descente aux enfers et la Mère de douleurs. — Volet du même triptyque. — XVIe siècle.

752. — Sainte Catherine. — Tableau peint sur bois, école allemande. — XVIe siècle.

753. — L'adoration des mages. — Tableau peint sur bois, école flamande. — XVIe siècle.

754. — Le portement de croix. — Peinture sur bois, école allemande. — XVIe siècle.

755. — La nativité et l'adoration. — Peinture sur bois à fond d'or, école florentine. — XVIe siècle.

756. — La Vierge et l'Enfant-Jésus. — Peinture sur bois, école italienne. — XVIe siècle.

757. — La Vierge, l'Enfant-Jésus et les saints. — Peinture italienne exécutée sur bois. — XVIe siècle

758. — Peinture sur bois. — Volets d'un triptyque d'école flamande. — XVIe siècle.

759. — Vénus et l'Amour, portrait de Diane de Poitiers, peint par le Primatice. — XVIe siècle.

La figure, presque nue, s'appuie d'une main sur l'épaule de l'Amour, et de l'autre tient une flèche acérée. A ses pieds sont jetés un masque et un carquois. Dans le fond on aperçoit l'incendie de Troie, et l'épisode d'Enée sauvant son père Anchise.

Le Primatice, né en 1490 d'une famille de haute naissance, fut appelé en France par le roi François Ier, en 1540, sur la réputation qu'il s'était acquise dans les travaux exécutés au palais du T, à Mantoue; c'est à lui qu'on doit en grande partie la décoration du château de Fontainebleau. Sous le règne d'Henry II, il arriva au comble de la gloire et des honneurs, et mourut en 1570.

760. — Lever d'une dame de la cour. — Tableau de l'école du Primatice. — XVIe siècle.

761. — Portrait de Charles-Quint, peint par Janet. — XVIe siècle.

762. — Portrait de Marie Gaudin, dame de La Bourdaisière, fille de Victor Gaudin, sire de La Bourdaisière et d'Agnès Morin. — Peinture française sur bois. — XVIe siècle.

Marie Gaudin naquit en l'an 1490, épousa, en 1509, Philibert Babou, seigneur de La Bourdaisière, secrétaire et argentier du roi, trésorier de France et surintendant des finances de la reine Eléonore d'Autriche. Ce fut la première maîtresse de François Ier, alors duc de Valois.

763. — Siége d'une ville par Sigismond Pandolphe Malatesta. — Peinture italienne sur bois, à fond d'or. — XVIe siècle.

764. — Tableau sur bois, à deux faces, volet d'un grand triptyque. — XVIIe siècle.

D'un côté, le donateur, Antoine Blondel, est à genoux, accompagné de son saint patron avec ses attributs et cette devise : « *Me pictam curavit dominus Antonius Blondel. — Æta. suæ* 50. 1632. »

L'autre face représente une cérémonie dans laquelle un empereur, vêtu d'un manteau fleurdelisé, délivre à des religieuses une charte de fondation abbatiale.

765. — L'annonciation. — Peinture sur bois, à fond d'or, école florentine.

766. — Peinture sur bois, divisée en quatre panneaux et représentant PAN, AMPHYON, MUSEUS et MARSYAS. — XVIe siècle.

Ce tableau provient de la décoration de l'hôtel Pimodan.

767. — Peinture sur bois représentant de saints personnages. — Volets d'un rétable du XVIe siècle.

768. — Pilate se lavant les mains. — Volet d'un triptyque, peinture sur bois d'école italienne.

769. — L'incrédulité de saint Thomas. — Volet de triptyque, école italienne.

770. — La résurrection. — Volet de triptyque, même école.

771. — Trois panneaux en bois peint, couverts d'arabesques rehaussées d'or. — XVIe siècle.

772. — Peinture sur bois. — Saint personnage avec la légende : « *Hic est panis qui de cœlo descendit.* »

773. — Petit tableau peint sur bois, scène de figures. — XVIIe siècle.

774. — Les vierges folles. — Tableau peint par Abraham Bosse. — XVIIe siècle.

Tableaux peints à l'huile sur basane dorée et travaillée au petit fer, provenant de la décoration d'une maison de Rouen.

Les sujets sont tirés de l'histoire romaine; ce sont les suivants :

775. — Rome, représentée par une figure assise, s'appuie sur une pique et tient dans sa main la statue de la Victoire.

La tête est couverte d'un casque surmonté de plumes et de panaches. A côté sont les attributs de la guerre; et aux pieds de la figure est la louve allaitant les jumeaux. L'inscription Roma se lit dans le fond.

776. — Scœvola, couvert d'une cuirasse ornée d'écailles, brandit une épée dans sa main droite; ses pieds sont chaussés de cothurnes.

Dans le bas du tableau, il est représenté en camaïeu d'or, le poing sur le bûcher.

777. — Torquatus tire son épée du fourreau, sa tête est couverte d'un casque au panache flottant.

Dans le fond on le voit sur un pont terrassant le Gaulois qu'il perce de son épée.

778. — Coclès s'élance brandissant un glaive de la main droite et se couvrant de son bouclier. Son casque est orné d'une chimère et surmonté d'un panache; il est couvert d'une cuirasse.

Dans le fond il est représenté se précipitant en armes dans les eaux du Tibre.

779. — Curtius, monté sur un cheval fougueux, tient en main le bâton du commandement. Le camaïeu d'or le représente s'élançant dans le gouffre. On lit l'inscription Curcio.

780 — Manlius, à cheval, le glaive en main, le bou-

clier au bras gauche, porte un casque richement empanaché.

Dans le fond, on le voit perçant de sa lance un cavalier renversé.

781. — CALFURNIUS marche au combat, l'épée à la main, le corps couvert de son bouclier; sa cuirasse est unie; ses épaules sont chargées d'un manteau.

2° MANUSCRITS. — MINIATURES. — LIVRES A FIGURES.

782. — Heures. — Manuscrit à grandes vignettes et riches encadrements, sur fin vélin, avec or en relief. — Reliure du temps, en vélin. — XIVe siècle.

783. — Heures. — Petit manuscrit in-8°, avec figures et initiales peintes en couleurs et rehaussées d'or. Reliure en veau rouge. — XVe siècle.

784. — Heures du XVe siècle. — Manuscrit décoré de grandes vignettes, de lettres et de riches encadrements en couleurs rehaussées d'or.

785. — Heures. — Manuscrit du XVe siècle, orné de grandes vignettes avec encadrement. — Reliure moderne en velours, couverte de plaques d'émaux incrustés de travail byzantin.

786. — Heures. — Manuscrit du XVe siècle, orné de grandes vignettes richement rehaussées d'or. — Reliure en velours.

787. — Livre d'heures, du commencement du XVIe

siècle, orné d'un grand nombre de miniatures et de vignettes.

Ce manuscrit a appartenu au roi Henri III, en 1574, lors de la mort de Marie, princesse de Condé. La reliure porte les insignes du roi avec les têtes de mort, les larmes et la légende : *Jesus, Maria, mori memento.*

788. — Heures manuscrites du XVIe siècle, décorées d'un très grand nombre de miniatures, figures, sujets et encadrements en couleurs rehaussées d'or.

Parmi les sujets principaux sont les sibylles et la danse macabre, en vingt-quatre sujets, avec leurs légendes. — Reliure moderne décorée de plaques d'ivoire.

789. — Feuillets d'un psautier in-folio du XIIIe siècle. — Grandes heures avec vignettes et lettres coloriées et rehaussées d'or.

790. — Feuillets d'un manuscrit de droit, grand in-folio du XIIIe siècle, orné de vignettes à figures dont l'une représente un prisonnier au cep.

791. — Feuillets d'un manuscrit in-folio du XIVe siècle, orné de lettres en couleurs rehaussées d'or.

792. — Grands feuillets de plain-chant avec vignettes, encadrements et grandes lettres à figures. — XVe siècle.

793. — Fragment d'un manuscrit in-folio du XVe siècle. *De incarnatione verbi, de conceptu virginali.* Initiales coloriées.

794. — Camillus, vainqueur des Volsques. — Feuille tirée d'un manuscrit in-folio du XVe siècle.

795. — La résurrection. — Miniature formant B majuscule, extraite d'un psautier de plain-chant du XVe siècle.

796. — La visitation. — Miniature extraite d'un livre d'heures du XVe siècle.

797. — Miniature d'un manuscrit du XVe siècle. — La Vierge dans sa gloire, entourée d'anges.

798. — Miniature d'un manuscrit du XVe siècle. — Le Christ dans sa gloire, avec Marie et saint Jean, et la résurrection des morts.

799. — Feuillets d'un calendrier, extraits d'un manuscrit de la fin du XVe siècle.

800. — Sujet légendaire. — Miniature extraite d'un psautier de plain-chant du XVe siècle.

801. — La Santa-Casa. — Miniature extraite d'un psautier du XVe siècle.

802. — La visitation, lettre initiale S. — Miniature extraite d'un psautier du commencement du XVIe siècle.

803. — Rondeaux des Vertus contre les Péchés Mortels, faits pour Louise de Savoye, avec leur dédicace à cette princesse. — XVIe siècle.

L'inscription de la couverture est ainsi conçue :

« EN CE PETIT LIVRE SONT SEPT RONDEAUX DES VERTUS CONTRE LES PÉCHÉS MORTELS. EN CHACUN DESQUELS ES PREMIÈRES LIGNES EST LE NOM ET SURNOM DE VOUS MADAME ET POURREZ RELIRE LES DITZ RONDEAUX AU REBOURS COMMENÇANT DU BAS AU HAULT. LESQUELZ SE RENTRENT EN RETOURNANT SUS LA DERRENIÈRE LIGNE. »

Ces rondeaux sont placés dans l'ordée suivant :

Humilité contre orgueil.
Libéralité contre avarice.
Charité contre envie.
Patience contre ire.
Sobriété contre glotonie.
Chasteté contre luxure.
Diligence contre paresse.

Chaque sujet se compose de la figure de la mère du

Roi, représentée, soit debout, soit à cheval, et accompagnée des attributs de la Vertu dont elle est l'image. Elle foule aux pieds le Vice qui lui est opposé. Les peintures sont entourées d'encadrements d'architecture. En bas est l'écusson armorié de la princesse, avec deux anges ailés pour supports. En face des peintures sont les rondeaux, dans lesquels, comme il est dit en la dédicace, la première lettre de chaque vers est une des lettres du nom de Loise de Savoye, de manière que ce nom se trouve répété de haut en bas à chaque rondeau.

804. — Miniature. — Combat entre Persée et Paul-Émile. La légende est au revers. — Commencement du XVIe siècle.

« QUANT LA GUERRE FUST COMMENCÉE AVEC PERSEUS, PAULUS EMILIUS CONSUL FUT ENVOYE A TOUT UNG OST CONTRE LUI. LEQUEL PAULUS SE COMBATIST AVEC LE DICT PERSEUS QUI FUT DESCONFIST EN LA BATAILLE ET VINGT MIL HOMMES Y FURENT OCCIS. DES ROMAINS Y DEMEURÈRENT SEULEMENT CENT CHEVALIERS — ETC.

805. — Fragment d'un manuscrit du XVIe siècle à l'écusson palé d'or et de gueules.

Le titre porte l'inscription :

Heures de Nostre-Dame a lusaige de
Coustâces aparten a noble et puissât Seigneur
Francoys de Briqueville, sieur et chastelain
de Laulne, Ausebose, Argueil, Saincte Croix,
et capitaine de Sainct-Lo, l'an 1553.

Le calendrier, qui date du commencement du XVe siècle, est complet et décoré de figures allégoriques pour chaque mois de l'année, de sujets et d'encadrement en couleurs rehaussées d'or.

806. — Miniature sur vélin représentant les figures de saint Augustin et de Cirille, évêque de Jérusalem. — XVIe siècle.

807. — Titre manuscrit sur parchemin. — XIIe siècle.

Cession du patronat de l'église de Boudaroy, gardé par le seigneur de ce lieu au profit du chapitre. 1157.

808. — Titre manuscrit sur parchemin. — XIIe siècle.

« Pour le patronat de Boudaroy, conféré en 1197, par Henri Ier, de Dreux, évêque d'Orléans. »

809. — Titre latin. Manuscrit sur vélin d'un achat de 55 arpens de terre à la ferme de Marsdorff. — Daté de l'an 1240.

Les sceaux en cire qui pendent à ce titre représentent, l'un l'archevêque Conrad et un autre saint Pierre.

810. — Titre manuscrit sur parchemin avec sceau en cire. — XIIIe siècle.

811. — Titres manuscrits. — 1401.

Vidimus authentique des lettres de Jean d'Armagnac, comte de Charolois, par lesquelles il donne et transporte aux abbé et couvent de Cluny le droit qu'il avoit de succéder aux biens des bastards qui mouroient sans enfants légitimes dans la ville et ressort du doyenné de Paroy, lesdites lettres en date du 27 juin 1370, et le vidimus du 12 octobre 1401. Signé Germaneti.

812. — Titres sur parchemin du XVe siècle.

Quittance donnée à l'abbé de Cluny, pour quelques ouvriers, de l'argent qu'ils avaient reçu dudit abbé, pour les réparations qu'ils avaient faites au collége de Cluny, à Paris, au 25 aoust 1407.

813. — Titre manuscrit sur parchemin. — XVe siècle.

Provisions de la cure de Boudaroy. — 1457.

814. — Titre manuscrit sur vélin. — XVIe siècle.

Contestation en cour de parlement entre le grand archidiacre et les curés de Saint-Prix et de Taverny, concernant le droit de litige. — 1504.

815. — Titres manuscrits sur parchemin. — XVIe siècle.

Sentence du Châtelet de Paris du 6 mars 1577.

816. — Titre manuscrit sur parchemin, avec la signature de Catherine de Médicis, mère du Roi, renfermant une promesse d'indemnité pour le sire

de Valan, chevalier de l'ordre du Roi, contresignée par le secrétaire des finances. — XVIe siècle.

817. — Explication d'un thème d'astrologie judiciaire, fait pour Henry III, et portant la date de 1573, avec l'écusson armorié en couleurs.

Le titre est ainsi conçu :

Exposition sur une devise inventée pour le Roy esleu de Poulougne.
Par Fran: Choisnyn de Chastelheraud. — 1573.

818. — Heures imprimées sur vélin, à gravures sur bois d'un grand luxe, par Simon Vostre. — Reliure du temps, dorée au fer avec les noms de Louyse Salivet. — 1512.

La première page porte dans un riche encadrement l'inscription suivante, surmontée de l'écusson de l'éditeur, que supportent deux chimères :

Simon Vostre.

Les présentes heures a l'usage de Besanson sont tout au long sas reqrir : avec les figures et signes de lapocalipse : les miracles Nostre Dame les Accidês de l'Hôme : t plusieurs aultres hys. toires de nouveau adioustees ont este faictes, Paris par Symô Vostre libraire : demeurat a la rue neufve : pres la grant eglise.

819. — Heures imprimées sur vélin, ornées de gravures sur bois, vignettes et encadrements, avec initiales en couleurs, publiées par Simon Vostre. — Reliure du temps. — 1512.

820. — Heures imprimées sur vélin avec gravures sur bois, sujets, vignettes, encadrements, ornées de lettres initiales coloriées et rehaussées d'or, publiées par Germain Hardouin. — 1527.

La dernière page porte l'inscription suivante :

« Les présentes heures sont a lusaige de Rome tout au long sans requerir ont este nouvellemêt imprimes a Paris : par Germain Hardouyn, imprimeur et libraire : demourat au dict lieu entre les deux portes du palais : a lenseigne Saincte Marguerite et ce vendent au dict lieu.

821. — Heures imprimées sur vélin, ornées de grandes gravures, vignettes et encadrements sur bois, avec initiales en couleurs, publiées par Simon Vostre.— Reliure du temps, frappée et dorée au petit fer, avec les noms du propriétaire *Caterine Lepeutre.*

822. — Heures imprimées sur papier, ornées de gravures, vignettes et encadrements sur bois, avec initiales en couleur, publiées par Anthoine Verard.— Reliure du temps, gaufrée au fer et représentant d'un côté la salutation angélique, et de l'autre l'adoration.

La dernière page porte l'inscription suivante disposée autour de l'écusson de France et des initiales de l'éditeur :

ANTHOINE. VERAD. HUMBLEMĒT. TE. RECORDE.
CE. QUIL. A. IL. TIENT. DE. TOI. PAR. DOÑ.
POR. PROVOCQUER. TA. GRAT. MISERICORDE.
DE. TOUS. PECHEURS. FAIRE. GRACE. ET. PARDON.

823. — Estampes coloriées. Miniatures extraites d'un livre d'heures du commencement du XVIe siècle.

La crèche. — La présentation au temple. — La Sainte-Trinité.

824. — Livre d'office du XVIIIe siècle. — Reliure dorée au petit fer.

III. PEINTURE SUR VERRE.

—

VITRAUX.

825. — Le Christ en croix, entre Marie et saint Jean. — Vitrail provenant de l'Hôtel-Dieu de Provins. — Commencement du xve siècle.

826. — Légende de saint Lié. — Vitrail provenant de l'Hôtel-Dieu de Provins et représentant l'apparition du Christ à saint Lié. — Commencement du xve siècle.

827. — Vitrail. — Un duc de Penthièvre agenouillé, dans l'attitude de la prière. — Le personnage est vêtu de son armure et couvert du tabar aux armes de sa maison. — xve siècle.

828. — Panneau de verre peint. — Un personnage, couvert d'une robe rouge rehaussée d'hermine, et la tête ceinte d'une auréole, se tient debout et porte une sphère céleste dans la main gauche. Devant lui sont agenouillées deux autres figures qui représentent les donateurs du vitrail. Les fonds sont décorés d'architecture. — xvie siècle.

829. — Légende de saint Lié (Lætus). — Suite de peintures sur verre provenant de l'Hôtel-Dieu de Provins. — Saint Lié devant le Seigneur. — xvie siècle.

« Saint Lié était natif du village de Savins, près
» Provins. Son père s'appelait Perrin, et sa mère
» Egée. Ils étaient tixiers de leur métier.

» Cet enfant, d'une beauté remarquable, était d'un

» naturel doux, ce qui le faisait aimer de tout le
» monde et particulièrement de ses compagnons.

» Elevé dans la religion chrétienne, il était très
» pieux et priait Dieu jour et nuit avec beaucoup de
» recueillement.

» Or, il y avait en ce temps-là, à Savins, de méchants garnements, du nom d'Achins, qui étaient
» ses cousins-germains et ses camarades, lesquels ne
» connaissaient pas le vrai Dieu, adonnés aux vices
» les plus infâmes et adorant les idoles.

» Ces impies ayant été plusieurs fois repris par
» saint Lié, ne pouvaient le souffrir et résolurent de
» le tuer. L'ayant donc rencontré proche une fontaine, dans la vallée de Savins, ils voulurent se
» saisir de lui. Le jeune enfant s'échappa de leurs
» mains et s'enfuit jusqu'à deux ormes qui étaient
» sur une montagne proche une fontaine, et monta
» sur un de ces arbres. Mais ces méchants l'ayant
» aperçu, frappèrent l'arbre à coups de coignée
» pour l'abattre.

» Saint Lié jeté à bas par ces cruels, tomba sur
» un grès. Les vestiges laissés par ses mains et sa
» tête se voient encore aujourd'hui imprimés sur
» ce grès, conservé dans la chapelle bâtie sur le lieu
» de son supplice. Pendant que ce jeune enfant priait
» pour ses persécuteurs, un d'eux lui coupa la tête
» sur le même grès.

» Après quoi, les meurtriers s'en étant allés, le
» tronc du corps de ce saint martyr se leva, et prenant sa tête entre ses deux mains, il la porta jusqu'à l'église de Saint-Denis, patron de Savins, de
» laquelle les portes, quoique fermées, s'ouvrirent
» pour recevoir le saint comme en triomphe.

» Et ceci arriva l'an mil cent soixante
» Et neuf, le deuxième jour de juillet.

» Ensuite, l'an mil deux cents, le xvij mars, un
» évêque nommé Henry, commissaire du Saint-Siége
» apostolique, assisté de l'abbé de Saint-Jacques de
» Provins, fit lever le saint corps et le renferma dans
» une châsse qu'il fit mettre dans la même église,
» après lui avoir consacré un autel particulier.

» Dieu voulant honorer ce saint adolescent, opéra
» plusieurs miracles en faveur de ceux qui venaient
» implorer son secours dans leurs misères, ainsi qu'il

» est plus amplement rapporté en l'histoire de sa
» vie. »

Il y a dans le chœur de l'église de l'Hôtel-Dieu de Provins une grande verrière où sont représentés le martyre de saint Lié et tous les outils du métier de tisserand, dont il est le patron, avec la légende qui suit:

« En l'année mil v[e] vingt-cinq,
» Au mois de mars, par aumône
» Les marchands tixerans de Provins
» Ont fait faire
» Cette verrière.
» Priez Dieu et monsieur saint Lié
» Qu'en paradis ils soient liés (joyeux). »

Les panneaux que nous décrivons ici formaient la suite de cette verrière. Au bas du premier panneau on lisait :

SAINT LIÉ AYANT SOUEF AU GRANT ORME
TROUVE DE L'EAU EN ABONDANCE
DIEU A CE AVAIT MIS ORDRE
PAR SA DIVINE PROVIDENCE.

830. — Légende de saint Lié; même suite. — 2° Saint Lié poursuivi par les mauvais garçons.

A UNG LABOUREUR DEMANDÈRENT
LES TYRANS S'IL A VEU SAINT LIÉ.
IL FAIT REPONSE QUE NON PAS
DEPUIS QU'IL EST SEMÉ SON BLAD (BLÉ).

831. — Légende de saint Lié; même suite. — 3° Saint Lié trouvé par les mauvais garçons.

COMMENT LES TYRANS LE TROUVÈRENT
SUS L'ORME DONT GRANDE JOYE MENÈRENT.
TROIS COPS LES TYRANS LE FRAPÈRENT
SUS L'ORME DONT LE SANG EN SORT.
SAINT LIÉ DESCEND ET N'A VOULU
QUE POUR LUI L'ORME SI FUST MORT.

832. — Légende de saint Lié; même suite. — 4° Saint Lié décapité par les mauvais garçons et ramené par les anges.

PRÈS DE L'ORME DESSUS UNE PIERRE
COMMENT LA TÊTE LUI TRANCHÈRENT
ET LA CACHÈRENT EN TERRE,
PUIS APRÈS ILS LE DÉLAISSÈRENT.
COMMENT LE CORPS A SAVINS FUT MENÉ
PAEGES DONT GRANT JOYE FUST MUÉ.

833. — Séraphin sonnant du cor. Fragment d'une verrière de l'Hôtel-Dieu de Provins. — XVIe siècle.

834. — Séraphin jouant de la viole. — Fragment de la même verrière. — XVIe siècle.

835. — Donatrices à genoux. — Panneau de verre peint, fragment d'une verrière de Provins. — XVIe siècle.

836. — Donatrices en prières. — Panneau de verre peint de même provenance. — XVIe siècle.

837. — Tête de Vierge. — Fragment d'un vitrail de l'Hôtel-Dieu de Provins. — XVIe siècle.

838. — Fragments d'une grande verrière de même provenance. — XVIe siècle.

839. — Saint Pierre. — Panneau de verre peint provenant d'une église de Provins. — XVIe siècle.

840. — Ange vêtu. — Fragment d'une verrière de l'Hôtel-Dieu de Provins. — XVIe siècle.

841. — Séraphin jouant de la viole. — Panneau de verre peint provenant d'une église de Provins. — XVIe siècle.

842. — Séraphin jouant de la guitare. — Panneau de verre peint de même provenance et de même époque.

843. — L'éducation de l'Enfant-Jésus. — Grand panneau de verre peint, entouré d'arabesques et provenant d'une église de Provins. — XVIe siècle.

844. — Le Père Éternel. — Grand panneau de verre peint, entouré d'arabesques et de sujets, même provenance. — XVIe siècle.

845. — Panneaux de verre peint du XVIe siècle, formant la décoration des fenêtres de la chapelle.

Un de ces vitraux, le portement de croix, faisait

partie jadis des verrières de la chapelle de l'Hôtel de Cluny; c'est le seul qui ait pu être conservé.

846. — La Vierge et l'Enfant-Jésus. — Médaillon de verre peint en grisaille et or, ouvrage allemand du XVIe siècle.

847. — Le Calvaire. — Grisaille allemande rehaussée d'or. — XVIe siècle.

848. — Médaillon de verre peint. — Ecusson aux armes de la maison de Créquy ou de Soissons-Moreul, dont les blasons ont été confondus par alliance.

« On y voit un MI-LION que, s'il faut en croire François d'Amboise, un Créquy aurait placé sur un champ d'azur semé de fleurs de lis sans nombre, le roi lui ayant donné « choix et option de demander » tel don qu'il voudrait, et à ce il ne fit autre requête » sinon qu'il lui permît de s'armer de lys, lui ayant » octroyé de les porter par MILLION. »

849. — Médaillon de verre peint. — Ecusson d'armoiries de la même provenance et de la même époque.

850. — Panneau de verre peint de forme semi-circulaire, représentant des amours qui tiennent des guirlandes de feuillage, avec la date de 1529.

851. — Vitrail aux armes et attributs du roi François Ier, présentant la salamandre et la couronne de France avec un entourage d'arabesques en grisaille. — Ce vitrail, exécuté par Bernard de Palissy, à la date de 1544, provient du château d'Ecouen.

852. — Vitrail aux chiffres du connétable Anne de Montmorency, provenant du château d'Ecouen, et exécuté par Bernard de Palissy. — XVIe siècle.

853. — Grand panneau de verre peint aux armes de France. — Règne d'Henri II.

L'écusson de France est surmonté de la couronne

et entouré du grand cordon de l'ordre de Saint-Michel, avec deux anges vêtus pour supports, et la devise : DONEC TOTUM IMPLEAT ORBEM.

854. — La conversion de saint Paul. — Panneau de verre peint en grisaille. — XVIe siècle.

855. — Fragment d'un vitrail : joueur de cornemuse. — Grisaille allemande du XVIe siècle.

856. — Panneau de verre peint à figures. — Grisaille du XVIe siècle.

857. — Ecusson d'armoiries entouré de figures et d'arabesques, peinture sur verre d'école italienne. — XVIe siècle.

858. — Vitrail. — Écusson d'armoiries représentant un cerf ailé courant, en or sur fond d'azur. — XVIe siècle.

859. — Légende de saint Eustache. — Panneau de verre peint en grisaille teintée avec encadrement d'arabesques et de médaillons. — XVIe siècle.

860. — Panneau de verre peint en grisaille. — La Vertu. — XVIe siècle.

VIRTUS INVIDIÆ SCOPUS.
Le vertueux tire après soy l'envie
Comme un brouillard qui ne tombe qu'au soir
De son beau jour : alors il se faict veoir
Et regretter quand il n'est plus en vie.

861. — Panneau de verre peint en grisaille. — La Charité. — XVIe siècle.

Ces deux panneaux sont entourés de figures peintes également en grisaille et vêtues de costumes allemands.

862. — Le martyre de saint Sébastien. — Vitrail peint en grisaille, entouré d'ornements et d'arabesques en couleurs. — XVIe siècle.

863 — Chasteté de Suzanne. — Panneau de verre peint, entouré d'arabesques. — XVIe siècle.

864. — La Pentecôte. — Panneau de verre peint, entouré de figures d'enfants et de femmes, en couleurs. — Fin du XVIe siècle.

865. — Panneau de verre peint. — Figure d'ange. — XVIe siècle.

866. — Panneaux de verre peint, à figures. — Fragments de verrières du XIIIe au XVIe siècle.

867. — Panneau de verre peint, à figures. — Fragment d'une verrière du XVIe siècle.

868. — Panneau de verre peint, à figures. — Fragment d'une verrière de même époque.

869. — Panneau de verre peint, à figures. — Fragment d'un vitrail du XVIe siècle.

870. — Fragment d'un vitrail de même époque.

871. — Médaillons d'armoiries d'origine suisse, avec la légende :

ÆGIDIUS. RÆM. EPISCOPUS. CHIEMENSS. ANNO. DOMINI. MDXXXIIII.

872. — Médaillon d'armoiries de la même famille, d'origine suisse. — XVIe siècle.

THEOPHILUS. RÆMDEKOETZ. CANONICUS. AUGUSTANUS. ET. CASTELLANUS. IN ZUSEMECK. MDLXIIII.

873. — Médaillon d'armoiries d'origine suisse et de la même famille, avec la légende :

WOLPH. ANDR. RÆMDEKOETZ. PRÆPO. S. M... CAN. ET. CELLAR. AUGUST. J. UD. CASTELLA. IN-ZUSEMECK.

874. — La Vierge. — Vitrail de consécration d'origine suisse.

DIESSENHOFFEN. 1544.

875. — Médaillon de verre peint, d'origine suisse, représentant un chevalier et sa dame, avec la légende :

MICHEL STORY, CAPITAINE DE GENDARMERIE A GLARUS, 1549.

876. — Écussons d'armoiries. — Vitrail suisse du XVIe siècle.

877. — Ecusson d'armoiries. — Vitrail du XVIe siècle.

878. — Officine d'un maître barbier. — Vitrail suisse aux armes de JOS. RICHWILLER. 1559.

879. — Légende d'un abbé de Glarus. — Vitrail suisse décoré d'armoiries de famille. 1559.

L'écusson, soutenu par deux guerriers, est aux armes impériales.

880. — Dévouement de Décius. — Vitrail suisse, armorié, avec les noms :

FRIDLY FROWLER ET HENRY FROWLER. 1564.

881. — Écusson d'armoiries. — Vitrail suisse avec la légende :

H. LEODOGARUS. EICHHOL... CANONICUS ET CANTOR ECCLESIÆ DIVI URSI MATII RISI APUD SOLODHOIN. 1578.

882. — Médaillon d'armoiries d'origine suisse, avec la légende :

HYERONIMUS REITTING A RADECKH, ET ANNE RECHLINGERIN, SA FEMME. 1577.

883. — Vitrail suisse. — Le Christ en croix avec le donateur à genoux, à la date de 1578.

884. — Ecusson d'armoiries. — Vitrail suisse avec la légende :

HENRICUS FLURI CANONICUS ET CUSTOS COLLEGIATÆ ECCLESIÆ S. URSI. SALODORRN. ANNO 1578.

885. — Le triomphe du Christ. — Vitrail d'origine suisse, aux armes du préfet du collége de Soleure, avec la légende :

D. URSUS. HANI. COLLEGII. S. URSI. SALODORENSIS. PRÆPOSITUS.

Et plus haut :

Christus rex regum celebri petit astra triumpho
Captiva que colla catenis
Vincta trahit. Cumulant passim donaria gentes
Læti pœana canentes. ps. 76. — 1579.

886. — Ecusson d'armoiries. — Vitrail suisse. — Au-dessus de la figure de la Vérité placée près de l'écusson, on lit la légende :

Elle a une chemise si blanche que le soleil donne à travers. de Glarus. 1581.

En haut est l'histoire d'Actéon changé en cerf.

887. — Daniel dans la fosse aux lions. — Vitrail suisse armorié, avec la légende :

JEAN LEUW LANDEMAN A PRŸ ET MARGUERITE BUTSCHIN SA FEMME. 1587.

888. — Médaillon d'armoiries. — Vitrail suisse avec la légende :

FRIDERICHUS RECKLINGER A GOLDENSIAIN, ET MARIE GEBORNI ALTIN SA FEMME. 1591.

889. — Parabole du samaritain. Saint Luc, chap. 10. — Vitrail suisse armorié avec la légende :

GASPARD ELSINGER A SCHWANDEN, CANTON DE GLARUS. 1593.

890. — Le sacrifice d'Abraham. — Vitrail d'armoiries d'origine suisse avec la légende :

JOSUÉ HABRER. L'AN DU SEIGNEUR 1598.

891. — Le songe de Jacob. — Vitrail armoirié d'origine suisse avec la légende :

ADAM SCHIFFMANN DE CLAGENFORT EN CARINTHIE. NOE KULLMAN. 1596.

892. — Vitrail suisse. — Ecusson d'armoiries avec les figures de saint Benoît et de saint Fiadan. — XVIe siècle.

La partie supérieure représente la salutation angélique.

893. — Légende de Guillaume Tell. — Vitrail suisse décoré d'armoiries du XVIe siècle.

894. — Ecusson d'armoiries entouré de figures. — Vitrail suisse :

JEAN LOUIS DE MITTELHAUSEN. 1600.

895. — Saint Sébastien. — Vitrail suisse armorié :

MAITRE SÉBASTIEN SCHWARTZ, MARCHAND DE DRAPS A SCHWITZ. 1602.

896. — Vitrail suisse armorié. — La Vierge et saint Jean. — Jésus au jardin des Olives. — Jésus sur la croix. — La résurrection, avec la légende :

JEAN ULDERICH GOTTROUM, BAILLI A FRIBOURG ET MARIA ERHARTT, SA FEMME. 1604.

897. — Vitrail suisse. — Portraits et armoiries de famille avec la légende :

FREDERICH LINCK MEUNIER ET SON HEUREUSE FEMME DOROTHÉE SCHLOSS. 1606.

898. — La résurrection. — Vitrail suisse armorié avec la légende :

M. PIERRE DIETHERICH MAITRE D'ECOLE. 1607.

899. — Daniel dans la fosse aux lions. — Vitrail suisse exécuté en 1610, avec les noms des peintres verriers. — La légende est la suivante :

JEAN MELCHIOR SCHMITTER EIT HUG, BOURGEOIS ET PEINTRE SUR VERRE A WYL EN THURGOVIE ET JEAN JACQUES RISSY, BOURGEOIS ET VITRIER A LIECHTENSTEIG. 1610.

Au-dessus on lit : « les armoiries que vous voyez, nous les avons dédiées à un brave et honnête homme qui a pour nom Dias Grob, à Wasserflu. »

900. — Le sacrifice d'Abraham. — Vitrail suisse armorié, avec la légende :

ABRAHAM MELLER AUJOURD'HUI MAIRE DE WATTWILL. 1610.

Ce vitrail est signé par JEAN MELCHIOR HUG.

901. — Le Christ et la Samaritaine. — Vitrail suisse armorié, avec la légende :

JEAN VORICH KUNTZLY. 1610.

902. — Histoire de Tobie. — Vitrail d'origine hollandaise, avec la légende :

« Tobie étant assis et reposant, est rendu aveugle par la fiente d'une hirondelle. »

En haut est la consécration :

MICHIEL VAN HEITHUSEN ET AGNÈS SA FEMME. 1619.

903. — Histoire de Tobie. — Vitrail d'origine hollandaise, même suite, avec la légende :

« Le vieux Tobie pris par la cécité, reprend de nouveau la vue. »

Au-dessus est la consécration :

JEAN PETERMAN ET MERRIKÊ VAN GOCH SA FEMME. 1619.

904. — Histoire de Tobie. — Vitrail d'origine hollandaise, même suite, avec la légende :

JACOB DINGENS LE JEUNE ET MERIKÊ SA FEMME. 1619.

905. — Histoire de Tobie, même suite. — Retour du jeune Tobie et de l'ange, avec la légende :

JACOB DINGENS ET LEEN SA FEMME. 1619.

906. — Histoire de Tobie, même suite, avec la légende :

JEAN BERBEN ET MERRIKÊN SA FEMME. 1619.

907. — Vitrail suisse. — Portraits et armoiries de famille, avec la légende :

JEAN BACKMAN ET AGNÈS KUCHLIN SA FEMME. FAIT EN 1620.

908. — Ecusson d'armoiries entouré de sujets. — Vitrail suisse avec la légende :

JOS. VOGTT, ANCIEN GOUVERNEUR ET LANDEMAN A SCHWITZ. 1623.

909. — La Mère de douleurs. — Vitrail armorié d'origine suisse, avec la légende :

M. JOS. BLASSER, AUJOURD'HUI CONSEILLER A SCHWITZ, BARBARA ULRIG, SA PREMIÈRE FEMME, ET ANNA-MARIA GLASSERINN, SA SECONDE. AN 1629.

910. — Vitrail. — Médaillon d'armoiries d'origine suisse :

STEFAN BRAUN. 1632.

911. — Vitrail. — Médaillon d'armoiries de la même famille :

SIGISMUND BRAUN. 1646.

912. — Vitrail d'origine suisse. — Ecusson d'armoiries, entouré de figures avec la légende :

HENRICUS WLPIUS THEOLOGUS SEC... S. NICOLAI, DECANUS PROTONOTARI. ET. SEDE. VACANTE. EPTUS LAUSAN : VICARIUS. GLIS. OFFICIALIS. ET. ADMINISTRATOR. APLICUS. JAM. IN. EODEM. COMMISSARIUS, SANCTÆ. SEDIS. ET. ILLMI. ET. RSSMI. D. LEGATI. VICES. GERENS. 1663.

913. — Médaillon d'armoiries d'origine suisse. — XVIIe siècle.

914. — Médaillon d'armoiries de la même famille. — XVIIe siècle.

915. — Gédéon, fils de Joas, inspiré de Dieu, combat, avec trois cents guerriers, les Madianites au nombre de trente-cinq mille hommes, et les met en déroute. — Vitrail suisse du XVIIe siècle.

916. — Le baptême dans le Jourdain. — Vitrail suisse armorié, signé H. C. G., avec la légende :

JEAN MAGION, LIEUTENANT A WATTWYL, ET MAD. MARIE-ELISABETH RUOTZIN, SA FEMME. 1680.

917. — La Pentecôte. — Vitrail suisse armorié, à la date de 1681, avec les légendes :

LÉONHARD SEERIN DE BASLE, DOYEN ET PRÉDICATEUR DE LA PAROLE DE DIEU A LIECHTENSTEIG,

CANTON DE TOGGENBURG, ET CATHERINE BECKH, SON ÉPOUSE.

JÉRÉMIAS MEYER DE BASLE, PRÉDICATEUR DE LA PAROLE DE DIEU A KILCHBERG ET LEUTENSPURG, ANNE-CATHERINE STOEHELIN, SA FIANCÉE.

EMMANUEL SCHLICHTER DE BASLE, PRÉDICATEUR DE LA PAROLE DE DIEU A WATTWIL, ET SUZANNE BUTZENDANERIN, SON ÉPOUSE.

JEAN-JACOB FREMLER DE BASLE, PRÉDICATEUR DE LA PAROLE DE DIEU A CAPPEL, ET JUDITH DIETSCHIN, SON ÉPOUSE.

« Voyez : la maison des apôtres est remplie d'un » sourd murmure; le vent souffle avec bruit et tourmente lorsqu'on aperçoit au ciel une lueur claire » et brillante : c'est le Saint-Esprit, dont la venue » est prédite, qui tombe sur chacun d'eux. Leurs » bouches racontent avec ardeur les miracles de » Dieu; chacun l'entend dans son langage. O maître, » donne de suite ton esprit à ton église, et à tes serviteurs donne l'intelligence pour professer ta volonté et pour démontrer à tous les peuples le salut » et le chemin de la vérité, et adorer uniquement » en Jésus-Christ son œuvre de grâce ! Garde aussi » dans ta grâce cette maison; préserve-la des dangers et des malheurs, et que tout blasphémateur » en soit mis à la porte ! »

918. — Abraham visité par les anges. — Vitrail suisse armorié, avec la légende :

ABRAHAM GROB A PLEICKHEN, EN CE TEMPS BAILLI GOUVERNANT DE LA COMMUNE DE WATTWEIL, A SA BIEN JEUNE ET BIEN PIEUSE FEMME ET ÉPOUSE URSULA LASSERIN. 1680.

919. — La circoncision. — Panneau de verre peint du XVIIe siècle.

920. — Panneau de verre peint, représentant des perdrix. — XVIIe siècle.

921. — Panneau de verre peint. — Paysage. — XVIIe siècle.

Les entourages sont composés de sujets tirés des fables de Phèdre.

922. — Panneau de verre peint. — Paysage. — XVIIe siècle.

Les entourages sont composés de sujets tirés des fables de Phèdre.

923. — Panneau de verre peint. — La Vierge et l'Enfant-Jésus sont représentés sur un trône élevé, au pied duquel de saints personnages se tiennent dans l'attitude de l'adoration. — XVIIe siècle.

924. — Panneau composé de médaillons d'armoiries et de sujets des XVIe et XVIIe siècles.

925. — Panneau composé de divers médaillons des mêmes époques.

926. — Panneau composé de médaillons et de sujets des XVIe et XVIIe siècles.

927. — Panneau composé de médaillons et de sujets des mêmes époques.

928. — Panneau composé de sujets et de médaillons du XVIIe siècle.

929. — Panneau composé de sujets et de médaillons des mêmes époques.

930. 931. — Panneaux composés de médaillons et de fragments de diverses époques.

932 — Médaillon d'armoiries. — Travail moderne, avec la légende :

BÉNÉDICT VON PARIS A GAILENBACH UND KAROLINE VON RIESOW.

933. — François Ier et la belle Ferronnière dans l'atelier du Titien.

Ce vitrail, moderne, a été exécuté en 1826, par Pierre Robert, d'après un dessin de Fragonard ; c'est le premier essai de peinture sur verre tenté à la Manufacture royale de Sèvres, et c'est à ce titre seulement qu'il figure au Musée.

IV. ÉMAUX.

—

1° ÉMAUX INCRUSTÉS.

Nota. — Un certain nombre d'objets paraissant peut-être au premier abord se rattacher plus directement au chapitre Orfèvrerie, ont été classés dans cette division par suite de leur provenance directe des fabriques de Limoges.

934. 935. — Plaques en émail incrusté, à chairs teintées, exécutées à Limoges, au XIIe siècle, et provenant de l'abbaye de Grandmont.

La première représente le moine Étienne de Muret, fondateur, en 1073, de l'ordre de Grandmont, près de Limoges, en action de converser avec saint Nicolas.

La seconde a pour sujet l'adoration des mages. Dans chacune de ces plaques les émaux sont entièrement incrustés. La tête seule du Christ est en relief.

La plaque d'Etienne de Muret porte l'inscription suivante :

✝ NICOLAS ERT (erat) PARLA (parlant) A MONE TEVE DE MURET.

Etienne de Muret est représenté sans nimbe et la tête nue, c'est-à-dire avant sa canonisation, qui n'eut lieu qu'en 1188; son capuchon est rejeté; une de ses mains repose sur une espèce de *tau*, et l'autre indique un geste de conversation avec une figure nimbée qui représente le grand saint Nicolas, évêque de Myre, auquel Etienne de Muret et son père avaient voué un culte spécial qui les décida à se transporter en Calabre pour aller honorer les reliques de ce saint, récemment apportées à Bary.

Saint Etienne de Muret mourut à l'âge de quatre-vingts ans, en 1124. Dans cette reproduction, la figure est loin d'accuser au saint un âge aussi avancé ; on peut donc en conclure que cet émail date des premières années du XIIe siècle, à l'époque où les artistes grecs seraient venus donner un nouvel essor aux fabriques de Limoges.

Il est probable que ces belles plaques sont tout ce qui reste aujourd'hui des immenses richesses de l'abbaye de Grandmont.

936 — Les vierges sages. Plaque en émail incrusté, de Limoges. — Style byzantin. — XIIe siècle.

Cette plaque représente cinq figures debout et une seule assise sous des arcades en plein cintre. La figure assise est celle de la Vierge, la tête nimbée et ceinte de la couronne fermée. Elle tient en main l'effigie d'une basilique.

Les cinq autres figures placées debout sont également nimbées; ce sont les vierges sages; chacune d'elles porte un vase au fond duquel brûle le feu sacré. Les figures et les détails d'architecture sont exécutés en cuivre gravé et doré ; les fonds sont en émail de couleurs variées.

937. — Les vierges folles. Plaque en émail incrusté, de Limoges. — Style byzantin. — XIIe siècle.

Six figures décorent également cette seconde plaque; une seule est assise : c'est celle du Christ, la tête ceinte du nimbe crucifère, les pieds nus, la main droite dans l'attitude de la bénédiction, et la gauche sur le livre de vérité. Les cinq autres figures, placées debout, sont les vierges folles qui ont renversé leurs vases. Les figures sont également en cuivre gravé et doré sur fonds d'émail.

Ces deux plaques proviennent de l'église de Huiron, près Vitry-le-François.

938. — Paix en cuivre doré, incrustée d'émaux de couleurs variées et représentant un saint personnage debout sous un portique. Sa main droite est levée et la gauche porte un livre, ses pieds sont nus et sa tête est décorée du nimbe. La figure et l'architecture sont en émail incrusté sur fond de cuivre gravé. — XIIe siècle.

939. — La flagellation du Christ. Groupe de trois figures d'applique en bronze repoussé et doré, avec les yeux en émail. — Travail de Limoges, du XIIe au XIIIe siècle. — Hauteur, 0^m 32.

940. — Grande couverture d'évangéliaire. — Le Christ, assis sur un trône, entouré des symboles de l'Evangile. Cuivre repoussé et doré avec incrustations d'émail. — Travail de Limoges. — Commencement du XIIIe siècle.

Le Christ est assis, la main droite levée en action de bénir et la gauche tenant le livre de vérité; de chaque côté sont les symboles des évangiles et au-dessus est le Saint-Esprit sortant des nuages.

941. 942. — Plaques d'autel en émail incrusté, à figures en relief. — Travail de Limoges. — XIIIe siècle.

La première de ces plaques représente la salutation angélique. — Les figures sont placées sous des portiques d'architecture en plein cintre, elles sont en relief incrusté d'émail et les têtes sont nimbées.

Au-dessus du portique, en émail incrusté, est la figure du Christ, la tête ceinte de la couronne et surmontée du nimbe crucifère. Sa main droite est en action de bénir et la gauche porte, dans un pli de son manteau, le livre de vérité.

Les figures, en relief, sont incrustées d'émail et les fonds sont en cuivre repoussé et enrichi d'ornements et de pierreries.

La seconde plaque représente le Christ en croix entre Marie et saint Jean. — Ces deux figures sont debout sous les bras de la croix. Le Christ a la tête ceinte de la couronne. — Il est nu jusqu'à la ceinture. Au-dessus est incrustée, en émail, la main renversée, symbole du Père Eternel. Les bras de la croix sont surmontés de deux anges ailés, en relief plat, avec les têtes en saillie; les fonds sont en cuivre doré, repoussé et décoré de cabochons en pierreries. Les figures sont en relief et incrustées d'émaux.

943. — Couverture d'évangéliaire. — Deux plaques en

émail incrusté, de Limoges, à figures en relief. — XIIIe siècle.

La première de ces plaques porte, à son centre, la figure du Seigneur dans l'auréole elliptique ; la tête est coiffée de la couronne, la main droite est en action de bénir et la gauche tient le livre de vérité avec les caractères *alpha* et *oméga*, symbole du principe et de la fin ; au-dessus, sont les emblèmes des évangiles. Le fond est repoussé et décoré en émaux et en pierreries. La bordure est ornée de bandes d'ornements en émaux incrustés. — Les figures sont en relief d'émail.

La seconde plaque représente le Christ en croix entre Marie et saint Jean. — Le Christ, nu jusqu'à la ceinture, a la tête couronnée. — Au-dessus est la main renversée de Dieu, symbole du Père Eternel; les doigts ouverts en action de bénir; émail. — Les figures sont en relief et incrustées d'émaux. — Au-dessus de la croix sont les anges ailés. Les fonds sont également ornés de pierreries et les bras de la croix, ainsi que les bordures, sont décorés d'ornements en émail.

944. — Crosse des abbés de Clairvaux, en cuivre doré, décorée d'émaux et de pierreries et représentant dans son enroulement l'agneau crucifère. — Travail de Limoges. — XIIe siècle.

945. — Crosse épiscopale en cuivre doré incrusté d'émaux. — Travail de Limoges. — XIIIe siècle.

L'enroulement de la crosse présente la figure de l'archange Michel terrassant le démon. — La base est décorée de lézards et d'animaux chimériques en cuivre doré.

946. — Crosse d'évêque incrustée en émail et portant dans son enroulement les deux figures de l'annonciation, exécutées en cuivre doré. — Travail de Limoges. — XIIIe siècle.

947. — Petite croix en cuivre doré et incrusté d'émaux de Limoges. — Les émaux sont détruits en partie et il est facile de juger par ce fragment du tra-

vail préparatoire à leur application. — Au revers de la croix sont des ornements gravés. — Commencement du XIIIe siècle.

948. — Grande croix en cuivre gravé et repoussé, décorée d'émaux. — Travail de Limoges. — XIIe siècle.

La face principale présente le Christ en croix et quatre demi-figures, parmi lesquelles on distingue Marie et saint Jean. — Ces figures sont en cuivre repoussé, incrusté d'émail. — Le Christ a la tête ceinte du diadème crucifère; ses reins sont entourés d'une jupe en émail. — Les fonds sont ornés de pierreries et de cabochons.

L'autre face de la croix est décorée de dix plaques en cuivre gravé et incrusté d'émaux; la principale présente le Christ debout, les bras ouverts et la tête ceinte du nimbe crucifère. — Il est entouré des symboles des évangiles et de médaillons d'ornements, également en émail incrusté.

949. — Croix de procession en cuivre doré et incrusté d'émaux. — Travail de Limoges. — XIIIe siècle.

Au milieu est un Christ en cuivre repoussé et doré, les jambes croisées et la tête ceinte de la couronne. Le nimbe crucifère est émaillé et en relief. La face de la croix est décorée de têtes en relief et d'émaux de diverses couleurs. Au revers est le Sauveur sur son trône, la main droite en action de bénir; sur les quatre branches sont les symboles de l'Evangile.

Le Christ de cette croix a été rapporté. — La figure originale était d'une dimension plus grande.

950. — Grande châsse en cuivre doré, gravé, repoussé et incrusté d'émail. — Travail de Limoges. — XIIIe siècle.

La face principale représente le Christ dans sa gloire. Il est assis sur un trône dans une auréole de forme elliptique: la tête est ceinte du nimbe crucifère, et de chaque côté sont les caractères *alpha* et *oméga*, symboles du principe et de la fin. — La main droite est levée en action de bénir et la gauche repose sur le livre de vérité. Autour de l'auréole sont les symboles des évangiles, et de chaque côté figurent, placés debout, de saints personnages vêtus de longues robes et disposés sous des arcades d'architecture. — Aux deux extrémités sont d'autres personnages, au nombre de cinq, dans des proportions analogues. Toutes ces figures sont exécutées en cuivre gravé et doré avec les têtes en relief sur fonds d'émail ; le Christ est entièrement en relief.

Les figures qui décorent la toiture de cette châsse sont toutes en cuivre repoussé et doré. — Au milieu est le Père Eternel, assis dans une auréole elliptique, bénissant le monde et tenant le livre de vérité ; sa tête est décorée du nimbe crucifère. Autour de lui sont les symboles des évangiles, et de chaque côté l'on voit de saints personnages debout sous des arcades d'architecture. — Parmi ces derniers l'on remarque un saint évêque crossé et mitré.

Les fonds sont d'un riche émail bleu, décoré d'ornements en cuivre doré et incrusté d'émaux de couleurs variées. — Le revers de cette châsse n'a pu être conservé.

951. — Châsse en cuivre doré, incrustée d'émaux et décorée de figures gravées et repoussées. — Travail de Limoges. — XIIIe siècle.

Sur la façade principale est le Christ en croix entre Marie et saint Jean ; à droite et à gauche sont de saints personnages sous des portiques d'architecture. Les figures de Marie, de saint Jean et des anges placés sur les bras de la croix, sont en cuivre gravé ; les têtes seules sont en relief ; les yeux sont incrustés d'émail et les fonds sont décorés d'ornements et de médaillons de diverses couleurs. A chacune des deux extrémités de la châsse est une figure exécutée en cuivre gravé et doré, vêtue d'une longue robe, la tête ceinte du nimbe, les pieds nus, et tenant un livre dans les plis de son manteau.

Le revers de cette châsse est entièrement décoré d'émaux incrustés, de dessins et de couleurs variés.

952. — Coffret à quatre faces, surmonté d'un couvercle en forme de toiture, en cuivre gravé et doré, ri-

chement incrusté d'émaux. — Travail de Limoges. — XIIIe siècle.

Le côté principal représente saint Michel et sainte Claire, les saints patrons des donateurs; sur l'autre face sont la Vierge et l'Enfant-Jésus assis sur un trône, puis saint Martin donnant son manteau à un pauvre, et saint Clément. Aux deux extrémités sont représentés sainte Catherine et saint Nicolas. Sur le couvercle on voit les figures du Christ, celles de saint Pierre et de saint Paul, puis deux autres saints personnages ; et de l'autre côté, la salutation angélique.

Les figures sont exécutées en cuivre gravé et doré; les fonds sont en émail bleu avec des étoiles d'or. Tous les personnages sont nimbés d'or; le Christ seul est décoré du nimbe crucifère.

Sur toutes les faces de ce riche coffret se trouve répété l'écusson aux armes des donateurs.

953. — Châsse en cuivre doré, gravé et incrusté d'émaux. — Travail de Limoges. — XIIIe siècle.

L'une des faces porte cinq figures d'anges aux ailes déployées, dans des médaillons de forme ronde : ces figures sont en cuivre gravé et doré sur fond d'émail. — L'autre face est décorée de trois figures d'applique incrustées d'émail et de pierreries sur fonds dorés. Les deux extrémités sont ornées de figures de saints personnages vêtus de longues robes et portant le livre sur le bras gauche. — La châsse est surmontée d'une galerie à jour.

954. — Châsse en cuivre doré et incrustée d'émaux et de pierreries. — Travail de Limoges. — XIIIe siècle.

Cette châsse est surmontée d'une galerie à jour. Aux deux extrémités sont de saints personnages en cuivre gravé et doré sur fond d'émail.

955. — Châsse en cuivre doré, gravée et incrustée d'émaux. — Travail de Limoges. — XIIIe siècle.

Cette petite châsse, surmontée d'un couvercle en forme de toiture et d'une galerie à jour soutenue par des animaux chimériques qui descendent le long de ses arêtes, est décorée de douze médaillons qui représentent des anges ailés, gravés et dorés sur fond d'émail. Ces médaillons sont séparés entre eux par des ornements également champlevés sur émail.

956. — Châsse en cuivre doré et incrustée d'émail. — Travail de Limoges. — XIIIe siècle.

La décoration de cette châsse consiste en seize médaillons renfermant des figures d'anges ailés en cuivre gravé et doré sur fond d'émail.

957. — Fragment d'une châsse. — Plaque de cuivre gravé, doré et incrusté d'émaux, représentant un saint personnage debout sous un portique d'architecture. — La figure est gravée sur cuivre avec la tête en relief sur fond d'émail. — Travail de Limoges. — XIIIe siècle.

958. — Jésus chez le Pharisien. — Plaque de châsse en cuivre repoussé, doré et incrusté d'émaux. — Travail de Limoges. — XIIIe siècle.

Les figures sont en cuivre doré et repoussé en haut-relief. Le Christ est debout, la main droite levée, la tête ceinte de la couronne et surmontée du nimbe crucifère. Les fonds sont couverts de riches ornements émaillés par incrustation.

959. — Le Christ entre Marie et saint Jean. — Plaque de châsse en cuivre doré et incrusté d'émaux. — Travail de Limoges. — XIIIe siècle.

Le Christ, dans sa gloire, est entouré des symboles des évangiles. Il occupe le milieu de la plaque. Au deux extrémités sont les figures de Marie et de saint Jean; elles sont placées dans l'auréole elliptique et leurs têtes sont nimbées.

Les figures sont en cuivre gravé et doré sur fond d'émail; les têtes seules sont en relief. Aux côtés du Christ sont les caractères *alpha* et *oméga*, symboles du principe et de la fin.

Au-dessous est le Seigneur dans une auréole de forme elliptique, la main droite en action de bénir et la gauche sur le livre de vérité; sa tête est ceinte du nimbe crucifère; à droite et à gauche sont les caractères *alpha* et *oméga*, symboles du principe et de la fin. Autour de l'auréole figurent les quatre symboles des évangiles, et des deux côtés sont des anges âilés sous des portiques d'architecture.

Les six figures principales qui décorent ce côté de la châsse sont exécutées à mi-corps, en cuivre repoussé, gravé et doré; le Christ seul et le Père Eternel sont représentés en entier.

960. — Grande plaque en émail incrusté, de Limoges, style byzantin, représentant le Père Éternel. — XIIIe siècle.

La figure est exécutée en repoussé de cuivre; les yeux seuls sont incrustés en émail; la tête est nue et décorée du nimbe rayonnant, le front chauve et la barbe allongée. La main droite est levée, l'index et le petit doigt en l'air, et la main gauche porte le livre des évangiles.

961. — Bassin de forme ronde en cuivre doré et incrusté d'émaux. — Travail de Limoges. — XIIIe siècle.

Le milieu du bassin présente une figure de saint Michel terrassant le démon. La bordure qui entoure ce sujet porte huit figures de saints et de saintes vues à mi-corps. Ces figures sont placées sous des arcades en plein cintre. Elles sont exécutées en cuivre doré sur fond d'émail.

962. — Bassin de forme ronde en cuivre doré et incrusté d'émaux. — Travail de Limoges. — XIIIe siècle.

Au milieu du bassin est un médaillon représentant un cavalier qui tient un faucon sur le poing. Dans les quatre médaillons de la bordure sont trois scènes de combats et un quatrième sujet dans lequel on distingue un personnage tenant un vase, et un autre portant un poisson sur ses épaules. Toutes ces figures sont entourées d'ornements exécutés comme elles en cuivre doré sur fond d'émail.

963. — Bassin de forme ronde en cuivre doré et incrusté d'émaux. — Travail de Limoges. — XIIIe siècle.

Le milieu du bassin porte deux figures, un chevalier et une dame. A droite et à gauche sont deux figurines : l'un joue du rebec, l'autre de la lyre. La bordure est décorée de quatre personnages : deux sont des hommes qui jouent du même instrument, les deux autres sont des femmes. Deux écussons d'armoiries se répètent entre ces figures, qui sont en or sur fond d'émail, au milieu des ornements et des arcades.

964. — Le Christ en croix, figure en cuivre repoussé et incrusté d'émail. — Travail de Limoges. — XIIIe siècle.

La tête est ceinte de la couronne, et les reins sont entourés d'une draperie d'émail.

Donné au Musée par M. le capitaine Petit, en 1846.

965. — Le Christ en croix, figure en cuivre doré et incrusté d'émaux. — Travail de Limoges. — XIIIe siècle.

Le Christ a la tête ceinte d'une couronne. Il est vêtu d'une longue robe en émaux de couleurs variées.

966. — Le Christ en croix, figure en cuivre repoussé et doré sur fond incrusté d'émail de Limoges. — XIIIe siècle.

967. — Jésus imberbe, figure d'applique, provenant d'une châsse en cuivre repoussé et doré, décorée d'émaux incrustés. — Travail de Limoges. — XIIIe siècle.

Le Christ est assis, la tête ceinte de la couronne, la main droite en action de bénir, et la gauche sur le livre de vérité. Sa robe et son manteau sont décorés d'émaux incrustés et de pierreries.

La figure est assise sur un trône simulé sur le fond de la plaque, qui est enrichie d'émaux de couleurs et de dessins variés.

968. — La Vierge, grande figure d'applique en cuivre repoussé et doré, avec incrustations d'émail. — Travail de Limoges. — XIIIe siècle.

969. — La Vierge et l'Enfant-Jésus, figure d'applique

en cuivre repoussé et doré, avec incrustations d'émail. — XIIIe siècle.

L'Enfant-Jésus tient la main droite en action de bénir, et repose la gauche sur le livre de vérité.

970. — La Vierge et l'Enfant-Jésus, figure d'applique en cuivre doré et incrusté d'émaux. — Travail de Limoges. — XIIIe siècle.

971. — La Vierge et l'Enfant-Jésus, figure d'applique en cuivre repoussé, doré et incrusté d'émaux. — Travail de Limoges. — XIIIe siècle.

La Vierge est assise sur un trône, la tête ceinte de la couronne. Elle porte sur ses genoux l'Enfant-Jésus dont la tête est également couronnée, et qui tient la main droite dans l'attitude de la bénédiction. Le voile et la robe de la Vierge sont incrustés d'émaux, ainsi que son manteau. Le Christ est en repoussé doré.

972. — La cène, grand bas-relief en cuivre repoussé et doré, avec incrustations d'émail. — Travail de Limoges. — XIIIe siècle.

973. — Petite figure d'applique en cuivre doré et incrusté d'émaux. — Travail de Limoges. — XIIIe siècle.

974. — Médaillon d'applique en cuivre repoussé et doré, découpé à jour, et incrusté d'émaux, sujet chimérique. — Travail de Limoges. — XIIIe siècle.

La bordure est couverte d'ornements d'émail.

975. — Médaillon d'applique en cuivre repoussé, doré et incrusté d'émaux. — Travail de Limoges, découpé à jour, et représentant un oiseau chimérique entouré d'une bordure de fleurs sur fond d'émail. — XIIIe siècle.

976. — Médaillon d'applique en cuivre repoussé, doré

et incrusté d'émaux.— Travail de Limoges, représentant l'aigle des évangiles, sur fond d'émail. — XIIIe siècle.

977. — Médaillon d'applique en cuivre repoussé, doré et découpé à jour, avec incrustations d'émail. — La création de l'homme, avec la légende : *Postea factus homo qui dominetur eis.* — Travail de Limoges. — XIIIe siècle.

978. — Médaillon d'applique en cuivre repoussé, doré et repercé à jour, avec incrustations d'émail. — La grappe de la terre promise, avec la légende : *In ligno Botrus est pendens in cruce Xritus.* — XIIIe siècle.

979. — Médaillon d'applique en cuivre repoussé, doré et travaillé à jour, avec incrustations d'émail. — Le rocher frappé par Moïse, avec la légende : *Hic Moisi virga bis petra tacta fuit.*—XIIIe siècle.

980. — Petite plaque en cuivre doré et incrusté d'émaux. — Travail de Limoges. — XIIIe siècle.

981. — La fuite en Egypte. — Plaque en cuivre gravé et incrusté d'émaux. — Travail de Limoges. — XIIIe siècle.

982. — Chandelier en cuivre ciselé et gravé, couvert d'ornements et incrusté d'émaux. — Travail de Limoges. — XIIIe siècle.

983. — Navette à encens, en cuivre doré et incrusté d'émaux. — Travail de Limoges. — XIIIe siècle.

984. — Custode en cuivre doré, décoré d'émaux incrustés de Limoges, au monogramme du Christ. — Style byzantin du XIIIe siècle.

985. — Custode ou boîte à hosties en cuivre doré, dé-

doré d'émaux incrustés de Limoges. — Style byzantin. — XIIIe siècle.

986. — Custode ou boîte à hosties en cuivre doré, incrusté d'émaux de Limoges. — Style byzantin du XIIIe siècle.

Cet objet provient de l'abbaye de Cunault.

987. — Couvercle de custode en cuivre émaillé de Limoges, décoré d'anges et de fleurs. — Style byzantin. — XIIIe siècle.

988. — Pied de reliquaire de forme ovale, en cuivre doré et incrusté d'émaux. — Style byzantin. — Travail de Limoges. — XIIIe siècle.

989. — Pied de reliquaire en cuivre gravé et doré, incrusté d'émaux de Limoges, et décoré de quatre figures d'anges aux ailes déployées, placées dans des médaillons que séparent des ornements en cuivre gravé sur fond d'émail. — XIIIe siècle.

990. — Rosace en cuivre doré et incrusté d'émaux. — Travail de Limoges. — Le Christ en croix, les saintes femmes et les anges. — Fin du XIIIe siècle.

991. — Douille de croix en cuivre repoussé et doré, avec la légende de donation incrustée en émail. — Fin du XIIIe siècle.

992. — Petit diptyque en bois sculpté, monté en argent et entouré d'une bordure enrichie d'émaux. — Travail grec du XIVe siècle.

993. — Coupe en cuivre repoussé et doré, ornée de rosaces et de boutons en cuivre incrusté d'émaux, — Travail italien du XVe siècle.

994. — Petit diptyque de travail slave, en cuivre incrusté d'émaux. — La Vierge et la vie du Christ. — XVIIe siècle.

2° ÉMAUX PEINTS.

995. — Triptyque ou tableau à trois volets, en émail de Limoges avec bordure du temps, représentant la nativité, l'adoration des mages et la circoncision. — Les vêtements sont ornés de pierreries et d'émaux en relief. — Fin du xve siècle.

996. — Diptyque ou tableau à deux volets, représentant le portement de croix et le Calvaire. — L'exécution est en émail de couleurs sur paillons. — Fin du xve siècle.

997. — Diptyque ou tableau à deux volets, représentant le Christ et la Vierge, en émail de couleur sur paillons. — Fin du xve siècle.

La figure du Sauveur est encadrée dans une bordure d'ornements et d'enfants, avec la légende : *Speciosus forma præ filiis hominum*. Cette légende se répète sur le col et les manches de la tunique.

La mère de Dieu est entourée de la même bordure avec la légende : *Filia Jerusalem nigra sum sed formosa*. Autour du voile est l'inscription en caractères gothiques : *Ave Maria, etc.*

998. — *Mater Dolorosa*. — Email de Limoges. — Fin du xve siècle.

Aux deux côtés de la Vierge et du Christ sont agenouillées les figures du donateur et de sa femme. Cet émail est exécuté d'après un dessin d'école allemande, dont il porte le monogramme dans la partie inférieure.

999. — Tête de vierge (fragment). — Email de Limoges colorié, de la plus remarquable exécution. — Fin du xve siècle.

1000. — Justitia (la Justice). — Grande plaque en émail de Limoges, exécutée en 1559 par Pierre Courtoys ou Courteis, pour le château de Madrid, bâti au bois de Boulogne par le roi François Ier.

1001. — Prudentia (la Prudence). — Grande plaque en émail de Limoges, exécutée par Pierre Courtoys. — Même provenance. — 1559.

1002. — Charitas (la Charité). — Grande plaque en émail de Limoges, exécutée par Pierre Courtoys. — Même provenance. — 1559.

1003. — Saturne. — Grande plaque en émail de Limoges, exécutée par Pierre Courtoys. — Même provenance. — 1559.

1004. — Jupiter. — Grande plaque de Limoges, exécutée par Pierre Courtoys. — Même provenance. — 1559.

1005. — Sol (le Soleil). — Grande plaque en émail de Limoges, exécutée par Pierre Courtoys. — Même provenance. — 1559.

1006. — Mars. — Grande plaque en émail de Limoges, exécutée par Pierre Courtoys. — Même provenance. — 1559.

1007. — Hercule. — Grande plaque en émail de Limoges, exécutée par Pierre Courtoys. — Même provenance. — 1559.

1008. — Mercure. — Grande plaque en émail de Limoges, exécutée par Pierre Courtoys. — Même provenance. — 1559.

Ces plaques, exécutées à Limoges et signées par Pierre Courtoys, émailleur français, à la date de 1559, sont les pièces d'émail de la plus grande dimension connue. Elles ont 1m 65 de hauteur sur 1m de largeur. Elles faisaient partie de la décoration extérieure du château de Madrid, bâti au bois de Boulogne par le roi François Ier et achevé sous le règne de Henry II.

1009. — Triptyque. — Cabinet de deuil aux chiffres et attributs du roi Henry II et de la reine Catherine de Médicis. — XVIe siècle.

Ce cabinet, sorte de tableau à volets, est un des monuments les plus complets en ce genre. — La garniture est en cuir imprimé aux chiffres de Henry II et de Catherine de Médicis. Au-dessus des chiffres est la couronne de France, et les espaces libres sont semés de larmes.

A l'intérieur est le portrait en pied de la reine Catherine de Médicis, exécuté en émail; elle est agenouillée dans son oratoire, son costume est celui du deuil. — Les volets sont décorés de divers sujets tirés de la vie et de la passion du Christ; ce sont : la salutation angélique, le baiser de Judas, le portement et la descente de croix. Ces quatre médaillons sont de grande dimension. Cinq autres médaillons plus petits et de forme ovale complètent la décoration de ce beau triptyque. Ces médaillons représentent : saint Jean, sainte Madeleine, le Calvaire, la résurrection et l'apparition à la Madeleine.

1010. — Portrait du pape Clément VII. — Grand médaillon en émail de Limoges, entouré d'une riche bordure d'arabesques. — XVIe siècle.

1011. — Coffret en émail de Limoges, décoré de cinq plaques en camaïeu-grisaille avec rehauts d'or; ces plaques représentent divers sujets de l'histoire sacrée : le passage de la mer Rouge, le serpent d'airain, la manne dans le désert, la grappe de la terre promise et Moïse recevant les lois du Seigneur. Ce coffret, qui porte dans un écusson la date de 1544, a été exécuté par Pierre Rémond. — XVIe siècle.

1012. — Coffret en émail de Limoges, décoré de cinq plaques en grisaille avec rehauts d'or. — XVIe siècle.

1013. — Coupe sur pied à couvercle, de la fabrique de Limoges, en grisaille rehaussée d'or sur fond noir. — Loth et ses filles, par Pierre Rémond. — 1554.

Cette coupe, d'une conservation remarquable, représente, dans sa partie concave, Loth assis entre ses deux filles et recevant leurs caresses; dans le fond du sujet on voit la destruction de Sodome et la femme de Loth changée en statue de sel pour avoir contrevenu aux ordres du Seigneur. La bordure est en arabesques d'or sur fond noir.

L'extérieur de la coupe est décoré de riches ornements en grisaille sur fond noir. Le pied est couvert de guirlandes de fleurs et de fruits et de médaillons à figures. Deux cartouches renferment, l'un la date de 1554, l'autre la signature de l'auteur P. R., qui se retrouve également dans l'intérieur du vase. Quatre fleurs de lis d'or décorent la base du pied.

Le couvercle est d'une grande richesse d'ornementation ; sa partie concave porte quatre médaillons qui présentent des portraits d'hommes et de femmes séparés entre eux par des figures de génies, des cartouches et des guirlandes de fleurs et de fruits. L'intérieur du couvercle est également décoré de quatre médaillons à portraits séparés par des arabesques d'or sur fond noir.

Pierre Rémond, également appelé *Rexmann* ou *Raymond* ou même *Rexmon*, est un des émailleurs limousins du XVIe siècle dont les productions sont encore les plus répandues aujourd'hui. — On possède de lui de nombreuses plaques en grisaille, des bassins et des buires; il excellait également dans la peinture des manuscrits. Ses principaux ouvrages assignent par leurs dates l'époque de ses travaux de l'an 1540 à l'an 1582.

1014. — Grande coupe sur pied en émail de Limoges, représentant, dans sa partie concave, un sujet tiré de l'Exode, chap. 18. — Moïse rendant la justice dans le désert et recevant la visite de Jéthro et de Séphora. Grisaille de Pierre Rémond. — XVIe siècle.

La partie convexe est décorée d'ornements et d'arabesques également en grisaille, et sur le pied sont les divinités marines se jouant au milieu des eaux.

Cette belle coupe porte à l'intérieur les initiales de l'auteur, P. R.

1015. — Coupe de Limoges sur pied. — Jacob bénissant ses fils. — Grisaille de Pierre Rémond. — XVIe siècle.

La partie concave, de forme évasée, présente le sujet peint en grisaille : Jacob est dans son lit entouré de ses fils, et il leur donne sa bénédiction; à l'extérieur sont des ornements et des figures en grisaille, et autour du pied sont groupés des tritons. Cette coupe porte également les initiales P. R.

Ces deux belles coupes faisaient partie du même service.

1016. — Coupe de Limoges sur pied. — Diane. — Grisaille teintée, par Pierre Rémond. — XVIe siècle.

Cette coupe, de forme très-évasée, représente, dans sa partie concave, Diane chasseresse entourée d'animaux, tels que cerfs, sangliers et chiens; la partie convexe est ornée d'arabesques en grisaille et en or. Le pied porte l'écusson du président de Mesmes, dont les armoiries sont écartelées, au premier d'or, à un croissant de sable, au deuxième et troisième d'argent, à deux lions de gueules, au quatrième d'or, à une étoile de sable, au chef de gueules et la pointe ornée d'azur et d'argent. La coupe porte la marque P. R., initiales de l'auteur.

1017. — Coupe sur pied à couvercle. — La création. — Grisaille par Jehan Courteis, émailleur limousin du XVIe siècle.

L'intérieur de la coupe représente Dieu créant le monde et livrant la terre à l'homme et aux animaux; l'extérieur est richement décoré d'ornements et de mascarons. Le balustre est couvert de figures de termes, d'animaux chimériques, de bouquets de fruits, de fleurs et d'ornements variés.

Le couvercle présente sur sa face extérieure les diverses scènes de la création: le chaos, la création des animaux, celle de l'homme et de la femme. La décoration intérieure se compose de figures chimériques et d'ornements en grisaille et or sur fond noir.

Les initiales J. C. (Jehan Courteis) sont placées sur le pied de la coupe.

Jehan Courteis ou Courtoys était un des émailleurs les plus célèbres de la fabrique de Limoges, au XVIe siècle. Il excellait surtout dans l'exécution des coupes, plats et pièces de surtout.

1018. — Coupe à couvercle. — Grisaille à chairs teintées, par Jean Courteis. — La tentation de la femme et le paradis perdu. — XVIe siècle.

L'intérieur de la coupe représente Ève séduite par le serpent; à l'extérieur est une riche décoration de mascarons et de guirlandes de fleurs et de fruits, d'une exécution analogue à celle du n° précédent. Sur la partie extérieure du couvercle sont les diverses scènes du paradis perdu : Adam et Ève sont chassés du paradis par l'ange au glaive flamboyant, et forcés de se livrer aux travaux de la terre. Ils apparaissent devant le Seigneur et rougissent de leur nudité. L'intérieur du couvercle est orné de figures chimériques et d'arabesques d'une exécution remarquable, en grisaille et or sur fond noir.

Cette coupe a été exécutée pour servir de pendant à la précédente. Elle porte également les initiales de l'auteur, J. C.

1019. — Coupe à couvercle de la fabrique de Limoges, montée sur pied en cuivre doré. — Le paradis perdu et le déluge. — Grisaille teintée par Jehan Courteis. — XVIe siècle.

La partie intérieure représente les dernières scènes du déluge et l'arche de Noé; l'extérieur est décoré d'ornements et de mascarons sur fond noir. Sur la partie convexe du couvercle sont figurées les diverses scènes du paradis perdu : Ève séduite par le serpent et présentant le fruit du mal à Adam; Adam et Eve paraissant devant le Seigneur et ayant honte de leur nudité; l'expulsion du paradis terrestre. Les initiales de l'auteur, I. C., se trouvent à plusieurs reprises sur la coupe et sur son couvercle.

1020. — Coupe de Limoges sur pied, à couvercle. — L'histoire de Joseph. — Grisaille teintée, par Jehan Courteis. — XVIe siècle.

La partie concave de cette coupe représente les

frères de Joseph implorant la grâce de Benjamin. La bordure est couverte d'ornements d'or sur fond noir.

La partie inférieure est décorée en grisaille et or avec les initiales I. C. (Jehan Courteis).

Le couvercle, orné à l'intérieur de riches arabesques, présente, dans sa partie convexe, la scène de Joseph expliquant les songes du roi Pharaon.

1021. — Coupe de Limoges. — Les enfants dans la fournaise. — Grisaille montée en bronze doré. — XVIe siècle.

1022. — Coupe de Limoges. — Psyché amenée par Mercure dans l'assemblée des dieux. — Grisaille sur pied en bronze doré. — XVIe siècle.

1023. — Coupe de Limoges. — Le songe de Jacob. — Grisaille montée sur pied en cuivre doré. — XVIe siècle.

1024. — Coupe de Limoges de forme aplatie. — La création. — Grisaille à chairs teintées, avec couvercle décoré de figures en grisaille sur fond d'or. — XVIe siècle.

1025. — Grand bassin de forme ronde, en émail de Limoges. — Camaïeu-grisaille, par P. Pénicaud. Moïse expliquant aux Israélites les tables de la loi, qu'il vient de recevoir du Seigneur. — XVIe siècle.

Dans le bas de la composition est un écusson d'azur soutenu par deux animaux chimériques. La bordure, mutilée en partie, est décorée de médaillons et d'arabesques en camaïeu.

Ce riche bassin porte les initiales PP., qui sont la marque ordinaire de P. Pénicaud, émailleur de Limoges, au XVIe siècle.

Le revers du bassin est décoré d'un médaillon richement orné avec les figures de Moïse et d'Aaron.

1026. — Vase en émail de Limoges, à figures en grisaille rehaussée d'or sur fond noir, représentant les arts et les sciences, avec leurs attributs : *gramatica, dimantica, rhetorica, arithmet., musica, geometria, astrologia.* — Le pied est décoré de guirlandes et de médaillons. — XVIe siècle.

1027. — Le jugement de Pâris. — Plat en émail de Limoges; figures en grisaille sur fond bleu, rehaussé d'or. — Composition de Raphaël, exécutée par Léonard Limousin, en 1562.

Le revers porte un grand médaillon de femme entouré d'animaux et de génies. Sur cette seconde face se trouvent les initiales de l'auteur, L. L., et la date 1562.

1028. — La salutation angélique. — Grand médaillon de forme ovale, en émail de Limoges sur cuivre, en couleur, avec rehauts d'or, exécuté et signé par Léonard Limousin, émailleur du roi. — De 1532 à 1560.

Ce médaillon est le premier d'une suite de douze sujets de même travail et de même époque. Ces sujets sont les suivants :

1029. — L'entrée à Jérusalem. — Grand médaillon en émail de Limoges. — Même suite.

1030. — La cène. — Grand médaillon en émail de Limoges. — Même suite.

1031. — Jésus devant Pilate. — Grand médaillon en émail de Limoges. — Même suite.

1032. — Pilate se lavant les mains. — Grand médaillon en émail de Limoges. — Même suite.

Cette plaque porte l'inscription : Léonard. — 1557.

1033. — Jésus livré aux bourreaux. — Grand médaillon en émail de Limoges. — Même suite.

1034. — La flagellation. — Grand médaillon en émail de Limoges. — Même suite.

1035. — Le couronnement d'épines. — Grand médaillon en émail de Limoges. — Même suite.

1036. — Le portement de croix. — Grand médaillon en émail de Limoges. — Même suite.

1037. — Le Christ en croix entre Marie et saint Jean. — Grand médaillon en émail de Limoges. — Même suite.

1038. — La résurrection. — Grand médaillon en émail de Limoges. — Même suite.

1039. — La descente aux enfers. — Grand médaillon en émail de Limoges. — Même suite.

1040. — Plaque d'émail de Limoges. — *Ecce homo*, avec les initiales N. B. et la date 1543.

1041. — La résurrection. — Même école et même date.

1042. — La Vierge incarnée entre deux anges. — Plaque d'émail de Limoges, avec la date 1545.

1043. — Deux grandes figures allégoriques en émail de Limoges, camaïeu-grisaille. — XVIe siècle.

1044. — Le Calvaire. — Email de Limoges, colorié avec rehauts d'or, par Jehan Limousin, aux initiales I. L. — XVIe siècle.

1045. — Plaque en émail de Limoges, de forme ovale. Suzanne au bain, surprise par les vieillards, émail colorié et rehaussé d'or, de la fin du XVIe siècle.

Dans la partie droite de la plaque est une figure agenouillée, celle du donateur, avec son saint patron saint Jean, et au-dessous on lit l'inscription :

« Me JEHAN GUENIN. — 1581. »

1046. — Autre plaque en émail de Limoges, de même forme, de même époque, et représentant le même sujet. Ici la figure du donateur est remplacée par celle de sa femme, en costume du temps, avec sa sainte patronne debout à ses côtés. Au-dessous on lit la même date 1581.

1047. — La salutation angélique. — Plaque en émail de Limoges sur cuivre, en couleurs avec rehauts d'or. — XVIe siècle.

Ce médaillon fait partie d'une suite de seize plaques représentant les principales scènes de la vie et de la passion du Christ.

1048. — La nativité et l'adoration des bergers. — Émail de Limoges. — Même suite.

1049. — Le massacre des innocents. — Email de Limoges. — Même suite.

1050. — L'adoration des mages. — Émail de Limoges. — Même suite.

1051. — La présentation au temple. — Émail de Limoges. — Même suite.

1052. — La cène. — Émail de Limoges. — Même suite.

1053. — Le Christ en croix entre Marie et saint Jean. — Émail de Limoges. — Même suite.

1054. — La descente de croix. — Émail de Limoges. — Même suite.

1055. — Les saintes femmes. — Émail de Limoges. — Même suite.

1056. — La mise au sépulcre. — Émail de Limoges. — Même suite.

1057. — La résurrection. — Émail de Limoges. — Même suite.

1058. — L'apparition à la Madeleine dans le jardin. — Émail de Limoges. — Même suite.

1059. — La transfiguration. — Émail de Limoges. — Même suite.

1060. — L'ascension. — Émail de Limoges. — Même suite.

1061. — La Pentecôte. — Émail de Limoges. — Même suite.

1062. — Saint Jean l'évangéliste. — Émail de Limoges. — Même suite.

1063. — Plaque d'escarcelle en émail de Limoges, représentant des enfants assis. — XVIe siècle.

1064. — Plaque d'émail de Limoges. — Fragment d'un plat armorié représentant l'intérieur de l'atelier d'un chaufournier. — XVIe siècle.

1065. — Plaque en émail de Limoges. — Fragment d'un plat. — Repas de janvier. — XVIe siècle.

1066. — Émail de Limoges à figures, représentant un pasteur qui défend ses troupeaux contre des animaux féroces, camaïeu-grisaille à chairs teintées avec rehauts d'or. — XVIe siècle.

Dans le haut est la légende :

Fvyez. favlces. baistes.
Hors. de mô. trovpeavlx.
Des. brebis. hoynetes.
Navres. chair. ny. peav.

1067. — Email de Limoges à figures, camaïeu-grisaille à chairs teintées, avec rehauts d'or, pendant du précédent. — XVIe siècle.

La légende placée dans le haut donne elle-même l'explication du sujet :

A l'ayde pasteurs acourez. — dovnez. avoz. troupeavez. secovrs. du. lovp. du. lyon. et. devrs. avltrement. seront. devorez.

Criez. si. havt. qve. vovs. vovldrez. — passer. le. temps. me. deliberer. chasser. dormir. mangor. et. bovre. — savivez les. come. vovs. povres.

AS.

1068. — La salutation angélique. — Plaque en émail de Limoges.

Cette plaque fait partie d'une suite de douze sujets tirés de la vie et de la passion du Christ. Ces sujets sont les suivants :

1069. — Le mariage. — Émail de Limoges. — Même suite.

1070. — La fuite en Egypte. — Même suite.

1071. — La présentation de la Vierge au temple. — Même suite.

1072. — La visitation. — Même suite.

1073. — Le massacre des innocents. — Même suite.

1074. — L'adoration des mages. — Même suite.

1075. — La crèche. — Même suite.

1076. — La Pâque. — Même suite.

1077. — Le Christ et la Madeleine. — Même suite.

1078. — L'arrivée des bergers. — Même suite.

1079. — La mort de la Vierge. — Même suite.

1080. — Jupiter. — Médaillon en émail de Limoges, colorié avec rehauts d'or. — XVIe siècle.

1081. — Junon. — Médaillon de même époque et de même exécution.

1082. — Pallas. — Médaillon de même travail.

1083. — Mercure. — Médaillon de même époque.

1084. — Le Christ dans sa gloire et le jugement dernier. — Plaque en émail de Limoges, grisaille coloriée. — XVIe siècle.

1085. — La Foi tenant en main le calice et la croix. — Plaque en émail de Limoges attribuée à Pierre Colin. — XVIe siècle.

Ce sujet fait partie d'une suite de sept plaques représentant les vertus. Ces plaques sont les suivantes :

1086. — La Prudence tenant en main le miroir. — Émail de Limoges. — Même suite.

1087. — La Charité. — Émail de Limoges. — Même suite.

1088. — La Justice portant le glaive et les balances. — Email de Limoges. — Même suite.

1089. — La Tempérance tenant la coupe et le flacon. — Email de Limoges. — Même suite.

1090. — La Force personnifiée par une figure appuyée sur une colonne. — Émail de Limoges. — Même suite.

1091. — L'Espérance dans l'attitude de la ferveur. — Email de Limoges. — Même suite.

1092. — Le Christ en croix entre Marie et saint Jean. — Plaque en émail de Limoges. — XVIe siècle.

1093. — Le baiser de Judas. — Émail de Limoges. — XVIe siècle.

1094. — L'adoration des mages. — Plaque d'émail de Limoges colorié avec rehauts d'or. — XVIe siècle.

1095. — Salière à six pans. — Email de Limoges, en grisaille teintée avec rehauts d'or. — Les travaux d'Hercule. — XVIe siècle.

Les deux extrémités de cette salière sont décorées de médaillons entourés de fleurs et d'ornements.

1096. — Salière à six pans. — Email de Limoges. — Les travaux d'Hercule. — XVIe siècle.

1097. — Plaque en émail de Limoges, sujet tiré de la passion du Christ. — Fin du XVIe siècle.

1098. — Plaque en émail de Limoges, sujet tiré de la passion du Christ. — Fin du XVIe siècle.

1099. — Encrier avec bassin en émail de Limoges, décoré de figures et de trophées en grisaille sur fond noir avec rehauts d'or, par Jehan Laudin. — XVIIe siècle.

Les figures représentent les diverses peuplades vaincues et asservies. Elles sont couchées à terre au milieu des trophées d'armes et des instruments de guerre. Au-dessous sont les lettres initiales I. L., et au revers du bassin on lit : *Laudin émaillieur à Limoges*, I. L.

1100. — Une chasse à courre. — Petit médaillon en émail de Limoges, exécuté en grisaille. — XVIIe siècle.

1101. — Chasse à l'autruche. — Petit médaillon de même travail et de même provenance.

1102. — Médaillon en émail de Limoges, portrait d'un jeune homme sur fond bleu, avec arabesques au revers. — XVIIe siècle.

1103. — La folie. — Plaque d'émail de Limoges, grisaille rehaussée d'or, par Jehan Laudin, avec les initiales de l'auteur I. L., et la devise : « *quelli chi me seguino me fanno ridere.* » — XVIIe siècle.

1104. — La chasse, figure allégorique. — Email de Limoges, grisaille rehaussée d'or, par Jehan Laudin, avec ses initiales I. L. — XVIIe siècle.

1105. — La pêche, figure allégorique. — Email de Limoges, en camaïeu-grisaille rehaussé d'or, par Jehan Laudin. — XVIIe siècle.

1106. — Le vin. — Plaque d'émail de Limoges. — Grisaille rehaussée d'or, par Jehan Laudin, avec les initiales de l'auteur. — XVIIe siècle.

1107. — Oct. Augustus. — Médaillon en émail de Limoges, avec la légende : *Jay truvé Rome faicte de bricques, mais je la laisse de marbre.* — XVIIe siècle.

1108. — Même personnage. — Petit médaillon de même époque.

1109. — Tiberius Cæsar. — Médaillon en émail de Limoges, avec la légende : *Qu'après ma mort s'entre meslent le feu et la terre ensemble.* — XVIIe siècle.

1110. — C. Cæsar Caligula. — Médaillon en émail de Limoges, avec la légende : *Je ne prise rien tant que l'impudence.* — XVIIe siècle.

1111. — Même personnage. — Petit médaillon de travail analogue.

1112. — Claudius Cæsar. — Médaillon en émail de Limoges, avec la légende : *Il vaut mieux une fois mourir que perdre la vie en toujours espéran.* — XVIIe siècle.

1113. — Même personnage. — Petit médaillon de même époque.

1114. — Même personnage. — Idem.

1115. — Même personnage. — Idem.

1116. — M. Silvius Otho. — Médaillon en émail de Limoges, avec la légende : *Il vaut mieux qu'un meure pour plusieurs, que plusieurs pour un.* — XVIIe siècle.

1117. — Même personnage. — Petit médaillon de même époque.

1118. — Même personnage. — Idem.

1119. — Titus Vespasianus. — Médaillon en émail de Limoges, avec la légende : *Un bon prince ne renvoye personne mal content.* — XVIIe siècle.

1120. — Même personnage. — Petit médaillon de la même époque.

1121. — Même personnage. — Idem.

1122. — Même personnage. — Idem.

1123. — Flavius Domitianus. — Médaillon en émail de Limoges, avec la légende : *Les princes sont misérables pour les dangers qui les regardent.* — XVIIe siècle.

1124. — Saint Marc. — Médaillon en émail de Limoges, par Jehan Laudin, avec les initiales de l'auteur, I. L. — XVIIe siècle.

1125. — Sainte Marie-Madeleine. — Médaillon en émail de Limoges, aux initiales I. L. (Jehan Laudin). — XVIIe siècle.

1126. — L'adoration des mages. — Email de Limoges, avec la signature au revers : « *Bapt. Nouailher*, à Limoges. » — XVIIe siècle.

1127. — Saint Pierre. — Email colorié de Limoges, par Bapt. Nouailher. — XVIIe siècle.

1128. — Sainte Marguerite. — Email de Limoges du XVIIe siècle.

1129. — Jésus priant. — Médaillon en émail de Limoges, aux initiales de Jehan Laudin, émailleur du XVIIe siècle.

1130. — Saint Philippe. — Médaillon en émail de Limoges. — XVIIe siècle.

1131. — La naissance. — Plaque en émail colorié. — XVIIe siècle.

1132. — Tasse en émail de Limoges, décorée des médaillons de Sémiramis et de Zénobie, et portant sous son pied la signature et l'adresse de l'émailleur : « *Laudin, au fauxbourgs de Manigne à Limoges.* » — XVIIe siècle.

1133. — Tasse à anses en émail de Limoges, décorée de mascarons, de guirlandes de fleurs et d'un écusson d'armoiries d'or à feuilles de sinople, surmonté d'une couronne de comte et flanqué de deux figures de génies qui tiennent une couronne de lauriers. — XVIIe siècle.

1134. — Tasse en émail de Limoges, décorée de deux médaillons, dont l'un renferme des chiffres entrelacés et l'autre une scène de chasse. — Sous le pied sont les chiffres de l'auteur NL, Noël Laudin. — XVIIe siècle.

1135. — Râpe à tabac en émail de Limoges. — Le sacrifice d'Abraham, par Bapt. Nouailher, avec les initiales de l'auteur. — XVIIe siècle.

1136. — Râpe à tabac en émail de Limoges. — Portrait d'une dame de la cour en costume de bergère. — XVIIe siècle.

1137. — Râpe à tabac en émail de Limoges. — La Vierge et l'Enfant-Jésus. — XVIIe siècle

1138. — Râpe à tabac, en émail de Limoges. — Portrait d'une dame de la cour. — XVIIe siècle.

1139. — Plaque de bourse en émail de Limoges. — Portrait de femme. — XVIIe siècle.

1140. — Plaque de bourse en émail de Limoges. — Portrait d'un gentilhomme de la cour. — XVIIe siècle.

1141. — Plaque de bourse du XVIIe siècle, en émail de Limoges. — Portrait du maréchal de Catinat.

1142. — Plaque de bourse en émail de Limoges. — Portrait de Mme la maréchale de Catinat. — XVIIe siècle.

1143. — Plaque de bourse en émail de Limoges. — Portrait d'une dame de la cour. — XVIIe siècle.

1144. — Coupe en émail de Limoges, de forme aplatie. Le massacre des innocents, grisaille aux initiales P. N., de Pierre Nouailher, émailleur limousin qui vécut de 1686 à 1717.

1145. — Coupe ronde à deux anses, en émail de Limoges, décorée de fleurs et d'animaux. — XVIIIe siècle.

Dans le fond de la coupe est un lion portant un geai sur son dos, avec la devise : L'envie suit la vertu.

1146. — Médaillon, peinture émaillée sur cuivre. — Scène flamande. — XVIIIe siècle.

1147. — Petite coupe en émail sur cuivre. — La bénédiction de Jacob, avec des inscriptions grecques du moyen-âge.

V. FAIENCES, VERRERIES.

FAIENCES ITALIENNES, FRANÇAISES, ALLEMANDES. — GRÈS DE FLANDRE. — TERRES ÉMAILLÉES. — VERRERIES DE VENISE ET D'ALLEMAGNE.

FAIENCES ITALIENNES ET ESPAGNOLES.

1148. — La Vierge et l'Enfant-Jésus, faïence de Luca della Robbia. — XVe siècle.

La Vierge est debout et tient dans ses bras l'Enfant-Jésus qui s'appuie sur l'épaule de sa mère. Les figures sont blanches sur un fond d'émail bleu.

1149 — Le martyre de sainte Catherine d'Alexandrie, deux bas-reliefs en faïence de Luca della Robbia, figures blanches sur fond bleu. — Le premier de ces bas-reliefs représente le martyre de la sainte, et le second l'âme de sainte Catherine transportée au ciel par les anges. — XVe siècle.

1150. — Buste de jeune homme exécuté en ronde-bosse, faïence de Luca della Robbia. — Figure blanche avec chlamyde bleue. — XVe siècle.

1151. — Buste de négresse en ronde-bosse. — Faïence de Luca della Robbia. — XVe siècle.

La tête est en couleur bleue, et porte à sa partie supérieure une ouverture qui donne lieu de croire que ce buste était destiné à servir de vase à fleurs.

1152. — Grand bassin moresque à dessins bleus, rouges et blancs, reflets métalliques. Pièce de la plus grande rareté. — Du XIVe au XVe siècle.

1153. — Coupe sur pied avec plateau, à reflets métalliques. — Faïence du XVe siècle.

1154. — Fontaine décorée de mascarons en relief et de sujets à figures : Persée et Andromède. — Faïence d'école italienne exécutée à Nevers au XVIe siècle.

Le robinet en bronze, représentant un satyre monté sur un triton, est de travail italien et de la même époque.

Le couvercle de cette belle fontaine a été restauré.

1155. — Grande vasque décorée de serpents entrelacés et exécutés en relief : triomphe d'Amphitrite. — Faïence italienne du XVIe siècle.

1156. — Grande vasque sur pied, de fabrique italienne. — XVIe siècle.

L'écusson qui forme la décoration intérieure de ce riche bassin est aux croissants d'or sur fond de gueules, avec un listel d'azur fleurdelisé en sautoir. Les deux supports sont des anges ailés. — Autour de l'écusson sont les attributs du chêne sur le roseau. — L'extérieur du bassin est aux mêmes attributs; il est orné d'enroulements en relief, et d'anses décorées de mascarons.

1157. — Grande vasque en faïence de Faenza : Le triomphe d'Amphitrite. — XVIe siècle.

1158. — Grand plat de forme ovale en faïence de Faenza, décoré de cinq médaillons qui représentent des sujets de chasse et de pêche. — XVIe siècle.

Le médaillon du milieu représente la pêche. Le fleuve, assis près de sa source, tient dans sa main droite la corne d'abondance de laquelle découlent tous les biens de la terre; près de lui plusieurs pêcheurs, dans l'eau jusqu'à mi-jambes, plongent et retirent leurs filets. Les quatre sujets qui entourent le médaillon sont : la chasse à pied, la chasse à courre, la chasse au tir de l'arbalète, et la chasse au filet. Ces motifs sont séparés par des mascarons en relief et des encadrements de riches couleurs. La bordure du plat est formée par des arabesques d'une grande richesse, composées de génies et d'attributs de chasse, de musique et de guerre.

Au revers du plat est une figure de Neptune au milieu d'un encadrement en relief, entouré d'amours et de divinités marines.

1159. — Grand plat rond aux armes de Léon X. — Faïence italienne à reflets métalliques. — XVIe siècle.

1160. — Grand plat rond, au lion de Florence, avec bordure jaune rehaussée de dessins bleus. — Faïence italienne à reflets métalliques. — XVIe siècle.

1161. — Grand plat rond décoré d'une tête de nègre, avec bordure jaune rehaussée de dessins bleus. — Faïence italienne à reflets métalliques. — XVIe siècle.

1162. — Grand plat rond : saint Jérôme. — Faïence italienne à reflets métalliques. — XVIe siècle.

1163. — Bassin représentant Moïse sauvé des eaux. Au revers est l'inscription : *Como Moïse fu trovato della filglia di Faraone innel fiume.* — Faïence italienne. — XVIe siècle.

1164. — Grand plat creux : Suzanne entre les deux vieillards. Dans le haut on lit : *Suzanna.* — Faïence italienne. — XVIe siècle.

1165. — Plat festonné, décoré d'arabesques sur fond blanc, aux armes de la maison Borghèse; dans un cartouche au-dessous de l'écusson on lit : *C. Pia.* — Fabrique d'Urbino. — XVIe siècle.

1166 — Plat de même fabrique et de décoration analogue, aux armes des Borghèse. — XVIe siècle.

1167. — Plat rond décoré de figures. — Faïence italienne. — XVIe siècle.

1168. — Aiguière de pharmacie couverte d'arabesques en couleurs sur fond blanc, avec un écusson. — Faïence italienne. — XVIe siècle.

1169. — Aiguière ornée de deux têtes en regard sur fond bleu. — Faïence italienne. — XVIe siècle.

1170. — Encrier en faïence italienne, à dessins jaunes sur fond bleu. — XVIe siècle.

La partie supérieure est décorée d'un écusson en relief qui porte un scorpion et trois étoiles, avec deux amours en haut-relief pour support.

1171. — Faïence italienne. — Plat à fond brun. — Figure grotesque.

1172. — Le massacre des innocents, plaque en faïence de Faenza, exécutée d'après un carton de Raphaël Sanzio. — XVIe siècle.

1173. — Fragment d'un plat de Faenza. — Figures nues. — XVIe siècle.

1174. — Plat en faïence de Faenza. — Le mariage de sainte Catherine d'Alexandrie. — XVIe siècle.

1175. — Plat rond décoré de figures avec un écusson d'armoiries au revers. — Faïence de Faenza. — XVIe siècle.

1176. — Faïence de Faenza. — Assiette avec bordures décorées d'amours et de fleurs à rehauts d'or. — Diane au bain et Actéon changé en cerf. — XVIe siècle.

1177. — Faïence de Faenza. — Assiette décorée d'une bordure d'amours et de fleurs, avec rehauts d'or. — Enlèvement de Proserpine. — XVIe siècle.

1178. — Faïence de Faenza. — Assiette représentant

Polyphème et Galathée, avec bordure décorée de rinceaux et d'amours. — XVIe siècle.

1179. — Faïence de Faenza. — Assiette, sujet mythologique avec bordure décorée de rinceaux. — XVIe siècle.

1180. — Faïence de Faenza. — Assiette : Vénus et l'Amour.

1181. — Faïence de Faenza. — Assiette : Neptune et Amphitrite. — Bordure décorée de rinceaux et d'amours.

1182. — Faïence italienne. — Assiette : Neptune sur son char. — XVIIe siècle.

1183. — Faïence de Faenza. — Assiette décorée de figures avec bordure d'ornements et d'amours.

1184. — Faïence de Faenza, à reflets métalliques. — Assiette avec repoussés en relief : saint Jean.

1185. — Faïence italienne. — Assiette : paysage avec figures. — XVIIe siècle.

1186. — Faïence italienne. — Cruche fond vert, avec goulot, à tête découpée à jour, décorée d'écussons en relief.

1187 — Faïence de Faenza. — Coupe représentant une figure de femme.

1188. — Faïence de Faenza. — Tasse : l'Amour tenant son arc.

1189. — Faïence de Faenza. — Tasse : l'Amour enchaîné.

1190. — Faïence de Faenza. — Coupe : figure d'enfant.

1191. — Faïence de Faenza. — Tasse : figure d'enfant.

1192. — Faïence de Faenza. — Coupe : figure de guerrier.

1193. — Faïence de Faenza. — Coupe : vieille femme filant.

1194. — Faïence italienne. — Soucoupe : Vénus et l'Amour.

1195. — Faïence italienne. — Tasse avec sa soucoupe décorée de figures en couleurs rehaussées d'or.

1196. — Faïence italienne. — Tasse à soucoupe, dite *de trembleur*, décorée de figures et de fleurs, avec rehauts d'or.

1197. — Faïence italienne. — Plaque ronde représentant d'un côté la Sainte-Famille, de l'autre le Christ en croix. — XVIIe siècle.

1198. — Faïence italienne. — Bassin à pans coupés : Vénus corrigeant l'Amour. — XVIIe siècle.

1199. — Faïence italienne. — Bassin à pans coupés : scène de chasse. — XVIIe siècle.

FAIENCES FRANÇAISES.

1200. 1201. — Faïence de Bernard de Palissy. — Bras de flambeaux-appliques du XVIe siècle.

Ces deux porte-lumières sont formés par des bustes d'hommes dont les bras tendus étaient destinés à porter la bougie.

Bernard de Palissy, simple potier à Saintes, et inventeur de la faïence émaillée qui porte son nom, est mort en 1590, au milieu des honneurs, et en laissant des travaux fort remarquables dans plusieurs branches d'art.

1202. — Faïence de Bernard de Palissy. — Grand plat rond : Persée délivrant Andromède. La bordure est formée par huit cavités destinées à contenir les assaisonnements. — XVIe siècle.

1203. — Faïence de Bernard de Palissy. — Plat ovale : Vénus et les Amours. — XVIe siècle.

1204. — Faïence de Bernard de Palissy. — Plaque de forme allongée, à bordure festonnée : le lavement des pieds. — XVIe siècle.

1205. — Faïence de Bernard de Palissy. — Grand plat ovale, décoré de reptiles et de poissons en relief. — XVIe siècle.

1206. — Faïence de Bernard de Palissy. — Grand plat de forme et de décoration analogues. — XVIe siècle.

1207. — Faïence de Bernard de Palissy. — Plat de même forme et de décoration analogue. — XVIe siècle.

1208. — Faïence de Bernard de Palissy. — Plat ovale décoré de feuillages et de coquilles en relief. — XVIe siècle.

1209. — Faïence de Bernard de Palissy. — Corbeille ronde décorée de mascarons d'hommes et de femmes, à bordure festonnée et d'une grande finesse d'exécution. — XVIe siècle.

1210. — Faïence de Bernard de Palissy. — Corbeille ronde décorée d'arabesques. — XVIe siècle.

1211. — Faïence de Bernard de Palissy. — Corbeille ronde décorée d'arabesques et enrichie de mascarons. — XVIe siècle.

1212. — Faïence de Bernard de Palissy. — Corbeille ronde couverte d'arabesques et de mascarons. — XVIe siècle.

1213. — Faïence de Bernard de Palissy. — Plat rond : Persée et Andromède. — XVIe siècle.

1214. — Faïence de l'école de Bernard de Palissy. — Portrait d'homme, petit plat en forme de médaillon. — XVIe siècle.

1215. — Faïence de même fabrique. — Une Sainte-Famille, petit plat de même forme et de même travail. — XVIe siècle.

1216. — Faïence de même fabrique. — Plat de forme ovale : Suzanne surprise au bain.

1217. — Faïence de l'école de Palissy. — Plat de forme ovale : même sujet.

1218. — Faïence de l'école de Palissy. — Plat de forme ovale : l'automne.

1219. — Faïence de l'école de Palissy. — Plat rond : la création de la femme.

1220. — Faïence de l'école de Palissy. — Plat de forme ovale : la décollation de saint Jean.

1221. — Faïence de l'école de Palissy. — Plat de forme ovale : le sacrifice d'Abraham.

1222. — Faïence de l'école de Palissy. — Plat de forme ovale : le baptême dans le Jourdain.

1223. — Faïence de l'école de Palissy. — Plat de forme ovale : même sujet.

1224. — Faïence de l'école de Palissy. — Plat de forme allongée : Esther devant Assuérus.

1225. — Faïence de l'école de Palissy. — Plat de forme allongée : même sujet.

1226. — Faïence de l'école de Palissy.—Plat de même forme : Esther et Assuérus.

1227. — Faïence de l'école de Palissy. — Plat de forme ovale : même sujet.

1228. — Faïence de l'école de Palissy. — Plat de forme ovale : même sujet.

1229. — Faïence de l'école de Palissy. — Plat rond : le jugement de Pâris.

1230. — Faïence de l'école de Palissy. — Plat ovale avec bordure en émail de couleurs : le baptême dans le Jourdain.

1231. — Faïence de Bernard de Palissy. — Vase à anse orné de feuilles, avec goulot repercé à jour.

1232. — Faïence de Bernard de Palissy. — Vase à anse décoré d'ornements de couleurs variées.

1233. — Faïence des continuateurs des travaux de Bernard de Palissy. — Plat ovale représentant la famille d'Henri IV.

Le roi est assis auprès de la reine, au milieu de sa famille et des personnages de la cour. La bordure est décorée d'ornements de couleurs variées.

1234. — Faïence de Nevers. — Bouteille de forme aplatie, dite *fiuscone*, à deux médaillons décorés de sujets bachiques; les anses sont formées par deux têtes de bélier en relief, avec pendentifs de fruits et de fleurs. — XVIIe siècle.

1235. — Faïence de Nevers. — Plat en camaïeu bleu : combat des Centaures et des Lapithes. L'inscription placée au revers est ainsi conçue : « *Trouble arrivé aux noces de Pirythous et de Hippodame, par Eurite, cruel chef des sanguinaires Centaures.* 1682. »

1236. — Faïence de Rouen. — Plat décoré d'arabesques bleues rehaussées en couleurs.

1237. — Faïence de Rouen. — Plat à dessins bleus. Le milieu est décoré de meubles, de vases de fleurs et d'oiseaux ; la bordure est ornée d'arabesques.

1238. — Faïence de Rouen. — Plat rond décoré d'arabesques.

1239. — Faïence de Rouen. — Aiguière ornée d'arabesques bleues sur fond blanc.

1240. — Faïence de Rouen. — Aiguière ornée d'arabesques bleues sur fond blanc.

1241. — Faïence de Rouen. — Fiascone avec figures de faunes et de satyres, peintes en bleu sur fond blanc. — Les anses sont décorées de têtes de bélier en relief.

1242. — Poterie d'Avignon. — Vase à reflets métalliques, décoré d'ornements en relief blancs sur fond brun. — XVIIe siècle.

1243. — Poterie d'Avignon. — Vase de même nature et de forme analogue. — XVIIe siècle.

1244. — Faïence française. — Bouteille figurant une couronne de pampres, émaillée en brun.

1245. — Faïence française. — Salière émaillée en brun rehaussé d'or, et ornée de figurines de ronde-bosse.

1246. — Faïence française. — Couvre-feu avec ornements en relief. — Bacchus sur un tonneau.

1247. — Faïence française. — Pièce de surtout, de forme monumentale, décorée de figures et de fleurs de lis. — XVIIe siècle.

1248. — Poule couvant ses poussins. — Faïence du XVIIe siècle.

Cette faïence faisait partie d'un service complet, dont chaque pièce présentait la forme du mets qu'il était destiné à contenir.

FAIENCES ALLEMANDES. — GRÈS DE FLANDRE.

1249. — Faïence allemande. — La Vierge et l'Enfant-Jésus. — XVIe siècle.

1250. — Grès de Flandre. — Clepsydre ou horloge à eau.

Le clepsydre était en usage sur les tables des festins, où il faisait l'office de sablier. L'eau, placée dans le réservoir, descendait par les colonnettes pour rejaillir à l'orifice inférieur.

1251. — Grès de Flandre. — Grande cruche émaillée en gris et bleu et ornée d'inscriptions et d'écussons d'armoiries.

Autour de la panse sont les figures de Neptune, du Soleil, de la Lune, de la Justice et de Pluton. Le goulot est couvert de sujets de chasse, avec la légende : *Ich. wisz. nichts. pessers. im. himel. und. auf. erten. dan. das. weir. durch. chreistm. selig. werdenn.*

1252. — Grès de Flandre. — Cruche émaillée gris et bleu, et décorée d'ornements et d'écussons accolés, dont celui de France.

1253. — Grès de Flandre. — Cruche émaillée gris et bleu, et décorée de petits mascarons et d'ornements, avec garniture en étain.

1254. — Grès de Flandre. — Cruche émaillée gris et bleu, et décorée d'ornements ronds sur fond bleu.

1255. — Grès de Flandre. — Cruche à anse, émaillée en bleu et décorée de sujets de danse et d'armoiries en relief; garniture en étain.

1256. — Grès de Flandre. — Pot émaillé, de couleur brune et orné sur sa panse de bas-reliefs qui représentent des jeux et des danses grotesques.

1257. — Grès de Flandre. — Cruche émaillée gris et bleu et décorée de sujets et de danses burlesques; monture en étain.

1258. — Grès de Flandre. — Cruche à panse, émaillée gris et bleu, avec ornements et écussons.

1259. — Grès de Flandre. — Bouteille émaillée gris et bleu sur fond de couleurs et décorée de petits médaillons aux armes impériales.

1260. — Grès de Flandre. — Petite cruche émaillée gris et bleu, avec ornements et mascarons.

1261. — Grès de Flandre. — Pot émaillé de couleur brune et monté en étain.

La partie antérieure est ornée d'un mascaron à longue barbe et la panse est décorée d'arabesques grotesques et de médaillons.

1262. — Grès de Flandre. — Grande canette émaillée en brun avec couvercle en étain.

1263. — Grès de Flandre. — Aiguière à jeu d'eau émaillée gris, bleu et violet, et ornée d'écussons armoriés.

1264. — Grès de Flandre. — Vase à anses, émaillé gris et bleu, avec ornements et chimères. Monture en étain.

1265. — Grès de Flandre. — Vase à anse, émaillé gris et bleu, et décoré de sujets burlesques.

1266. — Grès de Flandre. — Vase du même genre et de forme analogue.

1267. — Grès de Flandre. — Petit vase à anse, émaillé gris et bleu, et décoré de mascarons burlesques.

1268. — Grès de Flandre. — Cruche émaillée gris et bleu avec écusson d'armoiries.

1269. — Grès de Flandre. — Vase émaillé gris et bleu, en forme de cruche.

1270. — Grès de Flandre. — Cruche émaillée de couleur sur fond gris.

1271. — Grès de Flandre. — Cruche émaillée en gris et bleu.

1272. — Grès de Flandre. — Cruche émaillée avec monture en étain.

1273. — Grès de Flandre. — Cruche émaillée en gris et bleu avec monture en étain.

1274. — Grès de Flandre. — Bouteille à anse, de forme ronde, émaillée en gris et bleu.

1275. — Grès de Flandre. — Petite cruche armoriée avec anse, émaillée en gris et bleu.

1276. — Grès de Flandre. — Cruche à anse, émaillée en gris et bleu, et décorée d'écussons et de mascarons. Monture en étain.

1277. — Grès de Flandre. — Cruche émaillée en brun et décorée d'armoiries avec monture en étain.

1278. — Grès de Flandre. — Pot émaillé en couleur et en or, et garni en étain.

Les figures du Christ, des apôtres et saints personnages sont représentées en relief sur la panse dans l'ordre suivant : Salvator, S. Tomas, S. Matheus, S. Jacob, minor, S. Simonis, S. Tadeus, S. Petrus, S. Andreas, S. Jacob major, S. Johannes, S. Philippus, S. Bartolomeus ; la figure de Judas a été remplacée par l'inscription S. Judas. Le vase porte la date 1653.

1279. — Grès de Flandre. — Pot à bière, émaillé en brun avec rehauts de couleur et d'or.

Sur la panse sont les figures du Christ et des apôtres avec la date 1655, et la légende traduite du flamand : « *Celui qui me boira d'un trait sera béni par la Sainte-Trinité.* »

1280. — Grès de Flandre. — Pot à tabac représentant la figure d'un buveur qui tient en main le verre et la cruche, charge flamande du XVIIe siècle.

1281. — Grès de Flandre. — Petit vase à anse, émaillé gris et bleu.

1282. — Grès de Flandre. — Salière émaillée en bleu et travaillée à jour.

1283. — Grès de Flandre colorié. — Vase à anse, décoré d'ornements en couleurs et des figures de Saturne, Jupiter, Mars, le Soleil, Vénus, Mercure et la Lune.

1284. — Grès émaillé. — Buire montée en étain.

1285. — Encrier en grès de Flandre, travaillé à jour. — XVIe siècle.

1286. — Encrier en grès émaillé de Flandre, à galeries. — XVIe siècle.

1287. — Faïence flamande émaillée. — Bouteille fond vert, monture et chaîne en étain.

1288. — Grès de Flandre. — Cruche émaillée, gris et bleu, très fracturée.

TERRES ÉMAILLÉES.

1289. — Carreau en terre émaillée du XIIIe siècle, provenant de Saint-Denis.

Donné au Musée par M. A. Lenoir, architecte.

1290. — Carreaux en terre émaillée du XIIIe siècle.

1291. — Carreau en terre émaillée. — XIIIe siècle.

Donné par M. Mathon, de Neufchâtel.

1292. — Carreau en terre émaillée du XIIIe siècle.

1293. — Carreau en terre émaillée. — XIIIe siècle.

1294. — Carreau en terre émaillée. — XIVe siècle.

1295. — Carreau en terre émaillée, provenant du château d'Ecouen. — XVIe siècle.

1296. — Carreaux en terre émaillée. — XVIe siècle.

Donnés au Musée par M. Mathon, de Neufchâtel.

1297. — Terre émaillée dite Scaïole. — Fragment d'un dessus de table, décoré d'arabesques, de travail italien. — XVIe siècle.

1298. — Plaques d'un poêle provenant de la léproserie du château de Joinville. — XVIe siècle.

Ces plaques, d'un style de dessin très remarquable, sont exécutées en relief. Elles sont au nombre de six; les plus grandes sont décorées des figures allégoriques des quatre éléments : TERRA, AQVA, IONIS, AER.

Les deux premiers éléments sont personnifiés, l'un

par une nymphe placée debout auprès d'une fontaine, et l'autre par une figure appuyée sur une corne d'abondance remplie des biens de la terre. Ces figures sont disposées dans des niches que surmonte un mascaron flanqué de deux figures couchées, dont l'une, le glaive et le laurier en main, représente la Victoire, et l'autre, tenant d'une main le sablier, et la tête penchée en larmes sur un crâne, personnifie la Défaite et la Mort. Ces allégories sont soutenues sur des pilastres, contre lesquels s'appuient des figures placées debout; l'une est dans l'attitude de la prière, la tête ceinte du nimbe; l'autre est enchaînée. Le médaillon inférieur présente la figure de la Justice ayant en mains le glaive et la balance.

Les deux autres bas-reliefs, le feu et l'air, sont également encadrés dans de riches compositions surmontées des figures allégoriques de la Musique et de la Vérité.

1299. — Pièce de surtout en terre émaillée, chasse au taureau.

1300. — Chasse à l'ours, pièce du même surtout en terre émaillée.

1301. — Chasse au loup, pièce du même surtout en terre émaillée.

1302. — Chasse au cerf, pièce du même surtout en terre émaillée.

1303. — Terre émaillée. — Vase à couvercle travaillé à jour.

VERRERIES DE VENISE ET D'ALLEMAGNE.

1304. — Grande coupe aux armes du roi Louis XII de France. — Verrerie de Venise. — XVe siècle.

1305. — Grande coupe sur pied, de forme plate et à filets blancs, en verrerie ancienne de Venise. — XVIe siècle.

1306. — Verrerie de Venise. — Vase sur pied, forme calice, avec couvercle, à filets blancs. — XVIe siècle.

1307. — Verrerie de Venise. — Cornet de forme allongée, à filets blancs. — XVIe siècle.

1308. — Verrerie de Venise. — Verre de forme allongée, godronné, à anses. — XVIe siècle.

1309. — Verrerie de Venise. — Coupe évasée sur pied, à godrons. — XVIe siècle.

1310. — Verrerie de Venise. — Coupe sur pied, à huit pans, en verre blanc bordé, de bleu. — XVIIe siècle.

1311. — Verrerie de Venise. — Coupe sur pied, en verre blanc. — XVIIe siècle.

1312. — Verre de Venise. — Vase à anses en verre blanc avec ornements en relief. — XVIIe siècle.

1313. — Verre de Venise. — Coupe de forme évasée en verre blanc. — XVIIe siècle.

1314. — Verrerie de Venise. — Coupe de forme allongée en verre blanc. — XVIIe siècle.

1315. — Verre de Venise. — Coupe sur pied, décorée d'ornements en relief. — XVIIe siècle.

1316. — Verrerie de Venise. — Coupe godronnée à anses. — XVIIe siècle.

1317. — Verrerie de Venise. — Petite coupe en verre blanc sur pied décoré d'ornements en relief.

1318. — Verrerie de Venise. — Cruche à anse avec dessins en relief. — XVIIe siècle.

1319. — Verrerie de Venise. — Grande coupe sur pied

1320. — Verrerie de Venise. — Flacon à dessins blanc sur fond opalin.

1321. — Grand vidercome allemand, décoré de figures en couleur et de légendes, avec la date 1623.

1322. — Verrerie allemande. — Bouteille de forme aplatie, à réseaux en relief.

1323. — Verrerie allemande. — Bouteille à long col avec panse à côtes.

1324. — Verrerie allemande. — Grand gobelet sur pied de forme évasée.

1325. — Cristal. — Gobelet monté sur griffes en bronze doré, avec socle en marbre.

1326. — Cristal. — Grande buire.

VI. ORFÈVRERIE, BIJOUTERIE, HORLOGERIE.

ORFÈVRERIE.

1327. — Chandelier en cuivre ciselé et doré, de travail byzantin, décoré d'animaux chimériques et d'entrelacs réunis par une tête de lion. La bobèche est soutenue par des lézards à deux pattes qui en lèchent les bords. — XIIe siècle.

1328. — Plaque de couverture d'évangéliaire, en cuivre repercé à jour, gravé et doré. — XIIe siècle.

La composition est divisée en quatre panneaux égaux qui forment une croix: au milieu l'agneau pascal sur un médaillon, avec la légende :

CARNALES ACTUS TULIT AGNUS HIC HOSTIA FACTUS.

(*Cet agneau devenu hostie a consenti à s'incarner.*)

Dans chacun des panneaux est figuré l'un des quatre fleuves du paradis terrestre, nommés dans la Genèse, GYON, PHISON, TYGRIS, EVFRATES.

Ces quatre fleuves font allusion aux quatre évangélistes. Les légendes suivantes sont disposées sur les côtés :

FONS PARADISIACUS PER FLUMINA QUATUOR EXIT.

(*La source du paradis sort par quatre fleuves.*)

HÆC QUADRIGA LEVIS TE CHRISTE PER OMNIA VEXIT.

(*Ce quadrige rapide t'a porté, Christ, à travers le monde entier.*)

1329. — Croix archiépiscopale en filigrane d'argent doré, ornée d'une grande quantité de pierres fines, de perles et de pierres gravées antiques montées en relief, et présentant huit petits reliquaires, dont un, celui du milieu, renferme un morceau de la vraie croix. — XIIIe siècle.

Le revers est décoré d'appliques en argent repoussé qui représentent l'agneau crucifère, le Christ, les anges, et les symboles des évangiles, au milieu de riches ornements. La douille est en cuivre gravé, doré et fleurdelisé.

1330. — Reliquaire en cuivre repoussé, gravé et doré, garni de cinq gros chatons en cristal de roche, entourés de petites pierres. — XIIIe siècle.

Au revers est la figure du Père Eternel assis sur un trône, la main droite en action de bénir, et la gauche supportant le livre des évangiles, dont les quatre médaillons qui l'entourent renferment les symboles. Ces figures sont gravées.

1331. — Reliquaire italien en cuivre repoussé et doré, ayant renfermé le pied du saint abbé Alard, d'après l'inscription gravée en haut et ainsi conçue : « *qui. entro. cil. piede. di santo. Alardo. abate.* » — XIIIe siècle.

1332. — Reliquaire en cuivre repoussé, ciselé et doré, orné de petites rosaces en émail sur argent, et surmonté d'un ornement gothique au sommet duquel est le Christ en croix entre Marie et saint Jean. — XIVe siècle.

1333. — Reliquaire en cuivre repoussé et doré, enrichi d'émaux et de pierreries, et surmonté d'un ornement gothique découpé à jour. — XIVe siècle.

1334. — Aiguière à laver en cuivre repoussé et gravé, formée par un buste d'homme sur trois pieds, avec une anse qui représente un animal chimérique. — Sur la poitrine est un écusson aux lis de France. — XIVe siècle.

1335. — La Vierge et l'Enfant-Jésus. — Statue en cuivre doré; travail allemand. — XIVe siècle.

1336. — Petit reliquaire, forme de châsse, en cuivre gravé et doré, avec inscription en caractères gothiques. — XIVe siècle.

MESSIRE HUGUES DELABORDE, CURÉ DE BONNAY, A DONNÉ CE SANCTUAIRE A LA DITE ÉGLISE. PRIEZ DIEU POUR LI.

1337. — Petit coffret gothique, forme de châsse, en cuivre gravé, couvert d'ornements, de figures et d'écussons armoriés, avec couvercle surmonté d'une galerie à jour. — XIVe siècle.

1338. — Figurine d'ange en cuivre repoussé et doré, supportant un reliquaire. — La tête est en argent repoussé. — XIVe siècle.

1339. — Tête de belette enchâssée, en cuivre repoussé et doré. — XIVe siècle.

1340 — Petite croix en cuivre gravé et doré avec chatons ornés de pierres.

1341. — Petite croix en cuivre doré et gravé, ornée de cinq cabochons en cristal de roche.

1342. — Ostensoir en cuivre repoussé, ciselé et doré, décoré d'émaux incrustés et d'ornements en relief. — XVe siècle.

Sur le pied sont deux médaillons en émail, dont l'un représente le Christ en croix entre Marie et saint Jean, et l'autre les armes impériales.

1343. — Ostensoir gothique à clochetons, en cuivre ciselé et doré. — XVe siècle.

1344. — Ostensoir en cuivre repoussé, ciselé et doré; sur le pied sont les figures de la Vierge et des saints, disposées sous des niches gothiques. Au-dessous on lit l'inscription suivante : *Petrus. Senensi. ordinis. servor. frater.* — xve siècle.

1345. — Calice en cuivre doré. — xve siècle.

1346. — Petite paix en cuivre ciselé et gravé. — Le Christ en croix entre Marie et saint Jean. — Figures en relief sur fond fleurdelisé. — xve siècle.

1347. — Plat rond de travail flamand, en cuivre repoussé. — Adam et Ève. — xve siècle.

1348. — Plat rond. — Cuivre repoussé de même travail. — La grappe de raisin de la terre promise. — xve siècle.

1349. — Grand plat rond en cuivre repoussé et doré. Travail flamand. — Adam et Ève. — La bordure est décorée de fleurs, de fruits et d'animaux en relief. — xvie siècle.

1350. — Petite fontaine en cuivre gravé et doré. — Travail vénitien du xve siècle. — Les sujets représentent des figures à cheval.

1351. — Vase à anse en cuivre gravé et doré.

1352. — Vase du xvie siècle, en cuivre ciselé, gravé et doré, avec incrustations en argent. — Beau travail de Venise.

1353. — Petite croix de Lorraine en cuivre travaillé à jour pour servir de reliquaire. — xvie siècle.

1354. — Face d'une croix semblable. — xvie siècle.

1355. — Miroir en cuivre repoussé et doré. — xvie siècle.

Le volet, qui est mobile et se rabat sur la glace, est orné de la figure de la Vérité. De chaque côté deux satyres forment support; au-dessus sont deux Victoires et l'Amour vainqueur. — Ouvrage du temps d'Henri II.

1356. — Livre d'astrologie. — XVIe siècle.

Ce curieux thème d'astrologie présente sur les faces de sa couverture les armes et la couronne de France, et tous les chiffres, insignes et attributs du roi Henri II, avec le croissant et la devise : DONEC TOTUM IMPLEAT ORBEM. Ces attributs sont répétés sur chacune des pages qui portent les diverses constellations mobiles sur pivots, de manière à pouvoir dresser les combinaisons astrologiques pour la formation des horoscopes.

1357. — Pied de croix en cuivre repoussé, gravé et doré, présentant, sur chacune de ses six faces, un des sujets de la résurrection du Christ, de l'apparition et de la Pentecôte, avec les légendes en langue allemande.

Au-dessus sont les figures en cuivre doré de Marie et de saint Jean, figures destinées à accompagner la croix, qui n'a pu être conservée. — XVIe siècle.

1358. — Gobelet en argent repoussé et ciselé, figuré par une femme en costume du temps. — Au-dessus de la tête est un autre petit gobelet mobile sur son axe, pour la dégustation des vins. — XVIe siècle.

1359. — Petit présentoir à trois branches, en cuivre ciselé et doré, soutenu par une licorne en bronze. — XVIe siècle.

1360. — Pied de présentoir en cuivre ciselé et doré. — XVIe siècle.

1361. — Buste de femme en bronze doré, en costume du XVIe siècle.

1362. — Petit coffret en cuivre doré, couvert d'ornements gravés. — La serrure est un chef-d'œuvre du genre. — XVIe siècle.

1363. — Grande aiguière en cuivre repoussé, décorée des armes impériales, de figures et d'arabesques, avec la date 1597 et la légende : *Sich. lieber. sich. wic. ein. nar. bin. ich.* — Ouvrage allemand de la fin du XVIe siècle.

1364. — Aiguière et son bassin en étain, décorée de figures et d'ornements en relief, exécutée par François Briot, sculpteur français du XVIe siècle.

L'aiguière est couverte d'arabesques d'une grande richesse; la panse est décorée de trois médaillons qui renferment les figures de la Foi, de l'Espérance et de la Charité. L'anse est formée par une chimère renversée.

Le bassin est entièrement décoré de médaillons séparés par des arabesques et par des mascarons en relief. Le médaillon du milieu, celui qui soutient l'aiguière, représente la Tempérance; autour figurent les quatre Éléments avec leurs attributs; sur la bordure, les Sciences avec leurs emblèmes; puis au dos du bassin se trouve le portrait de l'auteur, avec la légende : *Sculpebat Franciscus Briot.*

1365. — Aiguière avec bassin de forme analogue à la précédente, exécutée par le même maître. — XVIe siècle.

La décoration du bassin est la même que celle du n° précédent. La panse de la buire seule présente quelque variété dans les sujets. Ici c'est l'histoire de la chaste Suzanne : Suzanne surprise au bain par les vieillards, le jugement et la lapidation des imposteurs.

Cette aiguière a été dorée ainsi que le bassin.

1366. — Grand plat en étain enrichi de sujets, de figures et d'ornements en relief. — XVIe siècle.

Le médaillon du milieu représente Adam et Ève et la tentation. Autour sont les figures des sciences, et la bordure se compose de douze médaillons de forme allongée, renfermant les portraits équestres des empereurs. Ces médaillons sont séparés entre eux par des cariatides et des vases à fleurs.

1367. — Pot en étain, couvert de bas-reliefs qui représentent la création, la tentation de la femme et l'expulsion du paradis terrestre. Le couvercle et la frise sont décorés d'ornements et d'arabesques. — XVIe siècle.

1368. — Assiette en étain, décorée de bas-reliefs à figures. — La création, le paradis terrestre, la tentation et l'expulsion du paradis. — Travail allemand de la fin du XVIe siècle.

1369. — Assiette de même forme et de même époque, représentant les portraits équestres des rois.

1370. — Assiette de même forme et d'une décoration analogue.

1371. — Assiette de même époque, représentant la résurrection et les figures des douze apôtres avec leurs attributs.

1372. — Assiette de même époque, représentant le sacrifice de Noé après le déluge, la création et le paradis perdu.

1373. — Vase flamand en fonte de cloche, décoré de figures et de sujets en relief. — Travail du XVIIe siècle.

La partie extérieure du vase représente des jeux et des danses. Le couvercle est divisé en quatre compartiments qui représentent les travaux et les plaisirs de chacune des saisons de l'année.

1374. — Arrosoir en cuivre repoussé, doré et couvert d'écussons armoriés et d'ornements. — XVIIe siècle.

1375. — Plaque en argent repoussé, le sacrifice d'Abraham. — Époque de Louis XV.

1376. — Chandelier en cuivre rouge gravé et repoussé à jour, travail italien. — XVIIe siècle.

1377. — Flambeaux à tige carrée et cannelée, en cuivre repoussé et doré. — Epoque de Louis XIII.

1378. — Bénitier en étain, peint en couleurs : sainte Véronique. — XVIe siècle.

1379. — Bénitier en cuivre ciselé et doré. — La crèche. — XVIIe siècle.

1380. — Bénitier en cuivre ciselé, doré et entouré de figures d'anges. — La crèche. — XVIIe siècle.

1381. — Bénitier en cuivre ciselé et doré : le Christe croix. — Règne de Louis XV.

1382. — Petite boussole de poche en cuivre gravé doré.

1383. — Dessus de coffret en cuivre repoussé, reperce à jour et doré. — Époque de Louis XIII.

1384. — Encensoir en cuivre rouge travaillé à jour, forme gothique.

1385. — Encensoir en cuivre repoussé, décoré de mascarons et de guirlandes.—Époque de Louis XIV.

1386. — Encensoir en cuivre, travaillé à jour. — Époque de Louis XIV.

1387. — Calice en cuivre, décoré d'ornements repoussés, ciselés et dorés, sur fond argenté. — Époque de Louis XIII.

Le vase et son pied sont ornés de mascarons et de figures, le couvercle présente quatre médaillons renfermant les figures des évangélistes; il est surmonté d'une croix en ambre.

1388. — Encensoir en cuivre repoussé et doré. — Époque de Louis XV.

1389. — Pied de calice en cuivre doré.

1390. — Vase d'église en cuivre repoussé et doré.

1391. 1392. — Aiguières en bronze, décorées de figures et d'ornements, surmoulées sur des originaux du XVIe siècle, de travail florentin.

1393. — Cassolette à parfums en cuivre incrusté d'argent, montée sur trois pieds; travail oriental.

1394. — Buire en bronze gravé et doré, de travail oriental.

---

*BIJOUTERIE.

1395. — Épingle en or, avec pierre rouge, des premiers siècles de la monarchie française.

1396. — Bague en or avec chaton renfermant un saphir-astérie. — XIIIe siècle.

1397. — Reliquaire en argent doré et émaillé, orné de pierres et de perles fines, et renfermant un fragment de la couronne d'épines, ainsi que plusieurs autres reliques précieuses. — XIVe siècle.

Le revers est décoré d'émaux qui représentent le Christ à la colonne et à ses pieds un chevalier et sa dame en adoration. Derrière chacun de ces personnages sont les écussons à leurs armes.

Au centre de ce précieux bijou et au milieu des pierres et des perles qui l'enrichissent, est une sorte d'épingle en or; c'est là qu'est renfermé le fragment de la sainte épine. A l'entour de cette même face et sous le bourrelet en argent doré qui en forme la bordure sont diverses autres reliques précieuses qui sont désignées par les inscriptions gravées au dessus en caractères gothiques.

Ces inscriptions sont les suivantes :

DE CARCERE QUO INTRATUS.
DE VACE QUO LAVAT MANUS.
DE KATHERINÆ TUMBA.
DE PILLARI QUO ALLIGATUS.
DE DOMO QUA NATUS.
DE PRECEPE QUO INCLUSUS.

1398. — Grosse bague dite anneau pastoral, en cuivre doré. Le chaton est garni d'une fausse émeraude. — Commencement du XVe siècle.

1399. — Portrait de François Ier. — Médaillon peint sur cuivre repoussé et doré, avec la légende :

FRANCISCUS PRIMUS. F. R. INVICTISSIMUS.

Ce médaillon est encadré dans une bordure d'ébène enrichie d'émaux, de pierreries et de perles fines, avec les insignes royaux travaillés en cuivre ciselé, et surmontés de la couronne.

Le cadre est entouré de pierreries et de pendeloques en cristal de roche. Au revers sont les initiales de Louise de Savoie, mère du roi. — XVIe siècle.

1400. — Petit reliquaire, forme de livre, en argent doré et orné de peintures sur verre, qui représentent la figure de saint Paul et divers sujets de la passion du Christ. — XVIe siècle.

1401. — Petit briquet à pierre et à ressort en cuivre gravé et doré. — XVIIe siècle.

1402. — Médaillon à double face en filigrane d'argent. Travail de Gênes. — XVIIe siècle.

1403. — Croix d'ordre en argent émaillé. — Époque de Louis XIII.

1404. — Flacon formé par une carapace de tortue garnie en argent.

1405. — Fermail en jade gris, travaillé à jour et monté en argent doré avec une turquoise. — Bijou oriental.

1406. — Fermail en jade gris, même travail.

HORLOGERIE.

1407. — Petite montre à pans en cuivre avec une bordure d'arabesques sur argent. — XVIe siècle.

1408. — Petite montre à pans en argent, ornée d'arabesques, avec sa glace en cristal taillé à facettes. — XVIe siècle.

1409. — Horloge à six pans en cuivre gravé et doré, représentant sur ses faces le Soleil, la Lune, Jupiter, Mars, Mercure et Vénus, et surmontée d'une cloche à jour couronnée par une figurine d'amour en argent ciselé. — Fin du XVIe siècle.

1410. — Coffre d'horloge en cuivre, représentant sur ses faces les dieux de l'antiquité, avec des guirlandes de fleurs et de fruits. — Travail italien. — Fin du XVIe siècle.

1411. — Petite boîte d'horloge de bureau, à six pans, en cuivre gravé et doré, représentant sur ses faces Jupiter, Vénus, Mars, le Soleil, la Lune et Mercure, et surmontée d'un campanile à jour. — Fin du XVIe siècle.

1412. — Petite horloge de bureau en cuivre doré, couverte d'ornements et d'arabesques gravés, avec le cadran aux armes du propriétaire. — Fin du XVIe siècle.

1413. — Horloge en cuivre gravé et doré à quatre cadrans, présentant les heures, les mois, les phases de la lune et les jours de la semaine, surmontée d'une figure de la Vierge. — **Règne de Louis XIII.**

1414. — Horloge de bureau en cuivre gravé et doré, surmontée d'un cadran à colonnettes. — **Règne de Louis XIII.**

1415. — Petite horloge de bureau sur pieds, en cuivre gravé et doré. — **XVIIe siècle.**

1416. — Horloge en cuivre doré, surmontée d'un dôme, du temps de **Louis XIII.**

VII. ARMES.

—

1° ARMES DÉFENSIVES.

ARMURES. — BOUCLIERS. — CASQUES.

1417. — Brigandine ou corselet à écailles en fer, doublé de velours et clouté de cuivre, de fabrique italienne. — XVe siècle.

1418. — Bouclier en fer repoussé, ciselé et damasquiné d'or avec bordure enrichie de cartouches et de figures en relief. — Cette belle pièce d'armure a été trouvée dans la Loire, à Nantes, en 1822. — XVIe siècle.

1419. — Bouclier en bois sculpté, de travail italien. — XVIe siècle.

La décoration de ce bouclier consiste en un médaillon représentant un char de triomphe; la bordure qui l'entoure est composée d'arabesques d'une grande richesse.

1420. — Rondache en fer gravé blanc, avec ombilic armé d'une pointe; fabrique italienne. — Fin du XVIe siècle.

1421. — Trophée composé d'un chanfrein, d'un derrière et d'un devant de selle en fer poli, enrichi de bandes, d'ornements et de médaillons gravés et dorés. — XVIe siècle.

1422. — Armure italienne du temps de Henri III, couverte d'arabesques gravées.

1423. — Armure unie en fer poli. — Époque de Louis XIII.

1424. — Armure complète d'enfant, en fer poli; la lisière du casque est d'une seule pièce. — XVIe siècle.

1425. — Demi-armure suisse noire et blanche.

1426. — Paire de gantelets gravés et dorés, de fabrique italienne. — XVIe siècle.

1427. — Fragments d'une cotte de mailles, bras de mailles.

1428. — Haut garde-bras en fer repoussé et damasquiné d'or, décoré de sujets à figures et de combats de cavalerie. — XVIe siècle.

1429. — Haut garde-bras en fer ciselé et doré, de fabrique italienne. — XVIe siècle.

1430. — Corselet d'une cuirasse italienne, gravé. — Fin du XVIe siècle.

1431. — Plastron d'une cuirasse italienne avec arabesques gravées en blanc sur fond noir.

1432. — Plastron d'une cuirasse de même travail.

1433. — Plastron d'une cuirasse de même fabrique.

1434. — Corselet de cuirasse gravé en blanc avec arabesques.

1435. — Corselet de cuirasse en fer poli, à l'usage d'un enfant. — XVIe siècle.

1436. — Plastron de cuirasse en fer poli. — XVIe siècle.

1437. — Plastron d'une cuirasse italienne, gravé blanc. — Fin du XVIe siècle.

1438. — Plastron d'une cuirasse italienne, décoré d'arabesques gravées en blanc sur fond noir. — Fin du XVIe siècle.

1439. — Deux épaulières d'une armure italienne, gravées en blanc sur fond noir. — Fin du XVIe siècle.

1440. — Genouillères en fer poli. — Fragment d'une armure du XVIIe siècle.

1441. — Hausse-col du temps de Louis XIII, en cuivre repoussé, décoré de trophées et des figures de Mars et de la Victoire.

1442. — Hausse-col en cuivre repoussé, décoré d'un bas-relief qui représente un combat de cavalerie. — Époque de Louis XIII.

1443. — Derrière de hausse-col en cuivre repoussé; le sujet représente un combat. — XVIIe siècle.

1444. — Morion de piéton, gravé, décoré d'arabesques et doré, de fabrique italienne. — XVIe siècle.

1445 — Casque à visière, décoré d'ornements gravés, clouté en cuivre. — XVIe siècle.

1446. — Casque à soufflet en fer uni. — XVIe siècle.

1447. — Morion italien, en fer poli, avec figures et arabesques gravées, de fabrique italienne. — Fin du XVIe siècle.

1448. — Morion de piéton gravé noir et blanc, avec figures et arabesques, de fabrique italienne. — Fin du XVIe siècle.

1449. — Casque à visière en fer poli.

1450. — Casque à visière de même fabrique.

1451. — Casque à visière de même fabrique et de même forme.

1452. — Casque à visière, dit pot-en-tête, percé de deux trous, en fer poli, sans crête.

1453. — Casque à soufflet et à visière en fer poli, surmonté d'une crête armée d'un dard. — Epoque de Louis XIII.

1454. — Casque cannelé à visière avec nasal, de fabrique anglaise, du temps de Cromwell.

1455. — Casque cannelé et clouté de fer, espèce de bourguignotte aplatie à double visière, en fer poli, de fabrique anglaise. — XVIIe siècle.

1456. — Casque d'enfant en fer poli. — XVIIe siècle.

2° ARMES OFFENSIVES.

ÉPÉES. — MASSES D'ARMES. — ARQUEBUSES, ETC.

1457. — Pommeau d'une grande épée de cérémonie, de fabrique italienne. — XVIe siècle.

Deux figures de génies, du plus beau travail, soutiennent l'écusson, au-dessous duquel est suspendu l'ordre de la Toison-d'Or.

1458. — Epée, lame de Tolède, poignée et garde en fer ciselé en relief. — Le pommeau et la garde sont formés par une cigogne qui dévore un serpent, attribut des princes du littoral de la Baltique. — XVIe siècle.

Cette arme faisait partie du cabinet de Frédéric, à Spandau. Elle a été rapportée, dans la retraite de 1813, par l'adjudant général Le Breton, lors de l'explosion de la citadelle de cette ville. Sa lame est empreinte des marques de Tolède, et porte le chiffre 1418.

1459. — Grande épée allemande, dite de cérémonie, avec pommeau et garde en fer ciselé. — XVIe siècle.

La lame porte l'inscription latine « VERBUM DOMINI MANET IN ÆTERNUM. »

1460. — Grande épée suisse à deux mains. — La poignée est garnie en velours. — Longueur, 2 m. — XVIe siècle.

1461. — Grande épée suisse à deux mains. — La lame est décorée d'ornements gravés et dorés. — XVIe siècle.

1462. — Grande épée allemande à lame damassée, avec pommeau et garde ciselés, repercés à jour et sculptés à figures. — XVIe siècle.

1463. — Épée de main gauche avec garde pleine gravée en blanc, de fabrique espagnole. — XVIe siècle.

1464. — Poignée d'épée en fer ciselé, de fabrique italienne. — XVIe siècle.

Le pommeau est flanqué de quatre colonnettes et porte autant de bas-reliefs à sujets de sainteté ; la salutation angélique, la nativité, la crèche et la résurrection. La garde est ornée de figures couchées et terminée par deux têtes de Maures. La lame fixée à cette garde n'appartient pas à la même arme : elle date du siècle suivant et elle est de forme courbe et couverte des figures des apôtres, gravées en creux, avec les inscriptions : *Pacis et armorum vigiliæ*, et *Aliis lethum, mihi gloria.*

1465. — Épée de main gauche, avec garde en acier découpée et repercée à jour, de fabrique espagnole. — XVIe siècle.

1466. — Dague en fer à lame flamboyante, avec garde repercée à jour. — Travail italien du XVIe siècle.

1467. — Épée espagnole, lame de Tolède, portant le nº 1414, et les chiens courant. — Poignée en laiton.

1468. — Grande épée espagnole à lame carrée. — XVIe siècle.

1469. — Épée avec garde et pommeau couverts de sculptures qui représentent des combats de cavalerie en relief. — XVIIe siècle.

Parmi les inscriptions latines qui décorent la lame, on lit la provenance de la fabrique de Solingen et la date de 1620.

1470. — Épée à cuvette ciselée et repercée à jour, de fabrique espagnole, avec le nom TOMAS AIALE.

1471. — Épée espagnole à lame flamboyante, avec garde et poignée en fer. — XVIIe siècle.

1472. — Épée à lame plate, de fabrique italienne, avec poignée et cuvette repercées à jour. — XVIIe siècle.

1473. — Épée à la Médicis, à coquille pleine, en fer poli. — XVIIe siècle.

1474. — Miséricorde à lame flamboyante, avec garde repercée à jour. — XVIIe siècle.

1475. — Petite épée espagnole avec garde et pommeau incrustés en argent. — XVIIe siècle.

1476. — Epée allemande à lame carrée, couverte d'inscriptions religieuses en mauvais latin.

1477. — Petite épée de cour en fer gravé et doré, avec garde et pommeau ciselés et représentant des combats de cavalerie. — Epoque de Louis XIII.

1478. — Epée de fabrique espagnole, avec coquille ciselée et repercée à jour, damasquinée d'or et décorée de fleurs et d'ornements. — Le pommeau, également damasquiné, est sculpté à figures. — Epoque de Louis XIII.

1479. — Grande épée droite; fourreau en cuir, poignée en fer poli.

1480. — Claymore écossaise avec garde en fer à poignée découpée à jour.

1481. — Tronçon d'une épée du XVIe siècle trouvé dans la Seine, devant le Louvre.

1482. — Pommeau d'épée en fer ciselé de haut-relief à figures. — XVIe siècle.

1483. — Pommeau d'épée en fer ciselé; combats d'infanterie et de cavalerie. — XVIe siècle.

1484. — Masse d'armes en fer doré. — XVe siècle.

1485. — Marteau d'armes en fer plein, décoré de chevrons en cuivre rouge et jaune. — XVIe siècle.

1486. — Masse d'armes en fer poli à sept tranchants. — XVIe siècle.

1487. — Sarrazine à hampe en bois, cloutée de cuivre. — XVIe siècle.

1488. — Masse d'armes en fer plein, garnie de cinq pointes. — XVIIe siècle.

1489. — Marteau d'armes en fer gravé, hampe en bois.

1490. — Hache d'armes en fer, montée en bois, de fabrique anglaise.

1491. — Bancon en fer poli de fabrique italienne. — Commencement du XVIe siècle.

1492. — Hallebarde en fer gravé, à lame flamboyante. — XVIe siècle.

1493. — Hallebarde en fer, décorée de têtes de lion. — XVIe siècle.

1494. — Pertuisane gravée et dorée avec bossettes en relief, de fabrique italienne. — XVIe siècle.

1495. — Hallebarde en fer poli et gravé en relief, avec pomme en fer ciselé, de fabrique italienne. — XVIe siècle.

1496. — Hallebarde en fer gravé et découpé à jour. — Hampe en bois sculpté. — XVIe siècle.

1497. — Hallebarde en fer poli.

1498. — Fer de hallebarde couvert d'ornements gravés et portant les inscriptions :

« *Ab omni malo libera nos Domine.* »
« *Si Deus est pro nobis qui contra.* »

Le chiffre A. M. décore la partie inférieure. — XVIe siècle.

1499. — Fer de hallebarde aux armes impériales, gravé et doré. — XVIe siècle.

1500. — Fer de lance gravé en blanc sur fond noir, aux armes impériales, avec les chiffres K. F. et la date 1558.

1501. — Fer de hallebarde décoré d'ornements gravés. — XVIe siècle.

1502. — Fer de hallebarde à pointe allongée. — Espèce de pertuisane. — XVIe siècle.

1503. — Fer de hallebarde couvert d'arabesques gravées. — XVIe siècle.

1504. — Lance en fer poli. — Époque de Louis XIII.

1505. — Lance en fer poli. — XVIIe siècle.

1506. — Poignard italien, à manche d'ivoire sculpté à figures. — XVIIe siècle.

1507. — Poignard-baïonnette espagnol, à poignée de bois; la lame est ornée de l'inscription :
Un dios — Una lei — Y un rei. — XVIIe siècle

1508. — Couteau corse, à manche de corne, monté en cuivre.

1509. — Grand fusil à rouet; monture en bois, couverte d'incrustations d'ivoire. — XVIIe siècle.

1510. — Petit fusil à rouet à huit coups; monture en bois, incrustée de filets en cuivre. — XVIIe siècle.

1511. — Petite arbalète en fer avec poignée en bois. — XVIIe siècle.

1512. — Petite carabine à pierre, du temps de Louis XIII, avec incrustations en ivoire.

1513. — Pistolet à rouet, du temps de Henri IV; la monture en bois est couverte d'incrustations d'ivoire.

1514. — Petite arquebuse à rouet, canon et batterie couverts d'ornements gravés, monture en bois sculpté et clouté de cuivre. — Époque de Louis XIII.

1515. — Hache d'armes à pistolet, du temps de Louis XIII, avec monture en bois incrustée d'ornements en cuivre.

1516. — Grande arbalète à rouet.

(Le mécanisme manque.)

1517. — Canon d'arquebuse en fer ciselé, décoré de figures et de trophées et se terminant par un chapiteau à quatre mascarons. — XVIe siècle.

1518. — Canon de pistolet, de travail italien, couvert d'arabesques incrustées en argent.

1519. — Canon de pistolet, de même travail.

1520. — Canon de pistolet, incrusté d'ornements en argent.

1521. — Batterie de fusil à mèche. — XVIe siècle.

1522. — Batterie de fusil à rouet.

1523. — Batterie de fusil à rouet.

1524. — Batterie de fusil à rouet, avec ornements gravés.

1525. — Batterie de fusil en fer ciselé et repercé à jour.

1526. — Batterie de fusil à pierre.

1527. — Batterie de fusil à pierre, couverte d'ornements en argent.

PIÈCES D'ARMURES DIVERSES. — USTENSILES DE CHASSE.

1528. — Étriers au chiffre et à la devise du roi François 1er. — Ces étriers sont en cuivre doré, maintenus par des barres d'acier; ils présentent sur la face les inscriptions : **F. REX**, et sur les branches les salamandres du roi, placées debout et surmontées de la couronne de France, avec la devise : **NUTRISCO ESTINGO**, placée au-dessous dans un phylactère.

1529. — Mors de bride en fer, couvert d'ornements d'applique en cuivre ciselé et découpé à jour. — XVIe siècle.

1530. — Bas-relief en fer repoussé : Hercule terrassant un centaure.

Cette plaque provient d'une pièce d'armure du XVIe siècle.

1531. — Agrafe de ceinturon en fer ciselé, décorée d'une figure de génie au milieu d'arabesques d'un beau travail. — XVIe siècle.

1532. — Poire à poudre en corne sculptée, ornée d'un bas-relief qui représente la conversion de saint Paul, avec les inscriptions :

Saule, Saule quid me persequeris?
Domine quid me vis facere?

Beau travail du XVIe siècle.

1533. — Poire à poudre en corne de cerf sculptée, avec bas-relief représentant Neptune et Amphitrite ; monture en cuivre. — XVIe siècle.

1534. — Poire à poudre en corne de cerf sculptée, avec bas-relief représentant Betsabée au bain. — XVIe siècle.

1535. — Poire à poudre en corne sculptée à figures, décorée d'armoiries ; garniture en fer damasquiné d'or, fabrique allemande. — XVIe siècle.

1536. — Poire à poudre en corne de cerf sculptée : le baptême dans le Jourdain. — XVIe siècle.

1537. — Poire à poudre en corne sculptée : le Christ en croix et le Père Éternel. — Fin du XVIe siècle.

1538. — Fragment d'une poire à poudre en corne de cerf sculptée ; Betsabée au bain.

1539. — Poire à poudre allemande, couverte en velours noir ; monture en fer poli. — XVIIe siècle.

1540. — Poire à poudre allemande en corne gravée, décorée de trophées d'armes et d'un écusson portant le chiffre C. — Monture en fer. — Époque d'Henri IV.

1541. — Poire à poudre en corne gravée : le paradis terrestre ; monture en fer. — Travail allemand. — Epoque d'Henri IV.

1542. — Boîte à cartouches en fer repoussé. — Travail allemand. — XVIe siècle.

1543. — Poire d'amorce en bois monté en cuivre, servant de clé d'arquebuse. — XVIe siècle.

1544. — Petite poire d'amorce en ambre jaune, décorée des sujets de chasse sculptés en relief. — Travail allemand du XVIIe siècle.

1545. — Cartouchière saxonne, avec la poire à poudre, la clé et le ceinturon décoré d'ornements en cuivre doré. — XVIIe siècle.

1546. — Poire à poudre de travail oriental, en velours violet broché d'argent ; garniture en argent niellé et doré.

1547. — Grand olifant en ivoire, monté en cuivre.

1548. — Olifant en ivoire, couvert de sujets de chasse, d'ornements et d'écussons en relief. — XVIe siècle.

1549. — Trousse de veneur du XVIe siècle, en fer gravé et doré, composée de dix pièces, savoir :

Couperet à lame courbe avec poignée en ivoire gravé et monture en cuivre, à la date de 1573.

Couperet de même forme, mais de dimension plus petite.

Scie d'un travail analogue.

Marteau et tire-bouchon montés en ivoire.

Pièce de trousse en fer également gravé et doré.

Autre pièce analogue.

Couteau à lame courbe.

Tenailles en fer gravé et doré.

Aiguilles montées en ivoire.

Lime de travail analogue.

1550. — Scie à main en fer gravé avec poignée en ivoire gravé, provenant d'une trousse de veneur. — XVIe siècle.

1551. — Aiguille, couteau et lime provenant de la même trousse.

1552. — Couperet de veneur à lame courbe en fer gravé et doré, avec poignée en ébène. — XVIe siècle.

1553. — Hache de veneur, en fer gravé et doré, avec poignée en ivoire.

La lame porte la date de 1615 avec les mots : « JE VOUS LA DONNE DU DON DU CŒUR. »

1554. — Grand couteau de veneur, à lame en fer gravé et doré, à la date de 1657.

La poignée, en fer fondu, est décorée de bas-reliefs à figures. La gaine est en cuir gaufré, couverte de fleurs de lis et à l'écusson de France.

1555. — Couperet de veneur, à poignée recouverte en peau de requin et montée en cuivre ciselé. — XVIIe siècle.

1556. — Aiguille de veneur, en fer gravé et doré. — XVIIe siècle.

1557. — Muserolle allemande, ornée d'une inscription à jour et décorée de lézards. — XVIe siècle.

1558. — Fragment d'une crosse d'arquebuse, en bois incrusté d'arabesques d'ivoire, avec la date de 1590.

1559. — Clé d'arquebuse en fer ciselé. — XVIe siècle.

1560. — Éperon allemand, en fer ciselé et découpé à jour. — XVIe siècle.

1561. — Éperons espagnols, garnis de molettes à pointes allongées.

1562. — Éperon allemand, garni de molettes à longues pointes.

1563. — Éperon à molettes allongées, en fer poli.

1564. — Éperon à dard, en fer poli.

1565. — Éperon à molettes longues, en fer doré.

1566. — Éperon espagnol, repercé à jour.

1567. — Éperon à molette, travaillé à jour.

1568. — Éperons espagnols, en acier ciselé.

1569. — Fragment émaillé d'une garniture de ceinturon. — XIVe siècle.

1570. — Agrafes de ceinturon en fer travaillé. — XVe siècle.

1571. — Fragments de ceinturon en fer travaillé, et bossettes de mors de bride. — XVIe siècle.

1572. — Crochet de ceinture, en fer gravé et doré. — XVIIe siècle.

1573. — Lance de drapeau en cuivre doré avec armoiries et trophées d'armes découpés à jour et dorés. — A la date de 1752.

1574. — Briquet en cuivre avec fusil en fer. — XVIIe siècle.

1575. — Boute-feu en fer découpé à jour avec hampe en bois. — XVIIe siècle.

1576. — Pièce de canon en cuivre du temps de Louis XIV.

Cette pièce est couverte de bas-reliefs aux figures allégoriques de Mars et de la Victoire et décorée de trophées; elle est montée sur son affût en bois garni de ses roues et de toutes ses ferrures fleurdelisées.

1577. — Surmoulé en fonte de cloche du bouclier de Cologne.

ARMES ORIENTALES

1578. — Casque sarrasin cannelé, à timbre conique, avec oreillettes et nasal.

Il est entièrement couvert d'arabesques damasquinées en or.

1579. — Hache d'armes orientale en cuivre doré, gravé et damasquiné; la hampe et le manche sont couverts d'ornements en argent ciselé et doré.

1580. — Bouclier oriental en cuir laqué, orné de six bossettes en fer.

1581. — Fusil turc; monture en bois incrusté de nacre de perle et de cuivre; batterie et tonnerre ornés d'appliques en argent.

1582. — Fusil oriental à canon damasquiné, avec incrustations d'ivoire sur la crosse.

1583. — Pistolets orientaux, garnis en argent ciselé.

1584. — Sabre de l'Inde, à lame large ornée d'incrustations et damasquinée en or; la poignée est en fer plaqué d'argent doré et le fourreau est garni de même métal.

1585. — Sabre indien droit, avec poignée en cuivre doré.

1586. — Yatagan oriental, avec poignée et fourreau en argent repoussé.

1587. — Olifant en ivoire ciselé et gravé, de travail oriental; monture en cuivre doré.

1588. — Yatagan à poiguée d'ivoire.

1589. — Cric oriental; poignée à deux branches en fer doré.

1590. — Poignard indien à lame courbe ; fourreau et poignée garnis en cuivre gravé.

1591. — Poignard turc à lame de Damas et poignée en ivoire décorée d'ornements et de clous en argent ciselé et doré ; le fourreau est en argent orné de coraux et de pierreries.

1592. — Cric malais à lame flamboyante ; fourreau et poignée en bois.

1593. — Criç malais, de forme analogue.

1594. — Coupoir à bétel en fer ciselé, avec ornements incrustés en cuivre ; travail indien.

1595. — Coupoir à bétel en fer ciselé ; travail indien.

1596. — Plaques de ceinturon, de travail oriental.

VIII. SERRURERIE.

FERS CISELÉS ET REPOUSSÉS.

1° SERRURES. — VERROUS. — HEURTOIRS, ETC.

1597. — Serrure gothique aux armes de France, en fer découpé à jour, décorée de figures. L'entrée est formée par l'écusson fleurdelisé. — xve siècle.

1598. — Serrure de bahut, décorée d'ornements à jour et de figures. — xve siècle.

1599. — Serrure de bahut, décorée d'ornements à jour. Le fermoir est formé par une figure de dragon. — xve siècle.

1600. — Serrure gothique ornée de médaillons en relief avec ornements découpés à jour. — xve siècle.

1601. — Cadenas gothique en fer incrusté de cuivre. — xve siècle.

1602. — Serrure en fer provenant du château d'Anet, construit par Henri II. — xvie siècle.

Cette serrure représente un portique à deux colonnes d'ordre corinthien.

Le fronton est décoré d'une tête ailée.

Sur la frise on lit la devise de Henri II :

DONEC TOTUM IMPLEAT OIBEM (*sic* pour ORBEM).

Le milieu est occupé par l'écu aux armes du roi entouré du collier de l'ordre de Saint-Michel, et surmonté de la couronne royale. Au-dessous, les chiffres du roi et de Diane de Poitiers. A droite et à gauche des croissants enlacés. Près de chacune des colonnes, une figure de femme tenant une épée et une torche allumée. En bas, une ligne d'ornements agencée avec des croissants.

1603. — Serrure décorée d'arabesques et de cariatides en fer ciselé, et surmontée d'un fronton. — XVIe siècle.

1604. — Serrure en fer repoussé et ciselé. La plaque représente un combat. La frise et la partie inférieure sont couvertes d'ornements en fer repoussé. — XVIe siècle.

1605. — Serrure de coffre en fer gravé, décorée de figures et d'ornements. — XVIe siècle.

1606. — Grande serrure de maîtrise. — XVIe siècle.

1607. — Serrure décorée d'ornements gravés. — Fin du XVIe siècle.

1608. — Plaque de serrure aux chiffres du connétable Anne de Montmorency, entourés de figures et d'ornements en repoussé du plus beau style, provenant du château d'Ecouen. — XVIe siècle.

1609. — Plaque de serrure en fer repoussé, aux armes de France supportées par deux génies. — XVIe siècle.

1610. — Plaque de serrure en fer repoussé, décorée d'un écusson soutenu par des figures et d'ornements en relief. — XVIe siècle.

1611. — Plaque de serrure en fer repoussé, couverte d'armoiries en relief.

1612. — Monture de coffret, serrures, poignées et charnières en fer. — XVIe siècle.

Au milieu de la serrure, on voit Neptune sur son char traîné par deux hippocampes. A droite et à gauche, deux nymphes épanchant leurs urnes dans deux fontaines. Au-dessus, deux renommées. Au-dessous le soleil rayonnant.

1613. — Heurtoir avec sa plaque en fer repoussé aux armes de France, surmontée du croissant d'Henri II, provenant du château d'Anet. — XVIe siècle.

1614. — Heurtoir avec sa plaque en fer repoussé, aux armes de France. — XVIe siècle.

1615. — Plaque de heurtoir en fer repoussé, aux armes de France. — XVIe siècle.

1616. — Heurtoir. — Ecusson d'armoirie soutenu par deux génies. — XVIe siècle.

1617. — Heurtoir en fer décoré d'un mascaron. — XVIIe siècle.

1618. — Poignée en fer travaillé à feuilles. — XVIe siècle.

1619. — Marteau de porte en fer forgé. — XVIIe siècle.

1620. — Verrou en fer repoussé, aux armes de France au lambel, à trois pendants d'argent. — XVIe siècle.

1621. — Verrou aux chiffres et attributs du roi Henri II, en fer repoussé. — XVIe siècle.

1622. — Verrou aux mêmes chiffres. — XVIe siècle.

1623. — Verrou couvert d'ornements en fer repoussé, avec gâchette terminée par un buste de guerrier. — XVIe siècle.

1624. — Verrou couvert d'ornements de même genre. — XVIe siècle.

1625. — Verrou de forme analogue. — XVIe siècle.

1626. — Verrou en fer repoussé. — XVIe siècle.

1627. — Plaque de verrou en fer repoussé. — XVIe siècle.

1628. — Verrou en fer repoussé. — XVIe siècle.

1629. — Mascaron de porte en fer repoussé. — XVIe siècle.

1630. — Mascaron en fer repoussé. — XVIe siècle.

1631. — Plaque de porte en fer repercé à jour, provenant du couvent des Mathurins.

1632. — Entrée de serrure ornée de deux médaillons repoussés.

1633. — Clés antiques des XIVe et XVe siècles, en fer travaillé à jour.

1634. — Clavandier du moyen-âge. — Cadenas de la même époque.

1635. — Clé triangulaire terminée par un chapiteau que couronnent deux figures chimériques. — XVIe siècle.

1636. — Clé terminée par un chapiteau que couronnent deux chimères. — XVIe siècle.

1637. — Clé en forme de trèfle, terminée par un chapiteau et deux chimères. — XVIe siècle.

1638. — Clé triangulaire travaillée à jour. — XVIe siècle.

1639. — Clé de serrure, travaillée à jour et terminée par deux figures chimériques. — XVIe siècle.

1640. — Clé de serrure, travaillée à jour et richement ciselée. — XVIe siècle.

1641. — Grande clé travaillée à jour. — XVIIe siècle.

1642. — Clé travaillée à jour. — XVIe siècle.

1643. — Clé triangulaire travaillée à jour. — XVIIe siècle.

1644. — Clé passe-partout, couverte d'ornements ciselés, avec les lettres *M. L. N.* — XVIIe siècle.

1645. — Clavandier en fer ciselé à figures et damasquiné d'or. — XVIIe siècle.

1646. — Clé d'armoire, travaillée à jour, terminée par une couronne de duc supportée par deux chimères. — XVIIe siècle.

1647. — Petite clé de coffret, travaillée à jour, ornée d'une couronne ducale. — Règne de Louis XIV.

1648. — Clé de chambellan en fer doré.

1649. — Fragment d'une grille du XIVe siècle, en fer forgé.

1650. — Pupitre de chapelle en fer forgé, pour la lecture de l'Epître. — XVe siècle.

1651. — Chenets en fer, ornés de figures d'anges, avec les écussons aux armes de France. — XVe siècle.

1652. — Chenets en fer, aux armes de France supportées par deux anges debout. — XVe siècle.

1653. — Chenets du XVe siècle, décorés de fleurs de lis en relief.

1654. — Chenets en fer, décorés de figures de moines et fleurdelisés. — XVe siècle.

1655. — Chenet en fer représentant une demi-figure d'homme. — XVIe siècle.

1656. — Ferrures de meubles en fer reperé à jour et gravé. — XVe siècle.

1657. — Chenets en fer poli, à champignon. — XVIIe siècle.

1658. — Pied de tourne-broche en fer.

1659. — Pelle à feu en fer forgé et travaillé à jour.

1660. — Estampage en plâtre, fait sur une grille du commencement du XIIIe siècle existant à Saint-Denis.

2° OBJETS EN FER CISELÉ, GRAVÉ ET REPOUSSÉ.

1661. — Coffre en fer à couvercle cintré, forme du bahut gothique sur pieds, cerclé de bandes de fer découpées à jour. — XVe siècle.

1662. — Coffret en fer à mailles à jour, avec serrure en saillie. — XVe siècle.

1663. — Coffre en fer découpé, à mailles à jour, avec serrure en saillie. — XVe siècle.

1664. — Coffre en fer découpé, à mailles à jour, avec serrure en saillie. — XVe siècle.

1665. — Petit coffret décoré d'ornements découpés à jour, serrure en saillie, doublure en bois. — XVe siècle.

1666. — Écritoire en fer poli incrusté d'argent. — Travail de Venise. — XVIe siècle.

1667. — Coffret en fer gravé d'Allemagne, couvert d'arabesques et de sujets de sainteté, avec des personnages en costumes du XVIe siècle. — La serrure est très ouvragée à l'intérieur.

1668. — Coffre de forme carrée, couvert d'arabesques, en fer gravé d'Allemagne. — XVIe siècle.

1669. — Coffret en fer gravé d'Allemagne, couvert de figures et d'ornements. — XVIe siècle.

1670. — Coffret à poignée, en fer gravé d'Allemagne, couvert d'arabesques. — XVIe siècle.

1671. — Coffret à poignée, sur pied, en fer gravé d'Allemagne, décoré de figures et d'ornements. — XVIe siècle.

1672. — Petit coffret en cuir ouvré, garni en fer poli. — XVIIe siècle.

1673. — Coffret en fer décoré de peintures à l'huile qui représentent des personnages du temps de Louis XIII.

1674. — Grande plaque en fer repoussé et ciselé. — La mort de Cléopâtre. — XVIe siècle.

Le sujet est renfermé dans un cadre ovale, entouré d'ornements et de mascarons dans le style de la renaissance.

La bordure porte l'inscription suivante :

CUM SUBIIT MORTIS LEGES ANTONIUS ATRÆ SERPENTIS MORSU SESE CLEOPATRA NECAVIT.

(Lorsqu'Antoine subit les lois d'une mort cruelle, Cléopâtre se tua par la morsure d'un serpent.)

1675. — Ecusson d'armoiries en fer repoussé.

1676. — Ecusson d'armoiries en fer repoussé.

1677. — Fermoir d'escarcelle en fer ciselé, d'une grande finesse d'exécution. — Loth et ses filles, médaillon entouré d'arabesques et de figurines. — Les branches du fermoir sont terminées par des figures chimériques supportant une corbeille remplie de fleurs et de fruits. — XVIe siècle.

1678. — Fermoir d'escarcelle en fer, décoré de figures et d'arabesques. — XVIe siècle.

1679. — Petit fermoir d'escarcelle en cuivre doré, avec ornements niellés.

1680 — Fermoir d'escarcelle en fonte de fer, décoré de figures et d'arabesques. — XVIe siècle.

1681. — Drageoir en fer ciselé, avec couvercle damasquiné d'argent sur fond doré. — Le char de Vénus traîné par les amours. — Fin du XVIe siècle.

1682. — Drageoir en fer avec ornements en argent sur fond noir. — XVIIe siècle.

1683. — Plaque provenant d'un drageoir du XVIIe siècle, en acier ciselé. — Figure de Diane, entourée d'arabesques.

1684. — Pomme de canne en fer ciselé et repercé à jour, décorée de trophées d'armes. — Travail italien. — XVIIe siècle.

1685. — Rabot en fer gravé, couvert d'ornements, de fabrique italienne. — Fin du XVIe siècle.

1686. — Fer à repasser, creux, décoré de figures et d'ornements appliqués et ciselés, avec poignée en ivoire gravé, soutenue par deux figures chimériques. — XVIIe siècle.

1687. — Poids d'horloge en fer, décoré d'un bas-rélief, la Charité. — XVIIe siècle.

IX. TAPISSERIE.

TENTURES. — ORNEMENTS D'ÉGLISE.

1° TAPISSERIES DE HAUTE LICE. — TENTURES.

1688. — Tapisserie de haute lice à figures, de a fabrique de Beauvais, aux armes du chapitre de cette ville et de Guillaume de Hollande, évêque de Beauvais de 1444 à 1462 : « CÔMENT L'ANGE MENA SAINT PIERRE HORS DE LA PRISON D'HÉRODE. » — XVe siècle.

1689. — Grande tapisserie d'école flamande : histoire de l'enfant prodigue. — Fin du XVe siècle.

1690. — Tapisserie à figures : l'apparition de la Vierge. — Époque de Louis XII.

1691. — Tapisserie à figures, école flamande : l'espoir en la bonté de Dieu. — Fin du XVe siècle.

Au milieu est un navire tourmenté par les vents et complétement désemparé ; à côté est le vaisseau de l'espoir, et dans le bas sont les figures de Moïse, Aaron, Gédéon, Daniel, Mardochée, Debora, Judith, Esther, Ananias et Misaël, les mains tendues vers l'Éternel.

1692. — Histoire de David et de Betsabée. — Suite de tapisseries exécutées en Flandre sous le règne de Louis XII, et rehaussées d'or et d'argent.

Ces tapisseries, d'une magnifique exécution, sont au nombre de dix. Elles passent pour avoir été exécutées pour la cour de France; elles ont appartenu depuis au duc d'York et aux marquis Spinola, puis à la famille des Serra, de Gênes. Les sujets sont les suivants :

David fait transporter l'arche de Dieu à Jérusalem. — Mort d'Uza.

Samuel, II, ch. VI.

« Et ils mirent l'arche de Dieu sur un chariot tout neuf, et ils l'emmenèrent de la maison d'Abinadab qui était au coteau, et Huza et Ahjo, enfants d'Abinadab, conduisaient le chariot tout neuf.

» Et quand ils furent venus jusqu'à l'aire de Hacon, Huza porta sa main à l'arche de Dieu et la retint, parce que les bœufs avaient glissé.

» Et la colère de l'Eternel s'embrasa contre Huza, et Dieu le frappa là à cause de son indiscrétion, et il mourut là, près de l'arche de Dieu.

» Et quand ceux qui portaient l'arche de Dieu eurent marché six pas, on sacrifia des taureaux et des béliers gras.

» Et David sautait de toute sa force devant l'Eternel, et il était ceint d'un éphod de lin.

» Ainsi David et toute la maison d'Israël conduisaient l'arche de l'Eternel avec des cris de joie et au son des trompettes.

» Mais comme l'arche de l'Eternel entrait dans la ville de David, Michol, fille de Saül, regardant par la fenêtre, vit le roi David sautant de toute sa force devant l'Eternel, et elle le méprisa en son cœur.

» Et Michol, fille de Saül, n'eut point d'enfants jusqu'au jour de sa mort. »

En bas est la légende :

DUCITUR. ARCHA. STERNITUR. OSA.
REX. DAVID. HOSTI. BELLA. PARATQUE.
OBSIDET. URBEM. PLEBS. ANIMOSA.
BERSABEE. SE. FONTE. LAVATQUE.

1693. — Histoire de David et de Betsabée ; même suite. — Betsabée à la fontaine est vue par le roi David, qui l'envoie quérir par un messager.

Ch. XI, 2. « Et il arriva sur le soir que David se leva de dessus son lit, et comme il se promenait sur la plate-forme du palais royal, il vit de dessus cette plate-forme une femme qui se baignait, et cette femme était fort belle à voir.

» Et David envoya des gens pour s'enquérir de cette femme-là, et on lui dit : N'est-ce pas Bath-See-bath, fille d'Eliham, femme d'Urie le Héthien.

» Et David envoya des messagers et l'enleva. »

1694. — Histoire de David et de Betsabée; même suite. — Urie, mandé par le roi David, revient de l'armée ; il reçoit de la main du roi un message pour Joab, et il repart en recevant les adieux de sa femme Betsabée.

Dans le haut de la tapisserie on voit David dans les bras de Betsabée.

1695. — Histoire de David et de Betsabée ; même suite. — L'armée de Joab se prépare à l'assaut de la ville de Rabbath ; Urie revêt ses armes.

1696. — Histoire de David et de Betsabée ; même suite. —Prise de Rabbath par l'armée de Joab. Rabbath est saccagée et mise au pillage; mort d'Urie. On apporte à Joab les vases sacrés et les trésors de la ville.

Au bas de la tapisserie est la légende :

BERSABEE. PARIT. CANDIDA. REGI.
PROLÈ. NATA. OBIIT. FRAUDAT. URIA.
RES. EST. NATHA. AIT. DISSONA. REGI.
RABBATH. VI. TENUIT. VASTAT. ET. ILLAM.

1697. — Histoire de David et de Betsabée ; même suite. —David, au milieu de sa cour, reçoit la nouvelle de la victoire de Joab et de la mort d'Urie.

1698. — Histoire de David et de Betsabée ; même suite. — David recevant Betsabée. Le roi est sur son trône, le sceptre en main; à ses pieds est Betsabée; autour sont les grands dignitaires du royaume de David, tenant en main les insignes de leurs fonctions. Dans le haut est une galerie remplie de figures.

1699. — Histoire de David et de Betsabée ; même suite. — David apprenant la mort de l'enfant de Betsabée entre dans le temple pour se prosterner devant l'Eternel ; puis il rentre dans sa maison et ses serviteurs viennent le trouver ; « et ayant demandé » à manger, on lui présenta du pain et il man- » gea. » David reçoit un messager de la part de Joab et part pour Rabbath, à la tête de son armée.

1700. — Histoire de David et de Betsabée ; même suite. — David, au milieu de son armée, reçoit la couronne et les insignes de la royauté pris à Rabbath.

1701. — Histoire de David et de Betsabée ; même suite. — Grande pénitence de David avec la légende : DAVID. A. DEO. PER. NATAM. CORREPTUS. PENITET.

Dans le haut de la tapisserie, Nathan est agenouillé devant le Seigneur ; plus bas sont les figures suivantes : CONTRICIO, IRA DEI, MISERICORDIA, SAPIENCIA, PENITENCIA ; puis enfin LUXURIA. Au-dessous de ces figures on voit le roi David, assis sur le trône auprès de Betsabée et dans l'attitude de la pénitence. Au pied du trône est Nathan, et autour des degrés sont tous les grands personnages de la cour du roi.

1702. — Tapisserie d'école flamande. — Scènes tirées de la vie et de la passion du Christ : — L'adoration des bergers. — La nativité. — L'adoration des mages. — Jésus au mont des Olives. — La descente de croix et la Mère de douleurs. — XVIe siècle.

1703. — Tapisserie en soie brodée faisant partie d'une tenture aux insignes de Pierre de Gondi et provenant du château de Villepreux. — XVIe siècle.

Ces attributs consistent en deux masses d'armes croisées avec la devise que Julien, aïeul de Pierre de Gondi, tenait de Ferdinand, roi de Naples : « *Non sine labore.* » Pierre de Gondi, premier évêque de Paris de ce nom, obtint en 1587 le chapeau de cardinal que l'on retrouve sur ces tentures.

1704. — Garniture de lit aux armes de Pierre de Gondi, provenant du château de Villepreux. La devise est : « *Non sine labore.* »

1705. — Tapisserie brodée en soie, or et argent, représentant l'adoration du veau d'or et exécutée d'après les dessins de Raphaël. — XVIe siècle.

Cette petite tapisserie est un des chefs-d'œuvre du genre.

1706. — Deux panneaux de tapisserie brodée à figures. — XVIe siècle.

1707. — La généalogie de la Vierge, tapisserie brodée en or et en soie sur velours. — XVIe siècle.

1708. 1709. 1710. 1711. — Tapisseries en soie brodée, rehaussée d'or et d'argent, provenant d'une tenture conservée jadis à l'Arsenal. — XVIIe siècle.

Ces tapisseries, au nombre de quatre, représentent :

Henri IV en Apollon ;
Jeanne d'Albret, sa mère, en Vénus ;
Marie de Médicis, sa femme, en Junon ;
Antoine de Bourbon, son père, en Saturne.

Chacune de ces figures est accompagnée de ses

armoiries et de symboles brodés en couleurs et en or. Les bordures sont composées de trophées de guerre, de grenades en feu, de canons et de boulets amoncelés.

1712. — Tapisserie à figures de la fin du XVIIe siècle.

1713. — Pentes en drap, brodées en soies de couleurs; les broderies ont pour sujets des fleurs, des feuillages et des figures. — XVIIe siècle.

1714. — Pentes en tapisseries, faites au point et représentant des rosaces avec des fleurs de couleurs. — XVIIe siècle.

1715. — Tentures en cuir doré.

2° ORNEMENTS D'ÉGLISE. — BRODERIES.

1716. — Mitre d'évêque, brodée en soie et or. — XVe siècle.

Le sujet principal de la face postérieure représente la salutation angélique. La Vierge est debout, à ses pieds est un lis, et derrière elle est placé un fauteuil sculpté. L'ange agenouillé tient en main la banderolle. Le milieu et la partie inférieure de la mitre sont ornés des figures du Père Éternel et des saints, vus à mi-corps et dans les nuages. — La face opposée présente la même disposition; mais dans les panneaux principaux sont les figures assises du Christ et de la Vierge. Le Christ tient en main le globe surmonté de la croix, et la Vierge est couronnée par un ange.

1717. — Chape avec orfrois brodés en or et soie, à figures. — Epoque de Louis XII.

Le sujet principal représente saint Martin coupant son manteau pour le partager avec un pauvre. Fonds de velours brodés en or.

1718. — Chape avec orfrois décorés de figures brodées en soie et or sur fond de velours rouge. — Les sujets principaux sont : la résurrection, les apôtres et les saints. — XVIe siècle.

1719. — Chape avec orfrois brodés en soie et or à figures, sur fond de velours rehaussé d'or. — XVIe siècle.

1720. — Chape avec orfrois brodés en soie et or, à figures sur fond de velours rouge. — Les sujets sont : la Vierge dans sa gloire, et des saints personnages. — XVIe siècle.

1721. — Chasuble brodée en or et soie sur velours. — XVe siècle.

Les orfrois sont décorés de sujets, parmi lesquels on distingue le Christ en croix.

1722. — Chasuble avec orfrois brodés à figures, tissu d'or et de soie sur fond de velours. — XVIe siècle.

1723. — Chasuble avec orfrois décorés de figures brodées en soie et or sur fond de velours rehaussé d'or. — Epoque de François Ier.

1724. — Chasuble avec orfrois décorés de figures de saints et de saintes brodées en or et soie sur fond de velours. — XVIe siècle.

1725. — Chasuble avec orfrois décorés de figures en soie et or sur fond de damas blanc. — XVIe siècle.

1726. — Chasuble avec orfrois décorés de figures en soie et or sur fond de velours gaufré, avec le collier de l'ordre de Saint-Michel. — XVIe siècle.

1727. — Chasuble brodée en cannetille d'or et d'argent sur fond de soie. — Epoque de Louis XIII.

1728. — Chasuble brodée en soie et or sur velours d'applique, avec fond de damas blanc brodé. — XVIIe siècle.

1729. — Etole en velours avec galon d'or.

1730. — Etole en velours brodé d'or.

1731. — Manipule en velours.

1732. — Manipule en velours broché en soie.

1733. — Nappe d'autel brodée et travaillée à jour. — XVIe siècle.

1734. — Nappe d'autel de travail analogue.

1735. — Nappe d'autel brodée et travaillée à jour. — XVIe siècle.

1736. — Nappe d'autel de même travail.

1737. — Napperon d'autel en guipure.

1738. — Nappe d'autel en point coupé et brodé.

1739. — Barbe en guipure provenant de la garderobe de la reine Marie de Médicis. — XVIIe siècle.

1740. — Aube en guipure brodée à jour, point de Venise. — Epoque de Louis XIII.

1741. — Fragment d'une coiffure italienne, décorée de perles et de pierres précieuses. — XVIIe siècle.

1742. — Nappe d'autel en tapisserie brodée en soie de couleurs. — XVIIe siècle.

X. MATIÈRES PRÉCIEUSES. — OBJETS DIVERS.

—

MATIÈRES PRÉCIEUSES. — MOSAIQUES.

1743. — Cristal de roche. — Têtes de lion. — IIIe ou IVe siècle.

Ces objets précieux, dont le travail remonte à une très haute antiquité, sont entièrement évidés à l'intérieur par des procédés dont l'usage a été perdu.

Ils ont été trouvés dans un tombeau, sur les bords du Rhin, avec la figure Panthée en ivoire, nº 384, et il y a tout lieu de penser qu'ils servaient de pommes à un siége dont cette figure était l'un des montants.

1744. — Échiquier dressé en cristal de roche hyalin et coloré et monté en argent doré. Ouvrage allemand du XVe siècle.

La table, de 40 centimètres carrés, est entourée d'une bordure d'encadrement, qui renferme des figures en bois de cèdre sculpté, cavaliers et fantassins, simulant des tournois. Sous les cases du parquet sont des petits fleurons découpés en argent doré dont le reflet se joue dans les tailles du cristal.

Le dessous de l'échiquier et son pourtour sont couverts d'appliques en argent repoussé.

Les quatre supports des angles sont en bronze doré et d'une exécution moins ancienne.

1745. — Cristal de roche. — Bloc accidenté et gravé en creux, représentant saint Jérôme dans le désert.

Cette pièce, dans laquelle on a profité des défectuosités naturelles pour figurer les accidents de terrain, est montée en forme de reliquaire. — Travail du XVIe siècle.

1746. — Cristal de roche. — Petite coupe ovale, couverte d'arabesques en relief, d'un travail très fin. — XVIe siècle.

1747. — Cristal de roche. — Colonnettes torses surmontées de chapiteaux corinthiens en argent doré.

1748. — Cristal de roche. — La chute de Phaéton, plaque gravée en creux. — XVIIe siècle.

Haut. 0 m 13, larg. 0 m 10.

1749. — Cristal de roche. — Petit vase décoré d'arabesques gravées en creux; l'anse est formée par une chimère.

1750. — Cristal de roche. — Coupe à deux anses, décorée d'ornements gravés en creux.

1751. — Cristal de roche. — Petit plateau ovale à dessins gravés.

1752. — Cristal de roche. — Petit vase de forme carrée, à cannelures, monté en cuivre doré.

1753. — Cristal de roche. — Burettes couvertes d'arabesques gravées en creux et montées en cuivre doré.

1754. — Cristal de roche. — Flacon du temps de Louis XV. — Deux gobelets taillés à facettes.

1755. — Cristal de roche taillé. — Salière de table.

1756. — Albâtre oriental. — Bustes avec chlamydé en bronze doré.

1757. — Agate orientale. — Petit vase destiné à renfermer le saint chrême; il est couvert d'ornements gravés et de mascarons. — Travail du XVIe siècle. — Monture en argent doré.

1758. — Agate orientale. — Coupe à deux anses, avec plateau.

1759. — Agate orientale. — Petit vase à couvercle, monté en argent doré; le bouton est orné d'une garniture en or émaillé.

1760. — Agate d'Allemagne. — Coupe ovale supportée par trois figures d'atlas en bronze, sur pied triangulaire.

1761. — Jaspe sanguin. — Petit vase à couvercle godronné, garniture en argent.

1762. — Jaspe sanguin. — Petite coupe garnie en cuivre doré.

1763. — Jaspe sanguin gravé en creux. — Le vaisseau de la vertu, allégorie, avec la légende :

Vertu.je.ne.lairray.le.vaisseau.qui.t'emporte.

1764. — Cornaline montée sur un petit candélabre en bronze.

1765. — Ambre jaune transparent. — Coupe à pans, montée sur balustre et décorée d'arabesques en relief d'une très belle exécution, garniture en cuivre doré. — XVIe siècle.

1766. — Le baptême dans le Jourdain, groupe en ambre, formant bénitier avec encadrement de lapis-lazuli et monture en ébène. — XVIe siècle.

1767. — Figurine d'enfant en ambre. — XVIIe siècle.

1768. — Ambre opaque. — Coupe en forme de coquille, renfermant une figure de Vénus couchée, exécutée en haut-relief. — XVIIe siècle.

1769. — Figurine grotesque en ambre. — XVIIe siècle.

1770. — Ambre. — Poire d'amorce couverte de bas-reliefs qui représentent une chasse au renard, et portant une inscription allemande.

1771. — Chapelets composés de pièces d'enfilage en agate.

1772. — Plaques en agate. — Croix et boutons en caillou d'Alençon.

1773. — Corail. — Groupe de figures.

1774. — Corail. — Tête de Christ.

1775. — Groupes de corail travaillé à figures, représentant la Vierge et l'Enfant Jésus avec le Père-Eternel et le Saint-Esprit. — XVIIe siècle.

1776. — Coiffure allemande en jayet.

1777. — Granit des Vosges. — Guéridon monté en cuivre doré en forme de trépied, avec entre-jambe garni d'une tablette en vert de Corse.

1778. — Granit vert des Vosges. — Deux gaînes.

H. 0 m 68.

1779. — Granit. — Fût de colonne.

H. 0 m 04.

1780. — Lumachelle. — Fût de colonne.

H. 0 m 05.

1781. — Tablette en marbre incrusté de mosaïques et de pierres dures de Florence.

H 1 m 08 — 0 m 14.

1782. — Serpentin vert d'Egypte. — Obélisque avec piédestal.

H. 0 m 50.

1783. — Granit rose d'Egypte. — Obélisque avec socle en brèche violette.

H. 0 m 50.

1784. — Spath fluor. — Obélisque avec socle en serpentin et moulure en marbre blanc.

H. 0 m 53.

1785. — Tablette d'échantillons d'agates et de marbres divers.

1786. — Cornaline gravée en creux et représentant trois têtes antiques.

1787. — Pierre gravée à figures. — Sardoine.

1788. — Cachet en agate de forme triangulaire, décoré de trois écussons d'armoiries gravés en creux.

1789. — Serpentin vert. — Petite urne à anses évidées et prises dans la masse sur une colonne de porphyre vert des Vosges.

H. 0 m 33.

1790. — Petite coupe sculptée en corne de rhinocéros. — Travail chinois.

1791. — Porphyre de Suède. — Grande coupe sur pied.

Diamètre 0 m 26. — H. 0 m 22.

1792. — Cléopâtre, buste en rouge antique.

1793. — Rouge antique. — Figures de sphinx.

1794. — Urnes en rouge antique.

1795. — Mosaïque du président Jean de Ganay, placée jadis dans une chapelle de l'église Saint-Merry; la Vierge et l'Enfant-Jésus; ouvrage de David Ghirlandajo. — XVe siècle.

Au bas est l'inscription :

D. IO. DE. GANAI. PRSIDES.
PARISIE. P. DE. ITALIA. ATT.
PARISIUM. HOC. OPUS. MVS.

(Dominus Johannes de Gannai, presidens parisiensis parlementi de Italia attulit Parisium hoc opus musicum.)

L'inscription suivante se trouvait jadis placée au-dessous de celle qui précède :

Opus magistri Davidis Florentini 1496.

1796. — Pavé provenant de l'église de Corneto, entre Toscanella et Civita-Vecchia. — Genre de travail mosaïque appelé *opus Alexandrinum*, et employé depuis les temps antiques. — x^e^ ou xie siècle.

Donné par M. A. Lenoir, architecte.

OBJETS DIVERS.

1797. — Série d'objets antiques d'origine gallo-romaine et franque, provenant de dolmens ou tombeaux gaulois, découverts en 1838 à Hérouval, commune de Mont-Javoult (Oise), et donnés au Musée par M. Sanson Davillier, membre du conseil général de la Seine :

Urne en terre blanche imprimée.

Urne en terre noire ornée d'une frise imprimée.

Collier en ambre et verroterie.

Style en bronze.

Bague à cassolette.

Bague à chaton.

Boucle.

Anneaux.

Chaînettes.

Glaive en fer. — Scram-sax franck.

Echinites ou oursins pétrifiés, talismans gaulois nommés généralement *œufs de serpent.*

Hache en silex.

Boucles de ceinturon.

1798. — Série d'objets d'origine gallo-romaine et celtique, trouvés dans un tombeau de la forêt de Carnoët (Finistère), par M. l'ingénieur Boutarel, et donnés au Musée par M. le ministre des finances :

Chaîne en or fin, du poids de 225 grammes, composée de six grands panneaux à quatre tours.

Chaîne en argent fortement oxidée, composée d'un grand anneau et de deux autres plus petits.

Casse-tête en silex.

Trois glaives ou poignards oxidés et portant encore les marques d'une couche d'argent.

Pique oxidée.

Petit poignard oxidé.

Pierre rouge ayant la forme d'un quadrilatère rectangle, percée d'un trou au sommet de chaque angle.

Sorte d'amulette en pierre verte taillée ayant la forme d'un trapèze dont les deux bases parallèles sont arrondies. Cette pierre est percée d'un trou.

Flèches en silex dentelées, d'une forme antérieure à la fondation de la monarchie.

1799. — Série d'objets antiques, d'origine gallo-romaine et celtique, trouvés dans un bois de la commune de Pontpoint, sur les bords de l'Oise, et donnés au Musée par M. Eug. Guillemot :

Hachettes de formes variées.

Bracelets guillochés, anneaux, boucles d'oreilles.

Hameçon, fer de lance, ustensiles divers et débris d'armes.

1800. — Divers objets antiques et gallo-romains trouvés dans les fouilles du Palais-de-Justice et donnés au Musée par M. le préfet de la Seine.

1801. — Médailles antiques et jetons anciens, trouvés dans les fouilles du Palais de Justice de Paris, donnés au Musée par M. le préfet de la Seine.

1802. — Médailles antiques et monnaies du moyen-âge et des temps modernes trouvées dans les fouilles de la mairie du 12e arrondissement et données au Musée par M. le préfet de la Seine.

1803. — Collection de fibules gallo-romaines et du moyen-âge. — Elles sont au nombre de trente et une. — Plusieurs d'entre elles représentent des oiseaux, des animaux chimériques et des navires.

1804. — Coins celtiques en bronze.

1805. — Lampe antique en terre.

1806. — Lampes antiques en bronze.

1807. — Pierre ponce artificielle pour le service des bains antiques.

1808. — Bracelet celtique.

1809. — Style en bronze antique.

1810. — Lacrymatoire en verre antique.

1811. — Fragment d'un petit bas-relief antique.

1812. — Sceau de potier romain.

1813. — Collection de boutons des temps antiques et du moyen-âge, en fer et en bronze.

1814. — Cercueil en plomb des premiers temps du moyen-âge, trouvé dans les fouilles de Saint-Landri.

1815. — Petit vase en bronze antique.

1816. — Sceau de potier du XIIIe siècle.

1817. — Peigne en ivoire sculpté, représentant, sur l'une de ses faces, la salutation angélique, et sur l'autre, l'adoration des mages. — XIVe siècle.

1818. — Grand peigne en bois, avec ornements d'applique repercés à jour.

1819. — Peigne en buis travaillé à jour, décoré d'ornements en relief.

1820. — Coffre en cuir façonné et gravé, représentant diverses scènes et sujets à figures, parmi lesquels on distingue la nativité, l'adoration des mages, la salutation angélique, et plusieurs épisodes de romans de chevalerie. — Travail fait au petit fer, avec ferrures du temps. — XVe siècle.

1821. — Petit coffre en cuir, avec ornements gravés en fer, décoré de la légende : « HONNEUR A DIEU. SERVICE AU MONDE. » — XVIe siècle.

1822. — Sceau de l'abbaye de Clairvaux. — XVe siècle.

1823. — Chandelier en cuivre de forme antique, trouvé dans des fouilles faites à Etampes. — XVe siècle.

Donné au Musée par M. Blin, professeur au collége d'Etampes.

1824. — Médaille présentée par la ville de Lyon au

roi Louis XII, à son retour de Milan, vers l'an 1499.

Elle porte d'un côté le buste du roi, avec cette visiod : *Felice Ludovico regnante duodecimo. Cæsare altero, gaudet omnis natio*, et de l'autre côté le buste d'Anne de Bretagne, avec ces mots : *Lugdunensis respublica, gaudete ; bis Anna regnante benigne sic fui conflata.* 1499. Cette médaille est la plus grande qu'on eût encore coulée en France à cette époque. Les portraits sont en relief sur un fond semé de fleurs de lis et d'hermine.

1825. — Encrier en bois peint et doré, décoré de figures et d'ornements. — Travail allemand portant la date de 1563.

1826. — Soufflet en bois, clouté en cuivre doré et couvert des armes et de la couronne de France, avec attributs du Dauphin. — XVIe siècle.

1827. — Quenouille de mariage, en buis sculpté, décorée d'une grande quantité de figures exécutées en haut-relief et représentant l'histoire des femmes fortes. — XVIe siècle.

1828. — Quenouille de mariage, en buis sculpté, de même forme que la précédente. — Les sujets, exécutés en ronde-bosse, représentent également l'histoire des femmes fortes. — XVIe siècle.

1829. — Fuseaux en buis sculpté, décorés de figurines en ronde-bosse. — XVIe siècle.

1830. — Quenouille en bois tourné.

1831. — Le sacrifice d'Abraham, groupe en bois sculpté en haut-relief, formant manche de couteau. — Fin du XVIe siècle.

1832. — Coffret en bois, décoré de verroteries de couleurs variées. — XVIIe siècle.

1833. — Poivrière en coco sculpté, décorée de figures en relief : le triomphe d'Amphitrite.

1834. — Poivrière en coco sculpté, décorée de figures en relief : le triomphe de Bacchus.

1835. — Bois sculpté, râpe à tabac. — XVIIe siècle.

Le groupe qui décore la partie supérieure représente l'enlèvement de Proserpine ; autour, on lit ces mots, gravés en creux :

POURQUOI TANT MARCHANDER LORSQUE LA MARCHANDISE PLAIT.

La partie inférieure est terminée par un masque de satyre.

L'autre face est décorée de la figure de l'Adresse ou de la Ruse. Elle tient un masque à la main; un renard est assis à ses pieds. Autour, on lit : HÆC EST AMANTIUM REGINA (*Elle est la reine des amants*); puis plus bas, sur la banderolle : PEU LUI ÉCHAPPENT.

1836. — Râpe à tabac en bois sculpté, représentant Loth et ses filles, avec la légende :

Loth enivré par ses filles commet inceste avec elles. — Plus haut est la destruction de Sodome. — XVIIe siècle.

1837. — Râpe à tabac en ivoire, représentant un joueur de viole. — Travail flamand. — XVIIe siècle.

1838. — Râpe à tabac en bois sculpté, couverte d'ornements et d'écussons fleurdelisés. — Fin du XVIIe siècle.

1839. — Râpe à tabac en ivoire, représentant une figure d'ivrogne, sculptée en relief. — Travail flamand. — XVIIe siècle.

1840. — Râpe à tabac en ivoire, décorée de figures et d'ornements sculptés en relief. — Travail flamand. — XVIIe siècle.

1841. — Râpe à tabac en cuivre repoussé, représentant une figure flamande en action de râper une carotte de tabac. — XVIIIe siècle.

1842. — Casse-noisette en buis sculpté, composé de têtes et de figures grotesques.

1843. — Gaîne de couteau en bois sculpté, décorée de sept bas-reliefs qui représentent des sujets tirés de l'histoire de l'Ancien-Testament. — Travail allemand.

1844. — Gaîne de couteau en bois sculpté, ornée de huit bas-reliefs qui représentent les diverses scènes de l'histoire de Joseph, sculptées en relief. — Travail allemand.

1845. — Cuiller en agate orientale avec manche en cuivre doré, représentant une figure de satyre assisé sur un enroulement gravé. Cette monture est enrichie de rubis. — Travail précieux du XVIe siècle.

1846. — Cuiller et fourchette en agate d'Allemagne montées en argent doré.

1847. — Nécessaire de table en argent repoussé, ciselé et émaillé, décoré de figures, d'ornements et des armoiries de Saxe, et composé d'une gaîne qui renferme un couteau et une fourchette de travail analogue. — Travail allemand.

1848. — Couteau en fer gravé et doré avec manche incrusté de nacre de perle. — XVIe siècle.

1849. — Couteau en fer; le manche, en ivoire, représente les figurines de la Justice et de l'Abondance. — XVIe siècle.

1850. — Couteau et fourchette en fer, de travail flamand, avec manche en ivoire représentant des personnages en costumes du temps.

1851. — Couteau en fer à manche d'ivoire, représentant la figure de Jupiter.

1852. — Couteau en fer à manche d'ivoire. — Mars.

1853. — Cuiller et fourchette de poche en argent, s'ajustant ensemble, à manche ployant et surmonté d'une figure. — XVIe siècle.

1854. — Cuiller en argent, à manche en forme de pilastre surmonté d'un chapiteau. — XVIe siècle.

1855. — Fourchette et cuiller en cuivre argenté, à manche ployant, en fer décoré d'ornements gravés et dorés.

1856. — Cuiller en cuivre, à manche ployant et décoré d'une tête chimérique.

1857. — Poinçon en fer poli, à manche d'ivoire, représentant un buste grotesque.

1858. — Petit couteau en fer, à manche d'ivoire décoré de figures chimériques.

Ces deux objets sont renfermés dans une gaîne en peau de requin, montée en argent ciselé.

1859. — Fourchette en fer; le manche est décoré de deux figures d'ivoire. — Travail flamand du XVIIe siècle.

1860. — Manche de couteau en fer incrusté d'argent.

1861. — Petit couteau de poche, à manche de cuivre repercé à jour.

1862. — Cuiller et fourchette en cuivre doré, à manche ployant, décorées dans leur longueur de petits bas-reliefs à sujets de chasse du temps de Louis XV.

1863. — Petit couteau oriental à lame couverte d'inscriptions arabes, et à poignée d'ivoire richement incrustée de cuivre et de nacre de perle.

1864. — Petit canif garni en nacre, surmonté d'une figure de terme en fer ciselé.

1865. — Petit nécessaire en cuir gaufré, couvert de fleurs de lis d'or et renfermant ciseaux, poinçon et aiguilles en argent gravé et doré. — Fin du XVIe siècle.

1866. — Ciseaux en fer gravé et argenté; les anneaux sont terminés par des figures de lions couchés. — XVIIe siècle.

1867. — Aiguille en argent découpée à jour, portant l'inscription : « MARIE DU BUIS, 1619. »

1868. — Ciseaux en fer ciselé. — XVIIe siècle.

1869. — Gaîne de ciseaux en fer gravé et doré. — XVIIe siècle.

1870. 1871. 1872. — Pièces de nécessaire, à manche d'argent ciselé et gravé.

1873. — Etui en fer gravé et damasquiné. — XVIIe siècle.

1874. — Gaîne de ciseaux en fer découpé à jour et gravé.

1875 — Etui en cuivre doré, couvert d'ornements. — XVIIe siècle.

1876. 1877. — Mouchettes en cuivre ciselé, décorées de figures et d'ornements.

1878. — Mouchettes à ressort en fer poli.

1879. — Ceinture de chasteté à bec d'ivoire, montée sur bandes d'acier garnies en velours, avec serrure.

1880. — Clochette du XVIe siècle, décorée de figures et d'ornements, avec la légende : « *Petrus Cheineus me fecit.* 1573. »

1881. — Petite clochette à sujets, représentant la salutation angélique.

1882. — Petit mortier en bronze, orné de cariatides et d'empreintes de têtes. — XVIIe siècle.

1883. — Mortier en fonte, orné de bas-reliefs.

1884. — Plaque de nacre gravée, représentant une danse de personnages grotesques, d'après Callot.

1885. — Bas-relief sculpté sur une coquille de nacre, représentant Jupiter, Junon et l'Amour. — XVIIe siècle.

1886. — Sifflet en ivoire, représentant un buste de femme.

1887. — Médaille à l'effigie d'A. Ruzé, Mis d'Effiat et de Longjumeau, surintendant des finances.

1888. — Lustre flamand à six branches, en cuivre poli.

1889. — Encrier en cuivre gravé, avec briquet. — Règne de Louis XV.

1890. — Lanterne en cuivre estampé. — XVIIe siècle.

1891. 1892. — Plaques funéraires en cuivre gravé, à la date de 1736 et de 1758; trouvées en 1843, sur l'emplacement de l'ancien cimetière de la Madeleine.

1893. — Le jugement de Salomon. — Bas-reliefs et empreintes en plomb.

1894. — Bâton d'appariteur surmonté d'une fleur de lis en fer, hampe en bois.

1895. — Trousse indienne composée d'un couteau et de deux baguettes en ivoire, dans un étui en peau de requin, monté en cuivre gravé.

SUPPLÉMENT.

I. SCULPTURE.

1° MONUMENTS. — STATUES. — BAS-RELIEFS
EN PIERRE, MARBRE, BOIS, IVOIRE, ETC.

PIERRES.

1896.— Cheminée en pierre, décorée de figures et d'attributs en haut-relief, exécutée par Hugues Lallement, sculpteur français, en 1562.

Le sujet principal, le Christ à la fontaine, est entouré de génies et de trophées d'armes; les deux cariatides qui supportent le manteau, portent à leur socle, l'une la date de 1562, l'autre le nom du sculpteur *Hugues Lallement*. — Cette cheminée était placée dans une maison de Châlons-sur-Marne; elle a été démontée en 1849 pour être transportée à l'Hôtel de Cluny. — L. 3m 15. H. 3m 60.

1897. — Cheminée en pierre sculptée, exécutée par Hugues Lallement (XVIe s.).

Le bas-relief représente Diane surprise au bain par Actéon; de chaque côté se trouvent des génies agenouillés qui supportent des trophées d'armes. — Cette cheminée provient également de Châlons-sur-Marne; elle était placée dans la même maison que la précédente. — L. 3m 70. H. 4m.

1898. — Grande cheminée en pierre, décorée de hauts-reliefs et d'attributs; sculpture française du XVIe siècle.

Cette cheminée, placée jadis dans une maison du faubourg de Saint-Jacques, à Troyes, a été transportée à l'Hôtel de Cluny en 1847. — L. 2m 80. H. 4m 90.

1899. — Bas-relief en pierre noire rehaussée de dorures et de pâtes de verre. Le Christ assis sur un trône, la main gauche sur le livre de vérité, la droite en action de bénir (XIIe s.).— H. 0m 20.

1900. 1901. 1902. 1903. 1904. — Statues en pierre, provenant de l'ancienne église Saint-Jacques, à Paris, rue Saint-Denis (XIIIe s.).

Ces statues sont au nombre de cinq ; elles étaient jadis peintes et dorées. — H. 1^m 75.

1905. — La Vierge portant l'Enfant-Jésus. Statue en pierre du XIVe siècle.

Cette figure, peinte et dorée, était placée au-dessus de la porte principale du couvent des Victorins de Paris, aujourd'hui l'Entrepôt des vins. — H. 1^m 38.

1906. — Fragment d'une figure assise, peinte et dorée, du XIVe siècle. — H. 0^m 40.

1907. — Statue d'évêque (XVe s.)

La figure est couverte d'une chape dont les orfrois sont richement ornés et réunis par un beau fermail ; la tête est coiffée d'une mitre élégante décorée d'ornements en relief qui simulent les broderies et pierres précieuses. — H. 2^m.

1908. — Statue en pierre représentant un évêque mitré et couronné (XVe s.).

Ces deux statues, d'une provenance incertaine, sont d'une exécution analogue et remontent à la même époque. — H. 2^m.

1909. 1910. — Figures en pierre provenant de la chapelle de Saint-Jules, commune de Saint-Martin-ès-Vignes, faubourg de Troyes (XVIe s.). — H. 0^m 60 et 0^m 50.

1911. — Figure de femme en pierre de Tonnerre, provenant d'une église de Troyes. Costume du commencement du XVIe siècle. — H. 0^m 50.

1912. — Chapiteau de colonne d'angle, en pierre sculptée, provenant de l'église des Capucins de Montfort-l'Amaury (Seine-et-Oise) (XVIe s.).

Donné par M. Charles Sauvageot, pensionnaire de l'Académie impériale de Musique.

1913. 1914. 1915. — Fragments divers provenant de l'ancienne décoration de la Sainte-Chapelle de Paris : 1° balustrades, fleurs de lys des balcons ; 2° lettres initiales ; 3° colonnettes (XVIe s.).

1916. 1917. — Assises sculptées provenant des fouilles de l'église Saint-Gervais de Paris.

1918. — Fragment d'une croix en pierre existant jadis sur la place de Champeaux (Seine-et-Marne), et représentant d'un côté la main divine en action de bénir, et de l'autre la figure de la Vierge (XVIe s.).

1919. — Bas-reliefs fragmentés trouvés à l'hôtel de Cluny dans l'ouverture d'une baie de fenêtre, en 1853.

1920. — Fragments d'architecture, chapiteaux et clefs de voûte, provenant des fouilles faites en 1848 aux Célestins de Paris.

1921. — Stèle antique en pierre trouvée à Paris, et décorée de deux figures en relief. — H. 1m 20.

Donnée par M. Chatenet jeune.

1922. — Pierre tumulaire de Simon de Gillans, abbé de Cluny, mort le 6 septembre 1349 et enterré dans l'ancienne église collégiale de Cluny, place de la Sorbonne.

La tête était incrustée en marbre, ainsi que les mains, la crosse et les écussons. L'inscription, à demi effacée aujourd'hui, forme la bordure : *Hic jacet bonæ memoriæ dominus Simon de Gillans abbas insulæ barbaræ quondam prior prioratuum ordinis Cluniacensis de Longo ponte et de Sancto Eutropio Parisiensis et Xantonensis diocesis, qui obiit anno Domini* 1349 *die sexta mensis septembris, anima ejus requiescat in pace. — Petrus de Courbeton me fecit fieri.*

1923. — Pierre tumulaire de maître Jehan de Sarthenay, conseiller du roi, mort à Paris le 26 septembre 1360, et enterré dans l'ancienne église de Cluny, place de la Sorbonne.

La décoration de cette tombe est analogue à celle de la précédente; l'inscription est tracée en beaux caractères du XIVe siècle : — *Hic jacet reverendus pater dominus Johannes de Sarthanayo quondam abbas humilis monasterii ferrariensis ordinis S. Benedicti Senonensis Diocesis domini nostri regis consiliarius, qui obiit Parisiis* 26 *die mensis septembris anno Domini millesimo trescentesimo sexagesimo, cujus anima requiescat in pace amen.* — Ces deux tombes ont été retirées de l'église collégiale de Cluny lors de sa démolition, et données au Musée, en 1852, par M. Seguin, marbrier.

1924. — Tombes hébraïques découvertes à Paris, rue Pierre-Sarrazin, en 1849.

« Celle-ci (est) la stèle sépulchrale de notre précepteur, le maître « Monsieur Salomon, fils de notre précepteur le maître monsieur « Judah qui est parti pour le paradis le jour de samedi de la section « Koráh de l'année cinq mille quarante et un du Comput..........» (de notre ère, année 1281).

1925. — Stèle de même provenance.

« Celle-ci est la stèle sépulchrale de madame Judith, fille de M. Sa- « bathay Halevi, qui est morte..... »

1926. — Même suite.

« Celle-ci est la stèle sépulchrale de maître Jacob, fils de monsieur Abraham qui est parti pour le paradis le lundi de la Parascha Kora'h de l'année..... du Comput » (les chiffres de l'année, quoique illisibles, paraissent se rapporter à l'année 1251 de notre ère).

1927. — Même suite.

« Celle-ci est la stèle sépulchrale de madame Mergalit (Marguerite), « fille de monsieur Ezéchias, qui est partie pour le paradis le dimanche « de la section Beschalah....... » (la section Beschalah est la IVe de l'Exode, et commence par le v. 17 du ch. XIII).

1928. — Même suite.

« Celle-ci est la stèle sépulchrale de madame Jokeved, fille de « M. Ishak, femme de M. Ezza, qui est morte.......... 41 » (probablement l'année 1281 de notre ère).

1929. — Même suite.

« Stèle sépulchrale de Anna, fille de monsieur............ qui est « morte le jour de jeudi de la Parascha de l'année cinq mille et cin- « quante » (1290).

1930. — Même suite.

« Celle-ci est la stèle sépulchrale de Ester, fille de M. Joseph, qui « est morte le vendredi de la Parascha de l'année...... 900 » (1140-1239).

1931. — Tombe hébraïque de même provenance.

« ....qui est mort le jour de lundi de la Parascha Tavô de « l'année 49 du Comput » (la section sabbatique Tavô est la quatrième avant la fin du Deutéronome). La date de cette stèle correspond au 29 août 1289 de notre ère.

Ces stèles ont été trouvées sur l'emplacement de l'ancien cimetière hébraïque situé entre la rue Pierre-Sarrazin et celle de la Harpe, qui, dans plusieurs documents du XIIIe siècle, est désignée sous le nom de *Juiverie* ou de *rue des Juifs*. Malheureusement, la plupart de ces tombes n'ont été retrouvées qu'à l'état de fragments ; une seule est complète.

Ces pierres tumulaires ont été données au Musée par M. Hachette, propriétaire du terrain sur lequel elles ont été trouvées.

1932. — Tombe en pierre trouvée à Paris dans les travaux des Halles centrales, rue de la Cossonnerie.

A l'extérieur, du côté de la tête, se trouve une croix grecque sculptée en relief.

1933. — Tombe en pierre trouvée à Saint-Gervais.

1934. — Tombes d'enfants trouvées dans les mêmes fouilles.

1935. — Fragments d'une tombe de même provenance, garnie de coussinets en pierre pour soutenir la tête.

1936. — Pierre de fondation des Célestins de Paris, avec l'inscription :

L'an M. CCC. XXV, le XXVIe jour de may m'assist Charles roy de France (Charles le Bel).

1937. — Pierres de fondation de l'hôtel de Longueville, place du Carrousel, démoli en 1852.

Sur l'une d'elles on lit : *Fait par hault et puissant seigneur maître Charles d'Angennes, marquis de Rembouillet et de Pisany, vidame du Mans, baron du Chaudulor et de Tallemont, conseiller du roy en son conseil d'Estat et m^{tre} de la garderobbe de sa majesté. Ce* **26** *juin* **1618.** Sur l'autre pierre, les armes de la famille.

Données par MM. de la Reiberette et Saunier.

1938. — Mortier en pierre à deux anses, décoré de mascarons en relief. — Epoque romane.

1939. — Mortier en pierre, décoré de quatre mascarons en relief (XVIe s.).

Donné par M. Souty père.

1940. — Fragments d'une voie romaine découverte à Paris, rue Saint-Jacques.

MARBRES.

1941. — Colonnes en marbre antique trouvées dans les fouilles du parvis Notre-Dame, en 1848.

Données par le préfet de la Seine.

1942. — Chapiteau antique en marbre blanc, trouvé dans les fouilles du parvis Notre-Dame, en 1848.

Donné par le préfet de la Seine.

1943. — Fût de colonne antique, en marbre noir cannelé, trouvé à Paris.

Donné par Mme Jean.

1944. — Fragment d'une statue de soldat antique, en granit, trouvé rue du Cherche-Midi.

Donné par M. Biardot.

1945. — Saint Pantaléon. Bas-relief italien en marbre blanc, décoré d'incrustations en pâtes de couleur (XIe s.). — H. 1^{m} 20.

1946. — Colonnette en marbre blanc, provenant de l'abbaye de Cluny (XIe s.).

Cette colonne cannelée supportait le bénitier placé à l'entrée de l'ancienne église principale.

1947. — Tombe de Brocard de Charpignie, chevalier français, mort en Chypre, trouvée à Larnaca, rapportée et donnée par M. Edouard Delessert en 1852 (XIIIe s.).

Le chevalier est vêtu de mailles, la poitrine couverte d'une cuirasse en fer; les mains sont jointes au-dessus de l'écu, et les pieds reposent sur deux poissons. Entre ses jambes un chien est placé sur une colonette. L'inscription suivante est gravée sur les pilastres qui forment la bordure de ce marbre tumulaire, taillé dans une colonne antique : *Brocardus. de Charpignie. miles........ B. petri. Paphen. Episcopi. cujus. anima. requiescat. in. pace. amen.*

1948. — La Vierge portant l'Enfant-Jésus. Statuette en marbre, provenant des tombeaux des ducs de Bourgogne, à Dijon (XVIe s.).

Les tombeaux des ducs de Bourgogne, dévastés en 1793, ont été restaurés et déposés au Musée de Dijon. — La figure de la Vierge est debout, la tête est ceinte de la couronne, et les épaules sont couvertes d'un manteau de Chartreux. — H 0m 40.

1949. — Moine docteur. Statuette en marbre blanc, provenant du tombeau de Philippe-le-Hardi, à Dijon (fin du XIVe s.).

1950. — Moine. Figurine en marbre blanc, provenant des tombeaux des ducs de Bourgogne, à Dijon (XVe s.).

1951. — Les trois Parques. Groupe en marbre blanc attribué à Germain Pilon (XVIe s.).

Ce groupe était conservé jadis dans les jardins de l'hôtel Soicourt, qui occupait d'immenses terrains rue de l'Université. Suivant la tradition, les figures, exécutées par Germain Pilon, seraient celles de la duchesse de Valentinois (Diane de Poitiers) et de ses deux filles. — H. 1m 50.

1952. — La Vierge portant l'Enfant-Jésus. Statuette en albâtre de travail italien (XIVe s.). — H. 0m 24.

1953. — La Sainte-Trinité. Bas-relief en albâtre (XIVe s.). — H. 0m 50.

1954. — Fragment d'un bas-relief en marbre (XVe s.).

Donné par M. Arthus Fleury. 1853.

1955. — Fragment d'un bas-relief en albâtre provenant de Saint-Denis et représentant deux figures, dont l'une est assise sur un siége de forme antique (XIVe s.).

1956. — Socle en albâtre sculpté en grand-relief, représentant un festin dans une grande salle du palais (XVIe s.).

1957. — Encensoir en albâtre sculpté. Fragment d'un bas-relief (XVIe siècle).

PLATRES.

1958. — Inscription de la cloche de Moissac (Aude). 1273. Estampage en plâtre : —

SALVE REGINA MISERICORDIE. — *Anno Domini millesimo CCLXX tercio Caufridus me fecit et socios meos, Paulus vocor.*

1959. — Ornements estampés sur les sculptures de l'abbaye de Charlieu (XIIe s.).

1960. — Estampage en plâtre de la pierre de l'église des Carmes, bâtie à la place Maubert, par Jeanne d'Évreux, troisième femme et veuve de Chárles-le-Bel, én 1349.

Donné par M. A. Lenoir, architecte.

1961. — Tombe en plâtre trouvée dans les fouilles de Saint-Gervais.

Donnée par le préfet de la Seine.

1962. — Réduction en plâtre du bas-relief du camp du Drap-d'Or, à l'hôtel Bourg-Theroulde de Rouen.

BOIS SCULPTÉS.

1963. — Christ en bois sculpté, de grandeur naturelle (fin du XIIe s.).

Le corps est couvert d'une toile peinte, la tête, les bras et les pieds seuls sont à nu. — Ce beau Christ a été donné au Musée par M. Mallay, architecte à Clermont-Ferrand. — La croix, d'exécution moderne, a été peinte par M. Steinheil.

1964. — Statue de saint Louis, en bois d'if. Les vêtements sônt rehaussés de couleurs et le manteau est couvert de fleurs de lys d'or (XIIIe s.).

Cette figure appartenait à la décoration de l'ancien rétable de la Sainte-Chapelle. — H. 0m 66.

1965. — Sainte Marie-Madeleine. Figure en bois de chêne sculpté. École allemande (XVe s.).

La sainte est vêtue d'une longue robe serrée et lacée, les épaules sont couvertes d'un manteau et la tête est coiffée de l'escoffion. — H. 1m 03.

1966. — Notre-Dame-des-Ardents. Figure en bois sculpté

du XVe siècle, provenant de l'église Notre-Dame-de-Poissy, dans laquelle elle était conservée sous ce nom. — H. 0m 53.

1967. — Sainte Catherine. Grande figure en bois sculpté. École allemande du XVe siècle. — H. 1m 25.

1968. — La consécration d'un évêque. Haut-relief en bois sculpté, peint et doré (commencement du XVIe s.).

1969. — Figure de moine en bois sculpté, gravé et doré. École espagnole du XVIe siècle. — H. 0m 60.

1970. — La Vierge portant l'Enfant-Jésus. Figure d'applique en bois sculpté, de l'École allemande (XVIe s.).

1971. — L'éducation de l'Enfant-Jésus. Groupe en bois (XVIe s.).

1972. — Manneken-piss. Figurine en bois, sculptée par Duquesnoy (François Flamand) (XVIIe s.).

Modèle de la figure en bronze aujourd'hui à Ratisbonne. — H. 0m 38.

1973. — Grande croix en bois sculpté, à doubles faces, provenant de l'ancienne chartreuse de Dijon, et décorée de figures et d'ornements en relief (XVIe s.).

L'agneau pascal et les pères de l'Église sont représentés sur une des faces; sur l'autre se trouvent les symboles des évangiles. — H. 2m 10. L. 1m 60.

1974. — Panneau en bois sculpté, décoré de quatre motifs, avec encadrements de pilastres et couronnements cintrés (XVIe s.).

1975. — Panneau en bois, décoré de sujets dessinés à la plume sur fond enlevé en creux et pointillé. École italienne du XVIe siècle.

Les sujets sont au nombre de onze : la Salutation évangélique, la Nativité et l'Adoration des Mages, la Fuite en Égypte, le Baptême dans le Jourdain, la Résurrection du Lazare, l'entrée à Jérusalem, le Baptême de saint Jean, la Cène, le jardin des Olives, le Baiser de Judas, le Calvaire et la Résurrection. — H. 0m 38. L. 0m 58.

1976. — Escalier en bois sculpté, provenant de l'ancienne chambre des Comptes de Paris, construit sous le règne de Henri IV et portant les armoiries et chiffres de ce prince et de Marie de Médicis.

Cet escalier, démonté depuis la démolition des anciens bâtiments du Palais-de-Justice, a été donné au Musée par M. le préfet de la Seine, et mis en place en 1851.

IVOIRES.

1977. — Tau en ivoire, monté en bronze, trouvé dans le tombeau de Morard, abbé de Saint-Germain-des-Prés (XIe s.). — L. 0^m 11. D. 0^m 025.

1978. — Plaque en ivoire sculpté, du XIe au XIIe siècle, représentant le Christ à la porte du sanctuaire, dans l'attitude de la bénédiction. — H. 0^m 10.

1979. — Oratoire des duchesses de Bourgogne. Tableau d'ivoire, garni de figures et de sujets en relief, représentant l'histoire de la vie et de la passion du Christ, et provenant de l'ancienne chartreuse de Dijon. — Voir n° 418 du Catalogue. — H. 1^m 38. L. 0^m 60.

1980. — Rétable en forme de triptyque, décoré de bas-reliefs en ivoire; école vénitienne du XIVe siècle.

Les sujets sont : le Calvaire, la Nativité, et les Mages conduits par l'étoile. Dans la partie principale, sur le volet de droite, la Trahison de Judas et la Salutation angélique. Sur celui de gauche, l'Apparition à la Madeleine et l'Adoration des Mages. Les encadrements sont rehaussés de marqueteries de bois et d'ivoire. L'extérieur des volets est orné de filets peints et d'écussons d'armoirie. — H. 0^m 58.

1981. — Diptyque ou tableau à deux volets en ivoire sculpté et rehaussé d'or. Huit scènes de la vie et de la passion du Christ (XIVe s.).

Les sujets sont : l'Entrée à Jérusalem, le Lavement des pieds, la Cène, Jésus au jardin des Olives, le Baiser de Judas, la Flagellation.— L. 0^m 26.

1982. — Petit bas-relief en ivoire divisé en quatre sujets découpés à jour (XIVe s.).

Le Calvaire, la Vierge couronnée sur le trône de Dieu, et plusieurs figures de saints martyrs, parmi lesquels on remarque saint Georges armé de pied en cap et la tête couverte du bassinet à visière.—H. 0^m 06.

1983. — Petit bas-relief en ivoire, même suite. La Salutation angélique, la Crèche, saint Christophe et saint Jean.

1984. 1985. — Bas-reliefs en ivoire du XIVe siècle.

Dans le premier, une dame tresse une couronne avec les fleurs que cueille un chevalier agenouillé devant elle. Dans le second, le chevalier et la dame jouent de la guiterne et sont assis sous les ombrages.— H. 0^m 095.

1986. — La Vierge portant l'Enfant-Jésus. Grande figure en ivoire du XIVe siècle. — H. 0^m 50.

1987. — Bas-relief en ivoire colorié et doré. La Vierge, fragment d'un triptyque du XIVe siècle.

1988. — Plaque de diptyque en ivoire, du XVe siècle. Le couronnement de la Vierge et la Nativité. — H. 0m 23.

1989. — Grand feuillet de diptyque du XIVe siècle. Le couronnement de la Vierge. — H. 0m 28.

1990. — Ivoire. Figurine équestre provenant d'un jeu d'échecs et représentant une dame en costume allemand, assise sur son palefroi (XVIe s.). — H. 0m 06.

1991. — Olifant en ivoire sculpté, décoré de sujets de chasse en relief (XVIIe s.).

Les costumes sont européens, et à l'extrémité inférieure se trouve une croix grecque. — L. 0m 50.

BRONZES, TERRES CUITES.

1992. — Mercure antique. Figurine en bronze trouvée dans la Seine, à Paris, en 1849. — H. 0m 12.

1993. — Bas-relief en bronze, représentant les figures à mi-corps d'un seigneur de la cour de Navarre, chevalier de l'ordre du Saint-Esprit, et de sa dame, en costumes du temps. — H. 0m 55.

1994. — La Vierge portant l'Enfant-Jésus. Figurine en terre cuite fragmentée (XVIe s.). — H. 0m 05.

1995. — Terre cuite de Nevers. Médaillon exécuté par Nini, 1777. Portrait de Franklin.

Donné par M. Tite Ristori.

2° MEUBLES.

1996. — Crédence sur pied, à cinq pans, décorée de mascarons et d'arabesques en relief (XVIe s.).

1997. — Bureau du maréchal de Créquy. Marqueterie incrustée de cuivre, d'étain et d'écaille (XVIIe s.).

Legs fait au Musée par testament, en janvier 1853, par M. le comte Honoré de Sussy. — Ce beau meuble se compose d'une table formant bureau, et supportant le corps principal, garni de tiroirs et de ventaux aux armes du maréchal; le tout est surmonté par une pendule en incrustations de même travail. — Le legs fait à l'hôtel de Cluny par M. le comte

Honoré de Sussy comprend, en outre, les armes décrites sous le n° 2372, et les belles tapisseries de Beauvais provenant du château de Rosny (nos 2418-19-20 21).

1998 — Miroir avec encadrement en bois sculpté et décoré de sujets et d'arabesques en pâte dorée. École italienne du XVIe siècle.

1999. — Soufflet en bois sculpté, décoré de mascarons, de guirlandes et d'écussons rehaussés d'or. École italienne du XVIe s.

L'extrémité est en bronze et couverte de mascarons et de cariatides en relief.

2000. — Chaise couverte en cuir gaufré et imprimé au petit fer. Travail espagnol du XVIIe siècle.

2001. — Fauteuil en bois sculpté, recouvert en damas et orné de boutons en cuivre ciselé et doré (XVIIe s.).

2002. — Fauteuil en bois sculpté, d'origine flamande, couvert en damas (XVIIe s.).

2003. — Fauteuil du temps de Louis XIII, couvert d'une tapisserie à fleurs brodée au point.

2004. — Table flamande à pieds tournés (XVIIe s.).

II. PEINTURE.

2005. — Portrait de Françoise de Foix, comtesse de Châteaubriant, morte le 16 octobre 1537.

2006. — Henriette de Balzac d'Entragues, marquise de Verneuil, fille de François Balzac et de Marie Touchet.

La marquise de Verneuil, née en 1579, devint la maîtresse du roi Henri IV en 1599; elle en eut deux enfants : Henri, duc de Verneuil, né en octobre 1601, et Gabrielle-Angélique d'Entragues, née en 1603.

2007. — Portrait de mariage. Peinture sur argent sous cristal, à la date de 1592.

Les deux personnages, mari et femme, sont en costumes du XVIe siècle, avec la légende : *Quos Deus conjunxit, homo ne separet* : 1592.

2008. — Portrait d'une dame de la cour du roi Louis XIII, avec travestissements peints sur mica, dans la boîte du temps.

Donné par M. Rouargue, graveur.

2009. — Fragment de peinture en détrempe, provenant du château de Fontainebleau et représentant une figure de guerrier (XVIe s.).

III. PEINTURE SUR VERRE.

2010. — Peinture sur verre. L'Annonciation. Médaillon du XIVe siècle.

2011. — Peinture sur verre représentant un bourgeois en costume du XVe siècle, dans l'attitude de la prière. Ecole allemande. Au bas est la date 1400. Au-dessus, la légende : *O Marie, tabernacle de Dieu, aide moi par ta grâce.*

2012. — Vitrail de la même époque et du même maître, représentant un chevalier revêtu de ses armes et dans l'attitude de la prière.

2013. — Panneau de la même école et du même temps. Ecusson d'armoiries allemandes.

2014. — Vitrail de forme circulaire représentant la consécration d'un évêque. Ouvrage français de la fin du XVe siècle.

Le prélat est assis sur un pliant, les deux évêques consacrants lui posent la mitre sur la tête; un enfant de chœur lui présente ouvert le livre des Évangiles et la croix processionnelle. — D. 1m 60.

2015. — Ecusson d'armoiries épiscopales avec un lion portant l'épée et le parasol; date de 1535.

Dans le bas, trois écussons d'armoiries allemandes; en haut, la légende : *Ora pro nobis, Dei genitrix.*

2016. — Médaillon de verre peint. Ecusson d'armoiries surmonté des figures des saints patrons de Cunrad Hertzig et de Catarine, sa femme, à la date de 1607.

2017. — Panneau de verre peint représentant l'histoire de la chaste Suzanne, aux armes de Josam Büoll, percepteur des revenus de l'Eglise et juge à Watewill, et de Suzanne Anderegg, sa femme, 1679.

Le panneau est divisé en quatre sujets : le Bain, l'Arrestation, le Jugement et la Lapidation des vieillards. Les portraits en pied des deux donateurs figurent de chaque côté de la légende. Ce vitrail est signé H. C. G.

2018. — Ecusson peint sur verre, supporté par deux anges, aux armes de Hans Félix Balber, verrier de Otter et Dechen dépendant du chapitre de Vetzkomer, à la date de 1651.

2019. — Ecusson d'armoiries : Gaspar Jacob Segesser vô Brunâgg. 1651.

2020. — 2021. Les vierges sages et les vierges folles ; vitraux allemands à la date de 1678 et de 1684. Saint Mathieu, chap. 20.

Les bordures sont composées de vingt-huit écussons d'armoiries avec les noms des propriétaires, leurs titres et devises.

IV. ÉMAUX INCRUSTÉS ET PEINTS.

2022. — Email de Limoges. Grande châsse en cuivre gravé et incrusté d'émail, travail de style byzantin (XIIe s.).

Cette belle châsse est décorée de sujets tirés de l'histoire de la vie du Christ. Les figures sont en cuivre gravé, et les têtes sont ciselées en haut-relief sur des fonds émaillés en couleur. Les sujets sont : la Salutation angélique, la Visitation, la Nativité et la Crèche, l'Arrivée des Bergers conduits par l'étoile, l'Adoration des Mages, la Présentation au Temple, le Massacre des Innocents et la Fuite en Égypte. — Aux deux extrémités sont les figures du Christ tenant en main, d'un côté, le livre de vérité et les clefs du sanctuaire; de l'autre, l'épée de justice. — L. 0m 50. H. 0m 29.

2023. — Crosse de Luçon, en cuivre doré et incrusté d'émaux, travail de style byzantin fait à Limoges (XIIe s.).

Dans l'enroulement est la figure de saint Michel ; la douille est surmontée d'un anneau composé d'animaux chimériques enlevés à jour.— Cette belle crosse, trouvée dans les fouilles faites à Luçon en 1830, sous la direction de M. Boesvilvald, et par ordre du gouvernement, a été sauvée et envoyée à l'Hôtel de Cluny par les soins de cet habile architecte. — H. 0m 33.

2024. Crosse de Bayonne, en cuivre doré et incrusté d'émaux; travail de style byzantin fait à Limoges (XIIe s.).

La figure du Seigneur en action de bénir occupe, entre l'*alpha* et l'*oméga*, le milieu de l'enroulement sur l'une des deux faces; de l'autre côté, la Vierge est assise sur un trône et tient l'Enfant-Jésus. — La douille est couverte d'animaux chimériques, et l'extrémité de l'enroulement est formée par une tête de serpent. Les figures et les têtes des chimères sont rehaussées de perles en émail. — H. 0m 32.

L'ouverture d'une tombe épiscopale, trouvée à Bayonne en 1853, dans des travaux exécutés par l'État, a amené la découverte d'un costume sacerdotal complet du XIIe siècle et du plus haut intérêt; à côté des débris humains et des étoffes renfermées dans cette tombe, se trouvait la crosse avec sa hampe en bois vermoulu, et son talon en cuivre gravé et doré. Grâce aux soins de M. Boesvilvald, architecte du gouvernement, ces riches étoffes ont pu être conservées, et elles ont été remises à l'Hôtel de Cluny par décision de S. E. le ministre d'État, ainsi que la crosse, l'anneau épiscopal, les bandelettes de la mitre, etc. (voir n° 2422).

2025. — Colombe à hosties sacrées, en cuivre doré et émaillé par incrustation, avec les ailes et la queue mobiles. Travail de Limoges (XIIe s.). — L. 0m 25.

2026. — Custode ou boîte à hosties en cuivre émaillé et doré, décoré d'écussons fascés d'argent et d'azur de six fasces; travail byzantin des fabriques de Limoges (XIIIe s.). — H. 0m 12.

2027. — Bassin en cuivre émaillé avec goulotte. Travail de style byzantin fait à Limoges (XIIIe s.).

Le milieu est décoré de l'écu de France; autour sont disposés six écussons d'armoiries, séparés par des figures. — D. 0m 22.

2028. — Vase oriental à couvercle, en cuivre doré et repoussé à l'intérieur, gravé et décoré d'émaux incrustés à l'extérieur, présentant l'aspect des émaux des fabriques de Limoges des XIIe et XIIIe siècles. — D. 0m 14.

2029. — Tableau en émail de Limoges, légué par testament à l'hôtel de Cluny par Mme veuve Labadie, née Lefevre, dame dignitaire honoraire de l'institution impériale de la Légion-d'Honneur, décédée le 3 janvier 1853.

Cet émail représente le Christ en croix entre Marie et saint Jean, au milieu des anges et des emblèmes et instruments de la Passion, le tout en couleurs sur fond bleu semé de fleurs de lys d'or; au-dessous du Calvaire se trouve un grand écusson aux armes de France; d'un côté, un seigneur, agenouillé, dans l'attitude de la prière, et derrière lui l'écusson aux armes du roi Réné. De l'autre côté un prêtre, le donateur sans doute, est agenouillé dans la même attitude, et près de lui se lit l'inscription suivante :

Lucas de nolo presbyter hoc opus fieri fecit pro sancto petro de Rogiano humiliter Rogat orate pro eo : Nardon Penicaud de Limoges hoc fecit prima die aprilis anno millesimo v° tercio (1503).

Les autres inscriptions qui entourent le sujet principal sont également latines : *Ego sum qui sum, Rex Regum et dominus dominantium, Jesus-Christus. Lapis ab infidelibus potentibus reprobatus et principibus crucifixus, fidelibus et humilibus humiliter adoratus. Meum est consilium et equitas mea et potentia et fortitudo. Per me reges regnant, per me principes et imperatores*, etc., etc. — H. 0m 32.

2030. — Émail de Limoges. Assiette ronde représentant les travaux de l'un des douze mois de l'année : Avril. Ouvrage de Pierre Rémond, dont les initiales P. R. se trouvent au-dessous du sujet (XVIe s.). — D. 0m 20.

2031. — Email de Limoges : le mois d'Octobre. Assiette faisant partie de la même suite, exécutée et signée par le même maître.

2032. — Email de Limoges. Plaque de coffret. Actéon renversé par ses chiens. Grisaille dans le style de l'émailleur Pape (XVIe s.). L. 0^m 14.

2033. — Email de Limoges. Plaque de forme ovale en camaïeu bleu, représentant saint Luc, évangéliste, écrivant sous l'inspiration de la Sainte Vierge.

Le sujet est entouré d'une bordure de feuillages avec deux écussons d'azur à une fleur de lys d'or accompagnée de trois écus d'argent. — Au dos est l'inscription : *Laudin, émaillieur au faubourg . de Magnine . à Limoges*. I. L. 1666. — H. 0^m 18.

V. FAIENCES, VERRERIES.

FAIENCES D'ITALIE ET D'ESPAGNE.

2034. — L'Adoration. Grand bas-relief en faïence émaillée, de Luca della Robbia (XVe s.).

La Vierge agenouillée devant l'Enfant-Jésus est entourée des anges et d'une double bordure de chérubins ailés, de fruits et de fleurs en relief sur fond blanc. Les figures sont blanches sur fond bleu. — D. 1^m 75.

2035. — La Tempérance. Grand bas-relief en faïence émaillée, par Luca della Robbia (XVe s.).

La figure en haut-relief se détache en blanc sur un fond d'azur; la bordure est formée d'une guirlande de fleurs et de fruits en couleurs. — D. 1^m 80.

2036. — La foi. Grand bas-relief en faïence émaillée, par le même maître (XVe s.).

La composition du sujet et de la bordure est analogue à celle du bas-relief précédent. — Ces deux belles faïences ont été exécutées pour l'Eglise San-Miniato de Florence et sont décrites par Vasari.

2037. — Ange porte-flambeau. Figure en ronde-bosse de Luca della Robbia (XVe s.).

Les vêtements seuls sont émaillés, la tête et les mains sont en terre cuite sans émail. — D. 0^m 72.

2038. — Faïence de la même école. Figurine de saint Jean-Baptiste en terre cuite, avec draperie et fond émaillé. — H. 0^m 28.

2039. — Buste de saint Jean-Baptiste. Terre cuite, sans émail, de l'école de Donatello (XVIe s.). — H. 0^m 40.

2040. — Buste de femme en terre cuite non émaillée ; école italienne du XVIe siècle. — H. 0^{m} 20.

2041. — Faïence italienne. Cavalier monté et armé de toutes pièces ; écritoire de la fin du XVe siècle. — H. 0^{m} 36.

2042. — Saint Georges terrassant le démon, terre émaillée en vert. Groupe de la fin du XVe siècle, de l'école italienne. — H. 0^{m} 30.

2043. — Vase de forme ronde, décoré de figures exécutées en haut-relief, sur un fond ouvragé à la pointe et émaillé ; faïence d'Italie (XVe s.). — H. 0^{m} 25.

2044. — Grande fontaine de forme orientale, décorée de mascarons et de guirlandes de fruits en relief ; au centre les armes des Pitti (XVIe s.). — H. 1^{m} 20.

2045. — Écritoire décorée d'un médaillon de Léda, de figurines de génies en haut-relief, et d'arabesques en grisaille sur fond bleu ; fabrique de Faenza (XVIe s.).

2046. — Figurine assise, tenant en main un écusson d'armoiries ; faïence d'Italie à la date de 1634. — H. 0^{m} 41.

2047. — Cul-de-lampe en terre émaillée d'Italie (XVIe s.).

Au centre un écusson portant sur fond d'azur une roue d'or avec trois mufles de lion.

2048. — Faïence, dite hispano-arabe, à reflets métalliques ; grand bassin moresque couvert de dessins irisés de couleurs diverses (XVe s.).

Les bords sont décorés de quatre bélières en relief. — D. 0^{m} 44.

2049. — Faïence de même fabrication et de style moresque, à reflets métalliques. Vases de forme élevée et cylindrique couverts d'ornements et de caractères arabes (XVe s.). — H. 0^{m} 40.

2050. — Faïence de style moresque, dite *majolica* (provenance des îles Majorque). Plat à reflets métalliques rouges ; au centre un écusson d'armoiries (XVe s.). — D. 0^{m} 38.

Dans un double cercle, qui circonscrit le fond et le bord du plat, se trouve une inscription en caractères moresques. — D. 0^{m} 38.

2051. — Faïence de même style. Plat à reflets métalliques rouges ; au centre une fleur de lys gothique (XVe s.). — D. 0^{m} 30.

2052. — Faïence de style moresque. Petit plat creux à reflets métalliques ; au centre un écusson présentant un animal héraldique (XVe s.). — D. 0^{m} 25.

2053. — Faïence de style moresque. Petit plat creux à reflets métalliques, analogue au précédent pour la forme et la décoration (XVe s.).

2054. — Faïence italienne à reflets métalliques, de style moresque. Plat rond décoré de fleurs bleues sur fond blanc.

Au centre un écusson d'armoiries parti d'azur à quatre poissons d'argent, parti d'argent à quatre fasces de sable. — D. 0m 46.

2055. — Grand plat à reflets métalliques, décoré d'ornements bleus et bruns sur fond blanc, d'une fabrication analogue; au centre le monogramme du Christ (XVe s.).

2056. — Grand plat de style moresque, couvert d'ornements cuivrés, aux reflets métalliques; au centre un écusson aux armes de Léon et de Castille (XVIe s.). — D. 0m 44.

2057. — Grand plat à reflets métalliques, décoré des armes d'*Aragon-Sicile* écartelées en sautoir; au revers un lion héraldique (XVe s.). — D. 0m 46.

2058. — Grand plat à reflets métalliques, portant à son centre trois porcs-épics avec un semis d'étoiles sur fond d'azur; au revers un grand aigle héraldique (XVe s.). — D. 0m 45.

2059. — Grand bassin de style moresque, à reflets métalliques, couvert d'ornements jaunes et rehaussé de fleurons bleus; au centre un écusson portant un aigle héraldique; au revers, un grand aigle. — D. 0m 49.

2060. — Grand plat rond de style moresque à reflets métalliques, décoré d'ornements jaunes et rehaussé de fleurons bleus (XVe s.).

L'écusson du centre porte un grand aigle héraldique qui se trouve reproduit au revers du plat. — D. 0m 48.

2061. — Grand plat à reflets métalliques, d'une décoration analogue; au fond, les armes de Léon (XVe s.). — D. 0m 40.

2062. — Grand plat de style moresque, à reflets métalliques, décoré de rayons en relief rehaussés de couleurs; au centre, un écusson d'armoiries (XVIe s.). — D. 0m 45.

2063. — Grand plat de même style, orné de rayons et de perles en relief sur un fond cuivreux; au centre, le monogramme du Christ. — D. 0m 45.

2064. — Grand plat de fabrication analogue, couvert de rosaces jaunes cerclées et rehaussées de bleu, à reflets métalliques. Faïence d'Italie du XVe siècle. — D. 0m 48.

2065. — Faïence à reflets métalliques avec ornementation en relief. Grand plat décoré de feuilles godronnées; au centre, une croix treillissée accompagnée de quatre fleurs à trois pétales. — D. 0m 48.

2066. — Grand plat à reflets métalliques, avec bordure à godrons; au centre, un ombilic portant un écusson d'armoiries (XVIe s.). — D. 0m 45.

2067. — Grand plat à ombilic, de même fabrication que les précédents, décoré d'ornements peints en jaune aux reflets d'or; au centre, un écusson portant un aigle aux ailes éployées; la bordure est ornée de godrons en relief (XVIe s.). — D. 0m 48.

2068. — Grand bassin rond avec bordure à bossages, ornements peints en jaune à reflets d'or; au centre, un umbo aux armes des Médicis (XVIe s.). — D. 0m 45.

2069. — Aiguière à deux anses avec son bassin; fond blanc couvert d'ornements jaunes et bleus à reflets métalliques. — H. 0m 25.

2070. — Faïence espagnole. — Grand plat décoré de figures et d'ornements, à reflets métalliques sur fond blanc (XVIIe s.).
Au centre un écusson d'armoiries bandé d'argent et d'azur de six pièces, et surmonté du chapeau de cardinal.—D. 0m 55.

2071. — Grand plat de même fabrique et de même époque, présentant une décoration analogue.

2072. — Faïence espagnole des mêmes époques. Grand plat à reflets métalliques, décoré d'oiseaux chimériques et d'ornements bruns sur fond blanc, et portant sur la bordure les mêmes armoiries que les précédents.

2073. — Grand plat de même fabrique, de même époque et d'une décoration analogue.

2074. — Faïence d'Italie. Grand bassin creux, décoré de dessins en relief sur fond brun; au centre, un animal chimérique (XVIe s.). — D. 0m 46.

2075. — Faïence italienne. Plat rond, décoré d'un écusson d'armoiries supporté par deux anges, avec une bordure de feuilles; au revers, une licorne entourée d'animaux divers.
Tous les traits des figures sont gravés en creux sur émail.—D. 0m 40.

2076. — Bassin sur pied en faïence italienne, décoré d'écussons d'armoiries, de damiers et d'entrelacs blancs en relief sur fond brun (XVIe s.). — D. 0m 35.

2077. — Faïence italienne, sorte de terre cuite et émaillée. Bassin ; au milieu, une figure tenant un arc avec la légende : *Diana bella* (XVIe s.). — D. 0m 36.

2078. — Fabrique de Faenza. Plaque circulaire portant le monogramme du Christ en caractères gothiques au milieu de guirlandes de feuillages bleus sur fond blanc, à la date de 1475.

L'inscription suivante est placée entre le monogramme et la guirlande : Nicolaus. de. Ragnolis. ad. Honorem. Dei. et Sanct. Michaelis. fecit. fieri. ano. 1475. — D. 0m 44.

2079. — Faïence de Faenza. Bas-relief de forme ovale, représentant une femme vue à mi-corps et de face, en couleurs sur fond bleu étoilé (XVe s.).

Les mains sont croisées sur la poitrine et au cou repose un large écusson suspendu par une chaîne. La coiffure et le costume sont d'une riche ornementation. H. 0m 41.

2080. — Fabrique de Faenza. Plat du XVe siècle, représentant le Triomphe d'un empereur romain en costume du temps. — D. 0m 24.

2081. — Fabrique de Faenza. Vase de pharmacie, décoré d'arabesques sur fond orange et portant la date de 1500. H. 0m 25.

2082. — Coupe fond blanc, décorée d'une figure équestre. Fabrique de Faenza. La bordure est couverte d'arabesques sur fond orange. — D. 0m 20.

Le cavalier qui occupe le milieu de la coupe est armé d'une lance avec laquelle il perce un cœur. — Cette faïence, décorée au revers, est d'une grande finesse de pâte et d'une fabrication fort rare. Une pièce d'une terre et d'une décoration parfaitement analogues a été récemment apportée d'Italie et porte au revers les mots : IN FAENZA.

2083. — Même fabrique, commencement du XVIe siècle. Petit plat couvert d'ornements mosaïques en couleurs sur fond blanc et jaune. — D. 0m 24.

2084. — Faïence de Pesaro, à reflets métalliques. Plat rond : Chasse au sanglier et au lièvre (XVIe s.). Au revers, là lettre P., marque de la fabrique. — D. 0m 32.

2085. — Faïence de Pesaro, à reflets métalliques. Plat rond : *Jesus Nazareus, rex Judeorum ;* bordure d'arabesques jaunes sur fond gris (XVIe s.). — D. 0m 40.

2086. — Plat à reflets métalliques de la fabrique de Pesaro. La Vierge, l'Enfant-Jésus et saint Jean (XVIe s.).

2087. — Faïence de même fabrique et de même époque. Plat rond, à reflets métalliques, représentant un dragon chimérique.

2088. — Coupe à reflets métalliques, décorée d'ornements bleus et or sur fond blanc. Même origine.

2089. — Faïence italienne. Plat rond. Diane au bain surprise par Actéon, sujet peint, d'après Mantegna, en camaïeu bleu, avec rehauts d'or et reflets métalliques (XVIe s.).

Ce beau plat porte au revers une marque qui consiste en un C paraphé; cette marque paraîtrait devoir être celle de *Castel Durante*; mais les autres productions connues de cette fabrique sont tellement inférieures, qu'on ne saurait donner cette provenance comme certaine. — D. 0^m 32.

2090. — Assiette décorée de dessins en couleurs en forme de damier; au centre, une tête nue de profil (XVIe s.).

2091. — Assiette avec bordure, décorée d'ornements blancs sur fond gris; au centre, une tête d'homme sur fond bleu (XVIe s.).

2092. — Faïence italienne de la fabrique de Gubbio. Plat couvert d'irisations de feu. Le dévouement de Curtius, d'après Raphaël (XVIe s.). — D. 0^m 31

Ce beau plat est l'œuvre de maëstro Georgio de Gubbio.

2093. — Fabrique de Gubbio. Plat en forme de drageoir, décoré de médaillons à reflets métalliques sur fond bleu (XVIe s.).

Au fond, une louve accroupie; sur la bordure, deux médaillons d'empereurs et deux d'attributs de guerre; au revers, filets bleus et reflets métalliques. — D. 0^m 25.

2094. — Fabrique de Gubbio. Plat creux à larges bords, décoré d'ornements de couleurs pourpre, or, jaune et vert, à reflets métalliques; au fond, l'écusson aux armes de la ville de Pérouse (XVIe s.). — D. 0^m 28.

2095. — Faïence de Gubbio. Coupe à reflets métalliques or et bleu, avec bordure d'arabesques; au fond, une tête de femme (XVIe s.).

2096. — Plat rond décoré d'arabesques rehaussées de reflets métalliques; au centre, un buste de femme en costume du temps. Fabrique de Gubbio (XVIe s.).

2097. — Plat rond. Saint Sébastien. Camaïeu en relief avec bordure d'ornements en bosse à reflets métalliques. Même provenance (XVIe s.).

2098. — Fabrique de Rimini. Plat rond représentant Adam et Ève chassés du paradis terrestre.

Au revers l'inscription : *de Adam et deva......* in Rimini 1535. — D. 0m 26.

2099. — Plat rond. Pâris blessant Achille sur les marches du temple (XVIe s.). — D. 0m 27.

2100. — Fabrique de Faenza. Plat rond. Le Jugement de Pâris, d'après Raphaël (XVIe s.). — D. 0m 30.

2101. — Coupe sur pied. Portrait de femme sur fond bleu, avec une banderolle portant le mot : *Virginia* (XVIe s.). Même provenance. — D. 0m 19.

2102. — Plat creux. Sainte Catherine; figure de face sur fond bleu. Même origine. (XVIe s.).

2103. — Faïence de Monte-Feltro. Grand plat représentant l'enlèvement d'Hélène, d'après Raphaël (XVIe s.).

Au revers, dans un cartouche entouré d'ornements, on lit : *V. rate dElena fato in monte.* — D. 0m 42.

2104. — Grand plat : le dévouement de Curtius (XVIe s.).

Au revers, l'inscription : *Curtio romanò quando se buto in quella voragine.* — D. 0m 36.

2105. — Grand plat rond, décoré d'une figure de Léda exécutée en camaïeu bleu (XVIe s.). — D. 0m 50.

2106. — Diane au bain surprise par Actéon; grand plat portant au revers le nom de la fabrique : *in Gafagizotto*, entre deux P. — D. 0m 47.

2107. — Faïence de Faenza. Plat rond aux armes de Léon X, avec bordure d'arabesques bleues et de couleurs sur fond gris.

2108. — Faïence de Faenza à reflets métalliques. Plat représentant un âne assis et se laissant raser par un barbier (XVIe s.). D. 0m 40.

2109. — Faïence de Faenza. Grand plat rond décoré de figures de tritons et de naïades; au centre, l'Amour sur un dauphin (XVIe s.).

2110.—Plat rond portant un écusson d'armoiries supporté par deux génies, dans un cercle d'arabesques blanches, entouré d'une large bordure décorée de figures (XVIe s.).

2111. — Faïence de Faenza. Le Triomphe de Bacchus. Plat rond (XVIe s.).

2112. — Mars et Vénus. Coupe à fond creux (XVIe s.).

2113. — Plat rond décoré de chimères en couleurs sur fond bleu à reflets métalliques, avec la date de 1533.

2114. — Faïence italienne. Assiette plate décorée de trophées d'armes et de musique en camaïeu brun sur fond bleu, à la date de 1539.

2115. — Assiette décorée d'ornements blancs et or sur fond bleu; au centre, un écusson d'armoiries avec les lettres G. A.

2116. — Plat rond couvert d'ornements en grisaille sur fond bleu ; au centre, une tête casquée sur fond orange (XVI° s.).

2117. — Assiette décorée d'ornements en camaïeu sur fond bleu ; au centre est une figure de jeune homme jouant de la guitare (XVIe s.).

2118. — Corbeille ronde ouvragée à côtes, décorée d'ornements bleus sur fond de couleurs ; au centre, une figure de hallebardier (XVIe s.). — D. 0^m 29.

2119. — Corbeille ronde à côtes. Camaïeu à reflets métalliques. Un jeune homme et une jeune fille. Fabrique de Gubbio. D. 0^m 20.

2120. — Plat à godrons en forme de corbeille, au centre, une femme nue tenant un cœur percé d'une flèche. La bordure est couverte d'arabesques sur fond jaune (XVIe s.). — D. 0^m 27.

2121. — Corbeille de même forme, décorée de godrons et rehaussée de couleurs; au centre, l'Amour enchaîné.

2122. — Corbeille de forme analogue; au centre, une figure de saint Jean, avec bordure bleue décorée d'arabesques en couleurs. — D. 0^m 24.

2123. — Corbeille ronde de même forme; au centre, un masque grotesque sur fond jaune. La bordure est décorée d'arabesques sur fond de couleurs. — D. 0^m 28.

2124. — Coupe. Histoire de Pyrame et Thisbé (XVIe s.).

2125. 2126. — Fabrique d'Urbino. Vase de pharmacie décoré d'arabesques en couleurs sur fond blanc, à la date de 1,582. — Vase de même provenance et de forme analogue, à la date de 1584.

2127. 2128. — Aiguière et cornets de pharmacie en faïence bleue, décorés de figures et dessins en couleurs (XVIe s.).

2129. — Bassin creux, orné à l'intérieur de branches de

chêne sur fond bleu ; au centre, deux petits Amours (XVIe s.). — D. 0m 40.

2130. — Plat rond ; arabesques bleues sur fond blanc (XVIe s.).

2131. — Faïence italienne des fabriques d'Urbino. Plat couvert d'arabesques en couleurs sur fond blanc, avec ombilic ; au centre, un enfant tenant un oiseau (XVIe s.).

2132. — Faïence italienne des fabriques d'Urbino. Plateau sur pied, décoré d'arabesques en couleurs sur fond blanc ; au centre, un écusson soutenu par des Amours ; au dessus de l'écusson, les lettres L. P. (XVIe s.).

2133. — Faïence d'Urbino. Plat rond. La Charité, la Foi et l'Espérance (XVIe s.).

2134. — Plaque en faïence peinte et émaillée. Le Baptême dans le Jourdain ; travail italien à la date de 1607.

La bordure, qui fait corps avec le sujet, est décorée de mascarons et d'ornements en relief. — H. 0m 50.

2135. — Grand plat. Le Jugement de Pâris, à la date de 1624. — D. 0m 50.

2136. — Faïence italienne des fabriques de Naples. Assiette ; chasseur polonais en costume d'apparat.

Ce costume, avec les ailes, a été porté jusqu'au temps de Sobieski.

2137. — Assiette décorée en camaïeu brun sur fond bleu.

2138. — Bassin en faïence ancienne de Perse, décoré de fleurs en couleurs sur fond blanc avec rehauts d'or. — D. 0m 29.

FAIENCES FRANÇAISES.

2139. — Faïence française. Coupe sur pied à couvercle, en poterie blanche décorée d'arabesques incrustées en brun ; règne de Henri II.

L'intérieur est décoré d'un écusson portant neuf annelets dans une couronne de fruits. — Cette coupe provient de la vente, faite en 1793, des religieuses de Saint-François à La Flèche (Sarthe). — H. 22.

2140. — Faïence de Bernard de Palissy. Figurine en ronde-bosse. La nourrice (XVIe s.). — H. 0m 25.

2141. — Faïence de Bernard de Palissy. Neptune sur un cheval marin ; pièce de ronde-bosse. — H. 0m 29.

2142. — Saucière en faïence de Bernard de Palissy. Adam et Ève. — L. 0m 22.

2143. — Faïence de Bernard de Palissy. Corbeille ovale à dentelures et torsades perlées sur fond blanc et brun. — D. 0m 33.

2144. — Faïence de Bernard de Palissy. Plat rond avec bordure pleine, décorée de dessins en relief. — D. 0m 25.

2145. 2146. — Faïence française. École de Bernard de Palissy. Plats ovales. — H. 0m 27.

Donnés par M. Cabasson.

2147. 2148. — Faïence de Nevers. Grandes aiguières décorées de sujets de chasse et de mythologie (XVIe s.).

Les anses sont formées par des guivres aux ailes étendues, et la panse est décorée d'une tête de bélier en haut-relief. — H. 0m 55.

2149. — Grand bassin des fabriques de Nevers. Le triomphe d'Amphitrite. Au dehors, des tritons et des naïades se jouant dans les flots (XVIe s.). — D. 0m 86.

2150. — Fabrique de Nevers. Grande aiguière décorée de figures de naïades et de fleurs sur fond blanc (XVIe s.). — H. 0m 57.

2151. — Fabrique de Nevers. Porte-lumière figuré par un buste de jeune homme (XVIe s.).

Donné par M. Rouargue.

2152. 2153. — Faïence française. Grandes bouteilles de forme orientale, ornées de dessins bleus sur fond blanc (XVIe s.). — H. 0m 63.

2154. — Faïence française. Aiguière à trois anses, décorée de médaillons en relief et à la couronne de France (XVIe s.).

2155. — Faïence de Rouen. Plateau décoré d'ornements et d'armoiries en bleu sur fond blanc, bordure à réseaux (XVIe s.).

2156. 2157. — Faïence de Rouen. Plats creux à godrons, ornements bleus sur fond blanc. Au revers la marque H.

2158. — Aiguière couverte d'arabesques bleues sur fond blanc; même fabrique (XVIIe s.).

2159. — Aiguière avec panse à facettes, en faïence de Rouen bleue et blanche (XVIIe s.).

2160. — Aiguière à *jeu d'eau*, surmontée d'une galerie à jour fond blanc orné de dessins bleus; imitation des poteries chinoises; faïence de Rouen (XVIIe s.).

2161. — Aiguière à *jeu d'eau* en faïence de Rouen, décorée de dessins bleus fond blanc (XVIIe s.).

2162. — Petite aiguière en faïence blanche de Rouen ornée de dessins bleus (XVIIe s.).

2163. — Saucière en faïence de Rouen; figure couchée (XVIIe s.).

2164. — Bras de lumière supportés par des figures en relief; médaillons d'applique en faïence de Rouen (XVIIe s.).

2165. — Fontaine décorée de fleurs de lys et de mascarons en bleu sur fond blanc; au centre la figure du roi saint Louis. Faïence de Rouen du règne de Louis XIII. — H. 0m 50.

2166. — Flambeau en faïence de Rouen à dessins bleus sur fond blanc (XVIIe s.).

2167. — Sucrier blanc décoré d'ornements bleus; même provenance (XVIIe s.).

2168. — Petit vase sur pied en pâte blanche, décoré d'ornements bleus; fabrique de Rouen (XVIIe s.).

2169. — Faïence française. Grand vase à six anses, fleurs en couleurs sur fond blanc (XVIIe s.). — H. 0m 55.

2170. — Faïence française, terre émaillée d'Avignon; au centre du plat les armes de France en relief; aux deux extrémités un aigle et une licorne (XVIe s.).

2171. — Cor en faïence blanche rehaussée de rubans jaunes, de fabrique française (XVIIe s.).

2172. — Aiguière de forme aplatie, décorée de bouquets en couleurs sur fond blanc. Faïence française.

2173. — Faïence française de Lunéville. Lions couchés (XVIIe s.).

2174. — Faïence française de Nevers. Pièce de maîtrise représentant une forteresse armée (XVIIIe s.).

2175. — Terre émaillée. Aiguière, figurée par un singe accroupi.

FAIENCES ALLEMANDES. — GRÈS DE FLANDRE.

2176. — Bas-relief en terre cuite, peinte avec rehauts d'or. Portrait de *Wolfan, par la grâce de Dieu, grand-maître et administrateur de l'ordre teutonique*. (Ecole allemande du XVIe siècle.) H. 0m 28.

2177. — Le fils de Paul Rubens. Terre cuite de ronde-bosse, émaillée en blanc, et exécutée d'après le tableau de Rubens (XVIIe s.). — H. 0^m 30.

2178. — Grès de Flandre émaillé, avec figures et ornements en relief ; grande bouteille montée en étain.

Sur la panse, les douze apôtres et un écusson d'armoiries avec les inscriptions : *Gottfried, Samuel, Bohme.* — H. 0^m 40.

2179. — Grès de Flandre émaillé en couleurs sur fond brun. Vase à anse couvert de médaillons, de cariatides et de mascarons en relief ; monture en étain. — H. 0^m 30.

2180. — Grès de Flandre, émail blanc. Vase de forme cylindrique, dit canette ; à la date de 1568 ; histoire de Samson. — H. 0^m 32.

2181. — Grès de Flandre gris. Vase en forme de canette ; à la date de 1576.

Les figures de Judith, de la Justice et de Lucrèce se présentent en relief au-dessus de trois écussons d'armoiries.

2182. — Grès de Flandre, émail blanc. Grand vase de forme cylindrique ; à la date de 1583.

Trois médaillons présentent la figure d'*Hercklus* dans une riche bordure, avec les armes de Guillaume-le-Riche, duc de Juilliers, de Clèves et de Berg, comte de Lamarck et de Ravensberg, mort le 25 juillet 1592, et celle de sa femme Marie, fille de l'empereur Ferdinand Ier, née en 1530, mariée en 1546, morte en 1584. — H. 0^m 35.

2183. — Grès de Flandre, émail blanc, forme cylindrique. Vase à anse, portant les médaillons de Josué, Alexandre et David ; à la date de 1589. — H. 0^m 23.

2184. — Grès de Flandre, émail blanc. Canette décorée des figures de la Foi, de la Charité et de la Justice (XVIe s.). — H. 0^m 30.

2185. — Grès de Flandre, émail blanc. Canette portant en relief la figure de Sémiramis ; avec les dates 1559 et 1560. — H. 0^m 20.

2186. — Grès de Flandre, émail blanc. Aiguière décorée de dentelles et de gravures ; couvercle en grès monté en argent gravé (XVIIe s.). — H. 0^m 20.

2187. — Bidon en terre émaillée, avec écusson d'armoiries et la devise : *tant que vivrai autre n'auré* (XVIe s.).

2188. — Grès de Flandre émail brun. Aiguière à panse

renflée et décorée d'un écusson ; à la date de 1580 ; au col un mufle de lion en haut-relief ; sur les côtés, des écussons portant la figure d'Alexandre. — H. 0m 40.

2189. — Grès brun de Flandre. Grande cruche à panse cylindrique forme d'aiguière, décorée d'écussons, d'armoiries et de médaillons, à la marque N. Z. — H. 0m 47.

2190. — Grès de Flandre brun à teintes bleues. Cruche à panse surbaissée, décorée de l'aigle impériale, avec les écussons des provinces, à la date de 1604. — H. 0m 35.

2191. — Grès de Flandre, émail brun. Aiguière décorée de médaillons en saillie et de fleurons gravés en creux.

La panse, treillissée en relief, présente deux écussons d'armoiries et un médaillon portant un pélican, avec l'inscription : Aus. diesen. pot. Salman. dreincken. und. dar. bei. Gottes. Gedeincken. — H. 0m 26.

2192. — Grès de Flandre, émail brun. Cruche à panse renflée, couverte de gravures sur le col, médaillons et ornements. — H. 0m 28.

2193. — Grès de Flandre, émail brun. Cruche à panse surbaissée.

Les médaillons représentent l'Adoration des Mages, avec l'inscription : Anno Domini 16XXIII den XVIII July haben ich das ges chreiben. — Laudate dominum quoniam bonus quoniam in seculum misericordia ejus. Reges de Saba veniunt. Aurum, thus, myrrham offerunt. — Johannes Kannenbecker me fecit. — H. 0m 33.

2194. — Grès de Flandre, émail brun. Cruche décorée d'écussons et de mascarons en relief. — H. 1m 35.

2195. — Petite aiguière décorée de branches de chêne en relief, grès brun, avec reflets métalliques. — H. 0m 13.

2196. — Grande gourde à oreillettes, émail brun, décorée de mascarons en relief. — H. 0m 40.

2197. — Petit vase à anse, en grès de Flandre, décoré d'ornements gris enlevés en creux sur fond blanc. — H. 0m 12.

Sur la panse antérieure, une femme offre un verre à un cavalier armé d'une lance et jouant à la *bague*. A côté se trouve le monogramme AR et au-dessus la date 1623. Autour est la devise : *In deisen renck sol ick stecken, al sude ic mein lanse de brecken (j'atteindrai cet anneau dussé-je y briser ma lance)*. — H. 0m 12.

2198. — Bidon, émail gris et bleu aux armes de France (XVIe siècle).

2199. — Grès de Flandre gris et bleu. Petite cruche à couvercle, décorée d'ornements en relief et d'impressions en creux (XVIe siècle). — H. 0m 16.

2200. — Aiguière à panse renflée, à huit pans, émail bleu sur fond gris; décorée de fleurs bleues. — H. 0m 25.

2201. — Aiguière décorée de mascarons, et présentant sur chacune des faces une rosace travaillée à jour; grès bleu et gris. — H. 0m 33.

2202. — Vase de forme élancée, émail gris et bleu, décoré des danses westphaliennes et de branchages en relief. — H. 0m 38.

2203. — Pot émaillé gris et bleu, orné de médaillons, parmi lesquels on remarque ceux d'Henri III, d'Henri de Guise, Charles de Lorraine, etc.

2204. — Pot émaillé gris et bleu, décoré de têtes de lion et de pointes en relief (XVIIe siècle).

2205. — Aiguière à panse renflée, présentant sur sa face une figure de femme en costume flamand du XVIe siècle; émail gris et bleu. — H. 0m 25.

2206. — Grès de Flandre émaillé en couleurs. Pot décoré d'armoiries et de sujets de chasse exécutés en relief: la Chasse à l'Ours et la Chasse au Cerf, avec l'inscription A. M. P. 1648.

2207. — Canette en grès de Flandre brun émaillé en noir, avec figures en relief, costumes du temps de Louis XIII.

2208. — Vase à anse. décoré de cinq plaques d'émail bleu, gravées en gris et entourées de branchages en relief. — H. 0m 30.

2209. — Vase sur pied en terre émaillée, portant un écusson au cœur sanglant, avec deux cerfs ailés pour supports (XVIe siècle).

2210. — Grand plat en terre émaillée, des fabriques de Schaffhouse, décoré de figures en relief sur fond brun, représentant une des stations de la passion du Christ, avec la signature de l'auteur, *Genrit Evers*, et la date 1695.

2211. — Flambeaux et encrier supportés par trois figurines en costumes du temps de Louis XIII. Grès de Flandre gris.

2212. — Bas-reliefs provenant d'un poêle en faïence émaillée, de travail allemand (XVIIe s.).

Le bas-relief principal présente le portrait en relief de Gustave-Adolphe, les autres plaques portent les figures de Charlemagne, d'Othon et de Jules-César, dans de riches encadrements, ainsi que des arabesques et des cariatides en haut-relief.

2213. — Faïence émaillée. — Pièce de maîtrise, représentant une chaire à prêcher. Travail flamand (XVIIe s.).

Le chapiteau de la colonne renferme une niche dans laquelle le potier est représenté à l'œuvre avec divers ouvrages de son art.

TERRES ÉMAILLÉES.

2214. — Petit vase en terre émaillée, trouvé dans un sépulcre de Saint-Denis (XIIIe s.). — H. 4[m] 0,05.

2215. — Carreau en terre incrustée et émaillée, provenant du pavage de la salle connue à Caen sous le nom de Salle des gardes de Guillaume.

Les dessins d'armoiries qui couvrent la bordure sont la reproduction des divers échantillons du pavage incrusté qui décorait le même monument. — Donné par M. Lespart de Caen.

2216. — Terre incrustée et émaillée. Carreaux trouvés dans les ruines du château de Jaulgonne (Aisne) (XIIIe s.).

Donnés par M. Ch. Lallemant, 1852.

2217. — Carreaux en terre cuite, sans émail, décorés de fleurs de lys en relief, formant assemblage par quatre.

Donnés par M. Mallay, architecte à Clermont-Ferrand, 1852.

2218. — Carreaux en terre incrustée et émaillée, fleurs de lys blanches sur fond brun (XIVe s.).

2219. — Fragments de carreaux en terre incrustée et émaillée, du XIIIe au XVIe s.

2220. — Carreaux en terre émaillée, à dessins de rapport, bleus, blanc et or (XVIe s.).

2221. — Carreau en terre émaillée. Tête de lion sur fond bleu (XVIe s.).

2222. — Terre peinte émaillée en grisaille sur fond blanc. Carreaux de l'époque de Louis XIII.

2223. — Terre émaillée. Tuyaux d'un poêle en faïence blanche, décorés de sujets de chasse et de figures en haut-relief (XVIIe s.).

VERRERIES ARABES ET DE VENISE.

2224. — VERRERIE ARABE (XIIIe s.). Grande vasque en verre rehaussée de dessins en or et décorée de médaillons et d'inscriptions en émail bleu.

Ces inscriptions portent les titres de l'un des Malek-Adel qui ont régné en Egypte de 1279 à 1294 : « *Honneur à notre maître le sulthan puissant, sage, juste.* » — D. 0m 37.

2225. — VERRERIE DE VENISE émaillée et rehaussée d'or. Grande coupe sur pied, couverte d'arabesques en émaux de couleurs (XVe s.). — D. 0m 35.

2226. — Verrerie de Venise. Bassin à filets d'émail blanc (travail dit à réseaux) (XVIe s.).

Au centre est un médaillon peint qui représente Psyché apportant à Junon le vase de Proserpine, composition d'après Raphaël (XVIe s.). — D. 0m 40.

2227. — Gobelet sur pied, rehaussé d'or et décoré de mascarons et de perles d'émail-turquoise (XVIe s.). — H. 0m 19.

2228. — Coupe montée, de forme ovale, à bosselage. Le pied, semé d'or, est décoré de mascarons en relief. — H. 0m 15.

2229. — Aiguière en verre blanc irisé, décorée d'ornements soufflés en relief, avec rehauts d'or (XVIe s.) — H. 0m 28.

2230. — Aiguière en verre blanc opaque couvert d'arabesques (XVIe s.). — H. 0m 25.

2231. — Grand vase en forme de gobelet, haut de vingt-cinq centimètres, en craquelé de Venise. — Pièce d'une grande rareté.

2232. — Grand vase de même forme, en craquelé de Venise, décoré de mascarons avec rehauts d'or et de boutons en émail-turquoise. — H. 0m 21.

2233. — Grand vase cylindrique de même forme, en craquelé de Venise. — H. 0m 17.

2234. — Grand vase rubis, en forme de verre cylindrique évasé, décoré de quatre cordelières et de boutons en émail blanc. H. 0m 24.

2235. — Gobelet cylindrique évasé, à côtes, décoré de filigranes en spirale et de trois boutons en relief, avec perles en émail-turquoise. — H. 0m 18.

2236. — Verrerie de Venise. — Vase sphérique monté sur pied, à large ouverture, panse craquelée et décorée de mascarons à rehauts d'or, ainsi que de boutons en émail-turquoise. — H. 0m 19.

2237. — Vase à panse renflée, à large col et à godrons, sur piédouche, décoré de mascarons en relief avec rehauts d'or, et de boutons chargés de perles en émail-turquoise (xvie s.). — H. 0m 22.

2238. — Vase de même forme et d'une décoration analogue, avec godrons finement striés en travers (xvie s.). — H. 0m 17.

2239. — Bouteille en forme de *fiascone*, décorée d'émaux sur fond d'or, et munie de quatre bélières de suspension (xvie s.). — H. 0m 30.

2240. — Grand bassin sur pied, décoré d'écailles en or et d'émaux de couleurs (xvie s.). — D. 0m 30.

2241. — Plateau décoré de godrons et d'ornements émaillés avec rehauts d'or (xvie s.). — D. 0m 29.

2242. — Coupe en verre bleu sur pied, décoré d'émaux sur fond d'or (xvie s.). — D. 0m 24.

2243. — Grand verre de forme allongée, sur pied ; travail à réseaux de filets blancs et à bulles d'air (xvie s.). — H. 0m 27.

2244. — Coupe en verre blanc de Venise sur pied à balustre, orné de mascarons avec rehauts d'or (xvie s.). — H. 0m 16.

2245. — Coupe en verre blanc sur pied, décoré de têtes de lion en relief (xvie s.). — H. 0m 15.

2246. — Coupe sur pied décorée d'ornements bleus à jour (xvie s.). — H. 0m 16.

2247. — Coupe élancée sur pied, fond uni à côtes (xvie s.). — H. 0m 18.

2248. — Coupe en verre blanc à bouillons, sur pied godronné. — H. 0m 15.

2249. — Coupe sur pied, à réseaux blancs (xvie s.). — H. 0m 12.

2250. — Gobelet sur pied, avec culot bleu. — H. 0m 15.

2251. 2252. — Vases en forme de tulipe, sur pied, avec ornements blancs à jour et filets bleus. — H. 0m 20.

2253. — Verrerie de Venise. — Seau à panse renflée en verre craquelé (xvie s.).

2254. — Gobelet en craquelé de Venise.

2255. — Verrerie de Venise agatifiée. Grand flacon à côtes, avec monture en argent (xvie s.).

2256. — Petit vase fond bleu agatifié, semé de fleurs émaillées de toutes couleurs (xvie s.).

2257. — Verre jaspé, rouge, jaune, bleu et blanc, forme de gobelet à côtes. — H. 0^m 17.

2258. — Plateau décoré de filets et de réseaux blancs (xvie s.).

2259. — Aiguière fermée en verre rehaussé de filets blancs (xvie s.). — H. 0^m 19.

2260. 2261. — Petites aiguières avec anses et boutons en verre rose à réseaux blancs (xvie s.). — H. 0^m 19.

2262. — Petite mesure à liqueur en verre jaspé de Venise (xvie s.).

2263. — Aiguière à panse remplie en verre rouge flammé de Venise (xviie s). — H. 0^m 19.

VERRERIES D'ALLEMAGNE, DES FLANDRES ET DE FRANCE.

2264. — Verrerie allemande. — Grand vidercome de forme évasée, décoré d'écussons d'armoiries sur fond d'or, de filets et de boutons d'applique en émaux de couleurs (xviie s.). — H. 0^m 32.

2265. — Verrerie allemande. Grand vidercome émaillé en couleurs, et décoré des armes de l'Empire, avec la légende *anno domini* 1694.

2266. — Verrerie allemande. Flacon en verre bleu décoré de bouquets et d'un sujet : *le montreur d'ours*, date de 1604.

2267. — Verrerie de même fabrique. Flacon d'une décoration analogue : *le renard prêchant aux oies*, à la date de 1646.

2268. — Verrerie allemande. Verre sur pied à jour (xvie s.).

2269. — Verrerie allemande. Verre de forme élancée, à tige godronnée et cerclée de bleu. — H. 0^m 34.

2270. — Verrerie de Flandre. — Grand verre monté, décoré de gravures au diamant, de courbures et d'entrelacs doubles avec becs d'oiseaux et crêtes en verre bleu. — H. 0m 45.

Cette belle pièce présente les écussons de dix-sept provinces; les filets de la tige sont en verre jaune, rouge et bleu.

2271. — Grand gobelet, de forme évasée, monté sur pied, enrichi de courbures avec filets en verre blanc et ornements en verre bleu. — H. 0m 32.

2272. — Verre monté, de même forme que le précédent. — H. 0m 27.

La tige est également formée de courbures très rapprochées à filets blancs et à dentelures bleues.

2273. — Grand verre, de forme très élancée, couvert de figures et d'armoiries gravées au diamant, avec le portrait en pied du prince Frédéric de Nassau. — H. 0m 36.

On lit les deux vers suivants :

Dit is prins Frederic, den Batavier en helt
Dies lands vrijheit, en wetten en vreede heeft gestelt.

2274. — Grand verre, monté de forme analogue, aux armes d'Espagne ; le pied décoré de courbures striées. — H. 0m 34.

2275. — Gobelet monté de forme évasée, décoré d'un sujet de chasse gravé au touret et enrichi d'entrelacs à filets blancs et de crêtes. — H. 0m 26.

2276. — Verrerie mouchetée de couleurs. Ryton ou corne à boire (XVIe s.).

2277. — Cornet de même sorte, à côtes, rehaussé de décors en verre bleu. — D. 0m 24.

2278. — Cornet en verre blanc, rehaussé de filets bleus en relief. — D. 0m 10.

2279. — Ryton ou cornet à boire, en verre blanc, rehaussé de filets en relief.

2280. — Cornet en verre blanc, décoré de trois doubles cordelières, avec sujet de chasse gravé au touret (XVIIe s.). — L. 0m 30.

2281. — Verrerie ancienne de même fabrique. Grand ryton en verre blanc, avec bélière et filets en relief. — L. 0m 48.

2282. — Botte en verre blanc, vase à boire, avec ornements gravés au touret. — H. 0m 22.

2283 — Cornet à boire, en forme de botte éperonnée (XVIIe s.).

2284. — VERRERIE DE FLANDRE. — Grand verre à boire, en forme de béquille, avec bec servant d'embouchure. — L. 0m 73.

2285. — Verre à boire, de forme élancée, sur pied ; anses ouvragées. — H. 0m 33.

2286. — VERRERIE FRANÇAISE. — Vase à panse renflée, en verre, à long col, avec anses et anneaux ouvragés. — H. 0m 18.

2287. — Bassin en verre blanc, à côtes, avec anses en verre bleu (XVIe s.).

2288. — Bassin en verre blanc, à bords élevés, portant au fond une boule en verre bleu (XVIe s.).

2289. — Plateau monté en verre uni, avec bosselages (XVIIe s.).

2290. 2291. — Lampes à quatre becs, en verre, à tringle ou à suspension (XVIIe s.).

2292. — Lampe en verre à quatre becs, montée sur pied et à réservoir renversé (XVIIe s.).

2293. — Support de lampe en verre commun, forme de flambeau (XVIIe s.).

2294. — Flambeau en verrerie irisée (XVIIe s.).

2295. — Aiguières à rafraîchir les vins, avec réservoir intérieur pour la glace. Verrerie française du XVIIe siècle.

2296. — Bouteille décorée de godrons et de crêtes en relief XVIIe s.).

2297. — Vase monté en verre blanc uni, de forme allongée (XVIIe s.).

Le pied, en forme de balustre, est décoré de petits mascarons en verre bleu.

2298. — Grand gobelet sur pied, à côtes, avec couvercle forme calice (XVIIe s.). — H. 0m 35.

2299 — Clochette en verre irisé, trouvée dans un caveau de l'hôtel de Cluny.

2300. — Clochette avec battant (XVIIe s.). — H. 0m 13.

2301. — Plat en verre uni, décoré d'ornements gravés à la pointe (XVIIe s.).

2302. — Verrerie blanche. Salière sur quatre pieds (XVIIe s.).

2303. — Vase, forme de gobelet, à anses (XVIIe s.).

Au centre, un écusson d'armoiries portant un renard avec trois étoiles en chef supporté par deux griffons.

2304. — Burettes en verre gravé, aux initiales E. B. surmontées de la couronne ducale (XVIIe s.).

La gaine en chagrin est couverte de fleurs de lys imprimées au fer et dorées.

2305. — Fragments d'un verre antique irisé, à reflets métalliques.

VI. ORFÉVRERIE, BIJOUTERIE, HORLOGERIE.

2306. — Ostensoir en bronze doré, provenant du collége des jésuites de Fribourg (XVe s.).

Le corps est circulaire et surmonté d'une tourelle percée à six ouvertures. Il est flanqué de deux contreforts terminés en flèche. Le clocheton qui couronne le tout est à six faces couvertes d'imbrications, les bossettes du pied sont décorées d'émail. — H. 0^{m} 50.

2307. — Reliquaire-ostensoir en cuivre doré, provenant de l'église Saint-Martin de Nuits (XVe s.).

Le corps de l'ostensoir est flanqué de deux contreforts que surmontent des clochetons à chimères ; des deux côtés sont les figures de la Vierge et de sainte Catherine ; au-dessus de la partie principale règne une galerie percée à jour ; sur les bossettes de la douille se trouvent les mots *gracia Maria*. Le tout est terminé par un clocheton gothique à six ouvertures couronné par une flèche élancée. — H. 0^{m} 53.

2308. — Reliquaire-ostensoir en argent, orné de clochetons; sur les portes, deux figures de saints personnages (XVe s.). — H. 0^{m} 28

2309. — Reliquaire en cuivre repoussé et doré, décoré d'arcades ogivales à claire-voie (XVe s.).

2310. — Calice en argent, monté sur pied en bronze doré (XVe s.).

Le pied est gravé à figures, les bossettes et les faces du montant sont rehaussées d'émaux. — H. 0^{m} 23.

2311. — Châsse-ossuaire supportée par quatre anges, reliquaire en cuivre ciselé, gravé et doré (XVe s.). — H. 0^{m} 22.

2312. — Châsse-ossuaire supportée par quatre figures, d'une forme et d'une exécution analogues à la précédente (XVe s.).

2313. — Ostensoir sur pied en cuivre doré, flanqué de deux clochetons (XVe s.). — H. 0^{m} 35.

2314. — Reliquaire sur pied en cuivre doré, de forme gothique (XVe s.).

Le corps principal, de forme cylindrique, est formé de douze arcades ogivales à jour; le couvercle est surmonté de la figure du Sauveur.

2315. — Croix en cuivre repoussé et doré, ornée de pierreries. Travail byzantin. — H. 0m 40.

2316. — Croix en cuivre repoussé et doré, montée sur pied à six pans (xve s.).

A l'extrémité des bras de la croix sont des médaillons présentant, en repoussé, les symboles des Evangiles. Au revers, se trouve la Vierge portant l'Enfant-Jésus, avec les figures de la Foi, la Justice, la Tempérance et la Force. — H. 0m 32.

2317. — Croix processionnelle, décorée d'appliqués en argent repoussé (xvie s.)

2318. — Croix-reliquaire archiépiscopale en cuivre gravé et doré (xvie s.).

2319. — Appliques en argent repoussé provenant d'une croix du xive siècle. — Fragments de galeries et d'appliques en cuivre, provenant de reliquaires des xiiie et xive siècles.

2320. — Saint personnage tenant en main la croix archiépiscopale. Figure en cuivre ciselé (xvie s.).

2321. — Chandelier en bronze, supporté par un lion chimérique (xiiie s.).

2322. — Chandelier en bronze (xve s.).

2323. — Encensoir en cuivre gravé, repoussé et doré, de travail italien (xiiie s.).

2324. — Encensoir gothique, surmonté de clochetons en cuivre doré (xive s.).

2325. — Encensoir en cuivre repoussé et doré, flanqué de tourelles sur les angles. Travail italien (xvie s.).

2326. — Navette ou boîte à encens en cuivre gravé, de travail italien. La Salutation angélique (xve s.).

2327. — Navette ou boîte à encens en cuivre gravé et doré. Orfèvrerie italienne (xvie s.).

2328. — Coffre de mariage de forme rectangulaire, avec couvercle en forme de toit, enrichi d'appliques découpées à jour, en étain doré, représentant des lions héraldiques et autres animaux chimériques (xive s.). — L. 0m 40.

2329. — Salière en étain décorée de sujets en relief et d'inscriptions latines (xive s.).

Sur le couvercle : la Salutation angélique, avec la légende : *Bosetus me fecit.—Ave gratia plena, etc.*; à l'intérieur : le Christ en croix entre Marie et saint Jean, avec l'inscription: *Cum sis in mensa — primo de paupere pensa ; — cum pascis cum — pascis amice Deum.*

2330. — Table arabe en cuivre repoussé et gravé (du XIVe au XVe siècle).

Le centre est décoré d'un médaillon d'arabesques gravées qu'entoure une légende ancienne exprimant les quinze vertus attribuées à un émir de Malek en Naçer.— Les Malek en Naçer étaient des sultans d'Égypte de la dynastie Mamlouck. Il y en a eu plusieurs du XIVe au XVe siècle.

2331. — Vase en argent du XIVe siècle, forme de coupe, trouvé dans des fouilles faites à Gaillon (Eure).

Au fond est une rosace à six bossettes repoussées et dorées renfermant à son centre un oiseau héraldique gravé en creux et émaillé ; au revers est un écusson gravé et portant deux ailerons.

2332. 2333. — Vase en argent, de forme analogue et de même époque, portant au revers le même écusson.—Gobelet en argent, trouvé dans les mêmes fouilles.

2334. — Lampe gothique en fer, d'origine italienne, avec la devise : *Servo e me cosumo altri* (XVe s.).

2335. — Bassin en cuivre repoussé, décoré de deux écussons accouplés d'armoiries italiennes (XVe s.).

2336. — Aiguière en bronze, sous forme d'une licorne ; l'anse est formée par une chimère (XVe s.).

2337. — Grand plat en cuivre repoussé et gravé ; au centre deux écussons de mariage accouplés en émail incrusté. Orfèvrerie italienne du XVIe siècle.

2338. — Corne à boire montée sur pied et garnie en cuivre gravé, ciselé et doré (XVe s.). — H. 0^m 30.

2339. — Corne à boire, montée en cuivre gravé et doré (XVIe s.).

2340. — Ceinture en argent ciselé et doré. Ouvrage de la fin du XIVe siècle.

Les rosaces qui font la décoration de cette belle ceinture, sont au nombre de cinquante-sept; elles sont appliquées sur une bande de velours doublée d'un galon d'or. Le fermoir est enrichi de feuillages ciselés en haut-relief et rehaussés de pierres précieuses. — L. 1^m 45.

2341. — Miroir monté dans une bordure en fer damasquiné de Florence (XVIe s.).

Les deux figures principales qui accompagnent le miroir sont en fer ciselé et doré ; le reste de l'encadrement se compose de figures repoussées au marteau et damasquinées d'or sur un fond de paysage encadré dans un portique d'architecture de travail analogue. — L. 0^m 72. H. 0^m 62.

2342. — Présentoir en cuivre doré (XVIIe s.).

2343. — Bague en argent doré, trouvée dans les fouilles faites aux Célestins de Paris (XVe s.).

2344. — Bague de fiançailles, jumelle, en or gravé, ciselé et rehaussé d'émaux, trouvée dans la Seine, à Paris, en 1849 (XVIe s.).

2345. — Cuiller en argent, avec manche surmonté d'une figure de madone (XVIe s.).

Sur la poignée on lit les inscriptions : I. IEHENIAV. M. CONA.

2346. — Couteau à manche d'argent, portant les chiffres et attributs du roi Louis XIII, ceux de Henri IV, de Marie de Médicis et de Gaston d'Orléans (XVIIe s.).

2347. — Ornement en argent composé d'une plaquette gravée à laquelle est suspendu un petit Saint-Esprit en même métal ; bijou trouvé dans la Seine en 1849.

2348. — Vase de la corporation des charrons, en étain gravé et ciselé. Travail flamand du XVIe siècle.

Le couvercle est couronné par un lion qui supporte un écusson aux armes parlantes de la corporation. L'inscription gravée sur la face est postérieure, elle porte la date de 1720.

2349. — Burette en étain, trouvée à Paris, dans la Seine (XVIIe s.).

2350. — Bénitier en bronze, décoré d'ornements et de fleurs de lys, avec le monogramme du Christ entouré des emblèmes de la Passion (XVIIe s.).

2351. — Couvre-feu en cuivre repoussé, de travail flamand, époque de Louis XIII.

2352. — Lampe de suspension en cuivre, décorée de fleurs de lys et de mascarons, Règne de Louis XIII.

2353. — Boucle de ceinture, en cuivre ciselé et doré. Travail de bijouterie du XVIIe siècle.

2354. — Lampe sur pied, à quatre becs, de forme antique et d'origine italienne (XVIIe s.).

2355. — Plaque en cuivre ciselé et argenté, représentant un saint évêque, trouvée dans les caveaux de l'église Saint-Merry en 1819. Règne de Louis XV.

Donnée par M. le capitaine Petit.

2356. — Petite croix épiscopale en argent et bronze doré,

décorée de figures et d'ornements gravés; à l'intérieur, une petite horloge (XVIe s.).

2357. — Tête de mort en buis sculpté, renfermant une petite horloge (XVIe s.).

2358. — Montre en cuivre doré, couverte en chagrin piqué en or, avec mouvement de *Fiacre Clément*, à Paris. Commencement du XVIIIe siècle.

2359. — Boussole de poche à gnomon, en argent gravé et ciselé de *Butterfield* à Paris (XVIIe siècle).

2360. — Boussole de poche en ivoire gravé, exécutée par *Hans Tröschel*, en 1592.

2361. — Boussole à cadran en cuivre doré et gravé. Commencement du XVIIIe siècle.

2362. — Horloge sidérale, avec boussole et gnomon, en bronze gravé et doré. Ouvrage du XVIIe siècle.

2363. — Astrolabe de poche en bronze doré; du commencement du XVIIe siècle.

2364. — Boîte à horloge en cuivre ciselé à jour et doré; du temps de Louis XIII.

2365 — Boîte en cuivre ciselé et doré, portant d'un côté le portrait de Maurice de Nassau, et de l'autre l'écusson d'armoiries à la devise : « Hony soit qui mal y pense. » 1625.

VII. ARMES.

2366. — Sabre en bronze antique, d'origine gallo-romaine, trouvé dans la Seine, près Rouen.

2367. — Francisque antique trouvée dans le lit de la Saône, à l'embouchure de la Seille (Saône-et-Loire).

2368. — Fer de lance antique, en bronze, trouvé dans une urne découverte sur les bords du Rhône, à Quirieu.

2369. — Targe en bois, garnie en peau, couverte de peintures et d'inscriptions en vieil allemand ; au milieu saint Michel terrassant le démon (XVe s.).

2370. — Casque en fer repoussé, gravé et damasquiné d'or ; forme de bourguignotte, avec visière fixe et oreillettes mobiles (XVIe s.).

Donné par M. J. P. Lefebvre.

2371. — Gambesson, sorte de cotte d'armes en toile piquée et brodée à œillets (XVIe s.).

2372. — Trophée d'armes légué au musée par M. le comte Honoré de Sussy, par testament en date de janvier 1853.

Ce trophée se compose d'une armure suisse, de trois fusils de fabrication orientale rehaussés d'argent et de nacre, d'un mousquet richement incrusté d'ivoire du temps de Louis XIII, de neuf hallebardes et pertuisanes montées, de lances et de javelots de provenance orientale. (Voir pour le legs fait par M. de Sussy à l'Hôtel de Cluny, les nos 1997 et 2418, 2419, 2420, 2421.)

2373. 2374. 2375. — Batteries d'arquebuse en fer. Époque de Louis XIII.

Données par M. Rouargue, graveur (1853).

2376. — Arbalète avec cranequin (XVIIe s.).

VIII. SERRURERIE.

FERS CISELÉS ET REPOUSSÉS.

2377. — Chenets en fer ornés de figures et portant les écussons aux armes de France (XVe s.).

2378. — Chenets en fer provenant de l'ancienne abbaye de Marmoutiers, près Tours (fin du XVe s.).

2379 — Chenets en fer décorés d'ornements gravés en creux (fin du XVe s.).

2380. — Chenets en fer forgé, à supports pour chauffer les plats (XVIe s.).

Donnés par le capitaine Petit.

2381. — Crémaillère de cheminée, en fer forgé (XVe s.).

Cette crémaillère est formée d'entrelacs, décorée d'ornements découpés à jour et les branches se terminent par des fleurs de lys élancées.

2382. — Crémaillère de cheminée, à trois branches, en fer forgé (XVe s.).

2383. — Plaque de foyer en fonte de fer, ornée de trois écussons aux armes de France (XVe s.).

2384. — Plaque de cheminée provenant d'une ancienne habitation, au lieu dit la Rivière-Thibouville (Eure), et portant la date de 1578. Mars et Vénus.

Donnée par M. Ch. Lenormant, de l'Institut, président de la commission des monuments historiques, etc.

2385. — Plaque de cheminée en fonte de fer, dans le style du temps de Henri II. Mars et Vénus (XVIe s.).

2386. — Plaque de cheminée aux armes du duc d'Aumont.

2387. — Grande pincette de cheminée, en fer, avec ornements ciselés et découpés à jour (XVe s.).

2388. — Lanterne en fer repercé à jour, gravé et doré, avec chaîne de suspension en fer tordu et doré. Travail vénitien du XVIIe siècle.

2389. — Chaîne de suspension en fer tordu de Venise (XVIIe s.).

2390. — Petit coffret en fer du XVe siècle.
Donné par M. le capitaine Petit.

2391. — Coffret en fer gravé, d'Allemagne, décoré d'oiseaux chimériques, avec poignée (XVIe s.).
Donné par M. Rouargue, graveur, 1853.

2392. — Coffret en fer peint et décoré de sujets de chasse du temps de Louis XIII (XVIIe s.).

2393. — Coffret en cuivre estampé (XVIIe s.).
Donné par M. le capitaine Petit.

2394. — Serrure de coffret en fer gravé et doré (XVIIe s.).
Donnée par M. Norblin.

2395. — Verrou en fer repoussé et décoré d'arabesques. Au centre une tête de lion (XVIe s.).

2396. — Verrou en fer repoussé, de travail analogue (XVIe s.).

2397. — Verrou en fer travaillé à jour, provenant de la porte de l'évêque Hennequin de Troyes (XVe s.).
Donné par M. le capitaine Petit.

2398. — Cadenas sphérique et clef trouvés dans la Seine, à Melun (XVe s.).

2399. — Clef antique en fer, trouvée en Auvergne, sur les terrains de l'antique Gergovia.

2400. — Clef repercée à jour (XVIe s.).

2401. — Clef travaillée à jour (XVIIe s.).
Trouvée à Clichy et donnée par M. Sebret.

2402. — Clef de meuble repercée à jour (XVIIe s.).
Donnée par M. Huchot, commissaire à Enghien.

2403. — Croix en fer forgé, du temps de Louis XIV, provenant de la Sainte-Chapelle de Paris.

Donnée par M. l'abbé Caille des Mares.

2404. — Fragments d'appliques de portes, en fer forgé (XIIIe s.).

IX. TAPISSERIES, BRODERIES, TISSUS, ETOFFES.

2405. — Tapisserie à figures, d'origine allemande. Sujet d'amour, avec légendes (XVe s.).

Les chevaliers se présentent aux dames en faisant un geste d'hommage, et la légende qui les entoure s'explique ainsi : *Je vous présente mon cœur comme hommage à un grand trésor.* Les dames coupent une branche d'olivier en répondant : *Ce n'est pas sans une branche d'olivier que vous devez vous hasarder dans le chemin du cœur.* — H. 0^m 60. L. 1^m 32.

2406. — Scènes de la vie privée. Suite de six tapisseries de Flandre du temps de Louis XII. — Seigneur et dame châtelaine accompagnés de dames d'atour et de pages.

Toutes les figures de ces tapisseries reposent sur un fond de feuillages et d'arbustes sur lesquels se détachent des oiseaux de toutes sortes aux plumages les plus variés.

2407. — Même suite. — Seigneur partant pour la chasse. Il tient le faucon sur son poing; près de lui un homme d'armes attend ses ordres, appuyé sur sa pique.

2408. — Même suite. — Dame assise et occupée à filer; près d'elle un chevalier se tient debout et lit des vers.

2409. — Même suite. — Dame assise. Elle se livre au travail de la broderie; auprès d'elle une dame d'atour se tient debout et présente un miroir.

2410. — Même suite. Dame au bain, entourée de ses dames d'atour, de pages et de musiciens.

2411. — Même suite. Dame assise, tenant un faucon sur ses genoux et entourée de seigneurs et de dames occupés à deviser.

2412. — Tapisserie de Flandres. Figure du Christ brodée et rehaussée d'or (XVIe s.).

La main droite est en action de bénir et la gauche supporte le globe crucifère; les épaules sont couvertes d'une chape dont les côtés sont rattachés par un fermail en orfèvrerie.

2413. — Tapisserie allemande, décorée de sujets tirés de l'Ancien et du Nouveau Testament, avec figures brodées en relief (XVIe s.).

2414. — Tapisseries à figures d'origine flamande, représentant les plaisirs de la campagne; costumes du XVIe siècle.

2415. — Tapisserie à figures des fabriques d'Arras (XVIe s.).

Donnée par M. le ministre de l'instruction publique en 1848.

2416. — L'Adoration des Mages. Tapisserie italienne du XVIe siècle, exécutée sur des cartons de l'École flamande.

2417. — La reine de Saba déposant ses présents au pied du trône du roi Salomon. Tapisserie au point exécutée sous le règne de Louis XIII.

Donnée par M. Delahaye, d'Amiens.

2418. 2419. 2420. 2421. — Les travaux et les plaisirs des champs, de Teniers; suite de quatre grandes tapisseries des fabriques de Beauvais, conservées jadis au château de Rosny.

Ces tapisseries, qui provenaient de la vente de Mme la duchesse de Berry, ont été léguées au Musée par M. le comte Honoré de Sussy, par testament, janvier 1853.

2422. — Restes d'un vêtement sacerdotal trouvé à Bayonne, dans la tombe d'un évêque du XIIe siècle, ouverte en 1853.

Ces étoffes, d'origine orientale, se composent d'une tunique en soie, de chausses en soie décorées d'oiseaux et d'ornements tissés, de toiles brochées soie et or et couvertes de caractères orientaux, des bandelettes de la mitre et des passementeries du vêtement; elles ont été retrouvées par les soins de M. Boesvilvald, architecte du gouvernement.

2423. — Etoffe de soie brodée d'or, fragment d'un ancien ornement sacerdotal du XIIe siècle, provenant du monastère de Vergy, et représentant les figures du comte Manassès et de la comtesse Hermengarde.

En haut sont les figures de saint Vivent, de la bienheureuse Marie et de saint Pierre. Au centre : *Fratres Petrus offerens super altere hoc vestimentum integrum sacerdotale.* Au dessous : *Comes Manasses et Hermengardis comitissa hujus monasterii fundatores quod Vergeium dicitur, illud deo offerentes sancto que Viventio et Beatæ Mariæ atque sancto Petro.*

2424. — Fragment de l'étoffe dans laquelle les restes de saint Bénigne ont été rassemblés par Hugues d'Arc, le 19 octobre 1288.

« Trouvée dans la caisse en bois doublée d'étoffe de soie rouge à
« grain d'orge satiné qui les renfermait ; cette caisse déposée dans une
« des salles du ci-devant logis du roi, à Dijon, servant de magasin pour

« le dépôt des ornements et reliques sortis des églises, dont le père « Baron était gardien, le 23 février 1792. »

2425. — Tissu brodé en soie de couleurs, du XIIe siècle, provenant de l'ancienne abbaye de Citeaux.

2426. — Tableau en broderie de soie sur fond d'or. Saint Christophe portant l'Enfant-Jésus (fin du XVe siècle).

Les figures sont brodées en soie et rehaussées d'or: le fond représente une chambre dont la voûte est de style ogival.

2427. — Tableau en broderie, d'exécution analogue, représentant deux personnages en costumes du temps de Louis XII.

2428. 2429. — Tableaux brodés en soie et or ; sujets tirés de la vie des saints Martyrs. Ecole de Florence (XVIe s.).

2430. — Chape en velours brodé d'or, avec collet et orfrois brodés à figures (XVIe s.).

Cette belle chape, sur le collet de laquelle est brodée la figure du donateur avec ses armoiries, provient de l'ancienne abbaye de Cluny.

2431. — Chasuble brodée or et soie sur fond de soie blanche. Le Christ en croix et saint Sébastien (XVIe s.).

2432. — Chasuble brodée or et soie, sur fond de damas vert. Les sujets, en costume du temps, sont d'une remarquable exécution (XVIe s.).

Sur la face principale : le Baptême, l'Intronisation d'un saint évêque, la Salutation angélique et l'Exorcisme; sur la face antérieure : la Nativité et l'Adoration des Mages.

2433. — Broderies composant l'ornementation d'un vêtement sacerdotal, or et soie sur fond de velours rouge. Orfrois de la chasuble (XVIe s.).

Au centre, un médaillon brodé en soies de couleurs : le Christ et la Samaritaine, avec bordure en or de haut relief. — Voile de calice : saint Michel terrassant le démon, bordure et coins en or. — Corporal : croix et coins brodés en or.

2434. — Vêtement sacerdotal complet, brodé en or et en argent sur fond de damas blanc (XVIIe s.).

1° Chasuble décorée de fleurons brodés en haut-relief sur la pièce du fond ; au centre de la croix, un Saint-Esprit en argent sur rayons d'or et de soie rouge. — 2° Étole de même travail. — 3° Manipule. — 4° Voile du calice. — 5° Corporal. — 6° Plateau. — Cette belle broderie provient d'une église d'Autun.

2435. — Corporal en soie brodée d'or, du XIIe siècle.

Les sujets sont : le Christ en croix entre Marie et saint Jean, la Crèche, la figure du Père-Eternel, les symboles des Évangiles. Les bordures sont composées de fleurs, d'entrelacs et de lys.

2436. — Dalmatique en velours brodé aux lys de France ; les orfrois sont couverts de figures de saints personnages, brodés en or et en soie (XVIe s.).

2437. — Dalmatique de même forme, brodée à figures en or et soie (XVIe s.).

2438. — Dalmatique en lin, couverte de fleurs brodées en soie. Epoque de Louis XIII.

Donnée par M. Jollivet, peintre d'histoire.

2439. — Garniture d'autel brodée en soie sur fond de jayet blanc. La Vierge, vases de fleurs et de fruits. Travail italien du XVIe siècle.

2440. — Pièce d'autel brodée en jayet de couleurs, fleurs et branchages sur fond de jais d'or (XVIe s.).

2441. — Pente en étoffe de soie brodée, à figures, sujets tirés de l'histoire de l'Ancien-Testament. Travail allemand à la date de 1574.

2442. — Tapisserie au point sur fond blanc, rehaussée de fleurs et d'ornements en couleurs; ancien devant d'autel au monogramme du Christ (XVIIe s.).

2443. — Tapisserie brodée en laine et soie à dessins courants, de l'époque de Louis XIII.

2444. — Pièce de tenture en broderies de couleurs sur fond de soie blanche. Règne de Louis XIII.

2445. — Drap d'or velouté de Venise; étoffes du XVIe siècle; dessin oriental.

2446. — Etoffe de même provenance et de même fabrication, à dessin rampant, couleurs sur fond d'or.

2447. — Etoffe de même provenance à grand dessin, couleurs sur fond d'or.

Ces étoffes étaient destinées à une décoration d'appartements, comme l'indiquent les lambrequins en pièces qui les accompagnent.

2448. — Napperon de calice brodé et travaillé à jour (XVIe s.).

Donné au Musée par M. Boeswilwald, architecte.

2449. — Grande nappe en guipure, couverte de sujets brodés et rehaussée de points coupés. Epoque de Louis XIII.

Les sujets représentent les dieux et déesses de l'antiquité, les vertus, les signes du zodiaque, des animaux chimériques, et divers personnages en costumes du temps.

2450. — Napperon d'autel en guipure (XVIIe s.).

2451. — Barbes en guipure, provenant d'une garniture d'autel du XVIIe siècle.

2452. — Nappe brodée à jour; lingerie italienne du XVIIe siècle.

2453. 2454. 2455. — Collerettes brodées, découpées à jour et montées sur armatures en fil de fer. — Cols rehaussés de dessins appliqués en fil et recoupés à jour. Epoque de Louis XIII.

2456. 2457. — Chaussures flamandes pour hommes, au XVIe siècle: 1° paire de souliers en cuir; 2° paire de petits souliers pour enfants.

Ces chaussures en cuir se distribuaient aux pauvres de la ville de Gand les jours de grandes solennités et aux frais de la cité.

2458. 2459. 2460. — Chaussures de dames flamandes, au XVIIe siècle:

1° Paire de patins en damas rouge. — 2° Paire de patins en damas vert. — 3° Paire de pantoufles en laine blanche.

2461. 2462. — Etendards espagnols brodés sur soie blanche (XVIIe s.).

2463. — Etendard de corporation flamande, en soie brodée. Saint-Martin (XVIIe s.).

2464. 2465. — Etendard aux armes de Lucques, à la devise: *libertas*; le premier porte, en outre, les figures de la Vierge et de saint Jean.

2466. — Traité de broderie et de point coupé, renfermant une série de modèles, et publié à Padoue, le 1er octobre 1604, par Pierre-Paul Tozzi, de Rome.

Donné par M. Arthus Fleury, 1853.

X. OBJETS DIVERS.

2467. — Série d'objets celtiques trouvés dans le département de Maine-et-Loire, découverts et donnés au musée par M. Jolly Leterme, architecte à Saumur.

Manche en corne représentant un sujet gravé en creux de la plus haute antiquité. — Instruments en silex ayant la forme de lames de couteaux et de bouts de flèches. — Flèche en os à plusieurs dards en forme de harpon.

2468. — Phalères en bronze, trouvées à Genne, près le monument gallo-romain de Saint-Eusèbe (Maine-et-Loire).

Données au Musée par M. Jolly Leterme, architecte à Saumur, 1853.

2469. — Hachette celtique en silex, trouvée dans le bois de Haut-Regard, baronnie de La Haye-Dupuits (Manche).
Donnée par M. Lecoq de la Garde.

2470. — Coin en bronze, de l'ère gallo-romaine, trouvé à Montereau (Seine-et-Marne).
Donné par M. Passerard.

2471. — Strigille antique en bronze, portant sur le manche un hippogriffe poinçonné.

2472. — Boucle ou agrafe antique en bronze, couverte d'ornements et de figures
Rapportée de Corse et donnée par M. P. Mérimée, sénateur, inspecteur général des Monuments historiques, etc.

2473. — Vases antiques en terre grise, trouvés à Senlis (Somme).
Donnés par M. Distribué, employé au Musée.

2474. — Pierre gravée antique, trouvée à Paris dans la Seine, et représentant deux figures de génie.

2475. — Médaille en bronze de Gordien III, au revers de Jupiter Stator, trouvée à Paris, cour des Messageries impériales.
Donnée par M. Martin-Rey.

2476. — Fibules ou agrafes carlovingiennes en bronze doré, trouvées sur l'emplacement de la nouvelle caserne de l'Hôtel-de-Ville de Paris.

2477. — Collier en bronze et bracelet antiques trouvés à Montereau.
Donnés par M. Gallot, de Paris.

2478. — Objets trouvés à Vaux-sur-Eure : urne en terre rouge striée, coin en bronze, étrier en fer du xve siècle, épée en fer.
Donnés par M. Montagne, instituteur communal de la ville de Paris.

2479. — Fragment des peaux qui couvraient les portes de l'église d'Ébreuil (Allier) (xiie s.).
Ces peaux étaient appliquées entre le bois et les pentures des portes.
Donnés par M. Millet, architecte du gouvernement.

2480. — Fer de cheval du xive siècle, trouvé à Vassimont, au château des comtes de Champagne. Clef de même époque et de même provenance.
Donnés par M. Geslin d'Évron.

2481. — Moule à oublies en fer gravé et à double face (XIIIe s.).

Un des côtés présente la figure du Seigneur, la main droite en action de bénir, la gauche tenant le globe avec la legende : *Cuncta creata rego, trinus et unus ego.* Sur la bordure sont les sujets suivants : la Salutation angélique, la Nativité et le Baptême dans le Jourdain, la Cène, le Calvaire et la Résurrection, avec les légendes : *Virgo. salvatur. parit. hic. aqua. sanctificatur. cenat. post. surgit. cruce. mortuus. hicque. resurgit.* — Sur l'autre face, le Christ est au milieu d'une auréole à six lobes, et la bordure présente les figures des douze apôtres sous des portiques d'architecture gothique. — D. 0m 26.

2482. — Inscription tumulaire d'Anne de Bourgogne, duchesse de Bedford, trouvée aux Célestins de Paris.

Cy gist très haulte ɀ puissante princesse madame Anne de Bourgne fille de feu très hault et puissát prince Jehan duc de Bourgne conte de Flandres, d'Artois et de Bourgne fame de très hault et puissl prince Jeh. gouvnát et régent le royme de France, duc de Bedford qui trespassa en lostel de Bourbon à Paris le XIIIIe jour de novembre mil quatre cens trente deux.

Cette inscription était placée au-dessus du cercueil en plomb qui renfermait les restes de la duchesse de Bedford, et qui a été trouvé dans les fouilles faites dans la chapelle des Célestins au mois de janvier 1848.

2483. — Épitaphe de Pierre de Ronsard sur la mort de Charles de Boudeville, enfant de Vaulx, *Mort le mardy XIIIe de mars MVLXXI*. Pièce inédite de Ronsard.

Icy gist d'ung enfant la despouille mortelle
Au ciel pour n'en bouger volla son ame belle
Qui parmy les espritz, bien heureux iouissant
Du plaisir immortel, loue Dieu tout puissant
Qui l'a ravy de Vaulx (tant délicat pour pris
Jeune enfant de huict ans,) pour mettre en paradis
Ou s'esbatant là sus d'une certaine vie,
Au vivre d'icy bas ne porte point d'envie.
Au vivre que vivons douteux du lendemain
Soubz les iniques loix ou naist le genre humain
O belle âme ! tu es en ce temps de misère,
Gayement revolée, au sein de Dieu ton père :
Laissant ton père icy : là tu plains son malheur,
Qui de regret de toy, porte griève douleur
Qu'il témoigne de pleurs, arrosant l'escriture,
Dont il a fait graver ta triste sépulture.
Repose, o doux enfant et ce qui t'est ousté
De tes ans soit aux ans de ton père adiousté.

2484. — Inscription en bronze rappelant la fondation de l'église de l'Oratoire et la pose de la première pierre par Louis

Thomas de Lavalette, supérieur général de l'ordre de l'Oratoire, juillet 1772.

Cette inscription a été trouvée dans les démolitions de l'hôtel de l'Oratoire, en 1833 : — *D. O. M.—Adm. Rev. P. Ludovicus de Thomas de Lavalette congregationis oratorii D. Jesu præpositus generalis VII^us, ejusdem affectu pater, amor mansuetudine, dicendi scribendique copia doctor, pietate exemplar. vitæ diuturnitate solatium, post erectam a fundamentis basilicæ frontem, primum hunc lapidem quinto idus julii anno rep. sal. MDCCLXXII, ætatis suæ XCIV exeunte, ineunte præposituræ XL. — Eodem loco posuit quo ill. ac rev. D. D. Achilles de Harlay orat. D. J. sacerdos dein Macloviensis episcopus, bibliothecæ codicibus per multis oriental. a se locupletatæ, postea de suo dotatæ fundamentum ann. MDCXXXV posuerat.*

2485. — Boîte en plomb trouvée sous la base du portail principal de Notre-Dame de Paris, le 27 décembre 1851, et renfermant une inscription gravée sur cuivre :

« L'an 1771, le lundi 1er juillet, la première pierre servant à la nouvelle construction de la grande porte de l'église a été posée, etc., etc.» Avec cette inscription se trouvait une médaille en cuivre doré : Louis XV, roi très chrétien; et au revers : anno 1771.

2486. — Cœur de Louis de Luxembourg, comte de Boussy, *qui trespassa le* XIe *jour de mai* 1571.

Trouvé dans les fouilles des Célestins de Paris.

2487. — Boulets et biscayen trouvés dans les fouilles faites aux Célestins de Paris en 1848.

2488. — Pierre de Munich, intaille à double face. Sujets tirés d'un roman de chevalerie. Travail allemand du XVe siècle.

Ces intailles servaient de moules pour couler les pièces d'orfèvrerie en étain.

2489. — Poids en bronze aux armes de la ville de Toulouse, à la date de 1239 : demi-livre, quart et demi-quart.

2490. — Poids en bronze aux armes de la ville d'Arles.

2491. — Poids en bronze de la ville de Nîmes.

2492. — Poids de la ville de Carcassonne, à la date de 1555, Henri II, roi de France.

2493. — Poids d'une livre de la cité de Bordeaux, l'an 1557.

2494. — Poids en bronze aux armes de la ville de Castres, à la date de 1594. Henri IV, roi de France et Navarre.

2495. — Poids en bronze aux armes de la ville de Mâcon.

2496. — Poids en bronze aux armes de la ville de Condom.

2497. — Poids en bronze de formes et d'origines diverses, poinçonnés aux armes de France (du xve au xviiie siècle).

2498. — Poids en plomb aux armes de la ville de Lille.

Donnés par M. Gentil Descamps.

2499. — Mesures en plomb aux armes de France, trouvées à Paris dans les fouilles de la Seine (xvie s.).

2500. — *Pinte à l'huile* aux armes de l'abbaye de Cîteaux et au poinçon de Bourgogne, à la date de 1572.

Cette mesure, en bronze, allongée en 1686, porte la date de cette modification.

2501. 2502. — Même suite des mesures de l'abbaye de Cîteaux. *Pihtet à l'huile* et *chauveau* à l'huile; même date, même provenance.

2503. — Même suite. *Chauveau* au vin; mêmes armes, même poinçon; date de 1633, confirmée en 1686. Avec le mot C. Durat.

2504. 2505. 2506. — Mesures en bronze, dites *étalons*. Litron à sel, semé de fleurs de lis en relief et en creux; sur la face, la déclaration du roi du 25 novembre 1687. — Demi-litron. — Quart de litron, même série.

2507. 2508. — Sceaux des papes. — Sceaux de France (xve et xvie s.).

2509. 2510. — Monnaies et médailles de toutes époques trouvées dans les fouilles faites aux abords de la tour Saint-Jacques-la-Boucherie, en 1853. — Chaînes, anneaux et fragments d'ustensiles en bronze, trouvés dans les mêmes fouilles.

2511. — Fourchettes du xive siècle, en cuivre argenté et entouré de filigrane, trouvées à Murat (Cantal).

2512. — Petite cuiller en argent doré, trouvée près de Bort (Corrèze); le manche est figuré par une cariatide (xvie s.).

2513. 2514. — Fourchette en bronze. — Cuiller en bronze; au manche, un bec d'aigle (xvie s.).

2515. — Cuiller en bronze doré, surmontée de deux figurines enlacées (xvie s.).

2516. — Mortier décoré de cannelures et de feuilles en relief, en métal de cloche (xviie s.).

Donné par M. Rouargue, graveur, 1853.

2517. — Tête de quenouille en bois sculpté, du temps de Louis XII.

Elle est surmontée d'une main fermée. Les sculptures qui la décorent représentent divers sujets d'amour, et les figures portent le costume du temps.

2518. Série de médaillons en cire coloriée, avec boîtes en cuir, décorées d'ornements au petit fer (XVIe s.).

Louis XII, roi de France.

2519. — Anne de Bretagne, reine de France, même suite.

2520. — François Ier, roi de France.

2521. — Charles-Quint, empereur.

2522. — La Royne mère. Catherine de Médicis.

2523. — Charles IX, roi de France.

2524. — Henri III, roi de France et de Pologne.

2525. — Loyse, royne de France.

2526. — Le duc de Guyse.

2527. — Feu M. le prince de Condé

2528. — Le duc de Savoie.

2529. — La duchesse de Savoie.

2530. — La duchesse de Nemours.

2531. — La Royne de Navarre.

2532. — Clément Marot.

2533. — Cire d'un travail analogue et de même époque : Johannes Philippus Comes Reni Silvestris et Psalmis... 156...

2534. — Coffret en ivoire de la fin du XIVe siècle, garni de ses ferrures, clef et serrure en argent.

2535. — Coffret en ivoire décoré de figurines et de sujets sculptés en relief (XVe s.).

Le couvercle est orné de six figures grotesques de musiciens et de danseurs. Les bas-reliefs des côtés ont pour sujets : une chasse à courre, un tournoi, et diverses scènes où figurent des archers, des musiciens et des dames en costumes du temps.

2536. — Coffret gothique en bois découpé à jour et appliqué sur fond de couleurs (XVe s.).

2537. — Coffre en bois décoré de pâtes en relief piquées et dorées et représentant des sujets d'amour et de chasse (XVe s.).

2538. — Petit coffret couvert en cuir travaillé au petit fer (XVe s.).

2539. — Coffret en bois, décoré d'ornements en pâte et de sujets empruntés à l'histoire romaine. Travail italien du XVIe siècle.

2540. — Coffret en bois décoré de pâtes appliquées en relief sur fond d'or. Travail italien du XVIe siècle.

2541. — Coffret en cuir gaufré au petit fer et imprimé en or aux fleurs de lis de France. Époque de Louis XIII.

2542. — Escarcelle en velours brodé d'or, avec fermoir en argent ciselé, et crochet de ceinture. Règne de Henri II.

2543. — Escarcelle de ceinture en soie brodée d'or et rehaussée de perles fines. Travail vénitien du XVIe siècle.

2544. — Trousse de même travail et de même époque, renfermant deux couteaux avec manches incrustés en clouté d'argent.

2545. — Escarcelle en fer gravé et damasquiné en or, avec ses attaches et son ceinturon (XVIe s.).

2546. — Porte-épée avec son ceinturon en velours vert; les garnitures en fer sont ornées d'incrustations en argent (XVIe s.).

2547. — Trousse en argent ciselé, d'origine allemande (XVIe s.).

Les deux petits couteaux sont couronnés par des dauphins ailés qui supportent des écussons. Le fourreau est décoré d'ornements ciselés en relief, et de figurines gravées en creux. Le tout est supporté par une chaînette tordue.

2548. — Trousse garnie de dix pièces, ciseaux, poinçons, etc., en fer gravé et doré (XVIe s.).

2549. — Trousse de toilette composée de huit pièces en fer gravé, bruni et doré; ciseaux, poinçon, pince, etc. Règne de Louis XIII.

2550. — Trousse avec étui en argent découpé à jour et rehaussé d'émaux de couleurs. Epoque de Louis XIII.

L'intérieur est garni des ciseaux, canifs et poinçons en argent.

2551. — Coupoir à bétel en fer damasquiné d'or et d'argent; travail oriental.

2552. — Mandoline incrustée en ivoire, travail italien du temps de Louis XIII.

La gaîne, en cuir, est décorée d'ornements frappés au fer et dorés.

2553. — Pochette, aux armes de France, de forme allongée, en écaille gravée et incrustée d'argent avec manche en ébène sculptée. Règne de Louis XIII.

2554. — Petite pochette en ébène, fleurdelisée et décorée de filets d'argent incrustés. Époque de Louis XIII.

2555. — Pochette en bois avec archet et viroles incrustées en nacre (XVIIe s.).

2556. — Pochette de forme allongée, incrustée et plaquée en ivoire avec dessins formant damiers (XVIIe s.).

2557. — Pochette de même forme, avec crosse en ivoire figurant une tête de chérubin (XVIIe s.).

2558. — Pochette incrustée en nacre gravée, avec chevilles en ivoire (XVIIe s.).

Le dos est couvert en marqueterie de nacre.

2559. — Dés en ivoire sculpté et rehaussé d'or, figurés par un homme et une femme nus et accroupis (XVIe s.).

2560. — Jeu de tric-trac et de dames en ébène incrustée d'ivoire, du temps de Louis XIII.

2561. — Râpe à tabac en bois sculpté en relief, aux armes de France, du temps de Louis XIII.

2562. — Grande râpe à tabac en bois sculpté, du temps de Louis XIII.

La face extérieure porte un écusson à deux cœurs enflammés, avec la devise : « *Le ciel les a unis,* » et deux lions pour supports ; au-dessous est un médaillon renfermant une fleur de lis chargée d'un cœur enflammé. Le cordon intérieur porte trois fleurs de lis.

2563. — Râpe à tabac en bois sculpté aux armes de France et de Navarre ; au-dessous l'épée de connétable sur un semis de France

2564. — Râpe à tabac en bois sculpté présentant le portrait de Louis XIV ; au-dessous ceux de Louis XV et de Marie-Anne-Victorine, infante d'Espagne ; au bas l'écusson de France.

2565. — Croix en bois de cèdre sculpté : le Christ en croix, le Baptême dans le Jourdain. Travail du Liban (XVIIe s.).

Donnée par M. le baron de Feisthamel, 1853.

2566. — Cantine de guerre en fer battu. Époque de Louis XIV.

2567. — Sceau en cuivre : *Sigillum ordinis militiæ christi* (XVIIe s.).

Donné par M. Montagne, instituteur communal.

2568. — Corne du Nord, taillée et gravée, présentant les figures de David et Goliath, Olger et Burman, Vidrik et Tidrik, Roland, Mimring, etc., avec la légende : Borger Torson 1726.

Donnée par M. David de Ghecsi, attaché à l'ambassade de S. M. le roi des Belges, 1853.

2569. 2570. — Tableaux peints sur bois à fonds d'or, attribués à Gentile da Fabbriano Costumes et architecture du xve s.

2571. — Verrière provenant de l'église de Baar près Strasbourg (xve s.).

2572. — Verrière provenant du château de la Meilleraie en Bretagne, et présentant un saint personnage couvert du manteau d'hermine et tenant en main la palme du martyre (xvie s.).

2573. 2574. 2575. 2576. — Tableaux peints sur albâtre veiné. Sainte Catherine, sainte Agnès, et le songe de Jacob. École italienne de la fin du xvie siècle.

2577. 2578. 2579. — Fragments antiques, du moyen âge et de la renaissance, trouvés dans les fouilles faites à la tour Saint-Jacques-la-Boucherie, en 1854.

Bases des piliers de l'ancienne église ; figures fragmentées des xive, xve, xvie et xviie siècles ; Mercure antique en haut relief ; fragment d'une stèle antique ; chapiteaux, frises et consoles du xiie au xviie siècle.

2580. — Rétable en pierre, décoré de sujets en haut-relief sur fond d'or. La Salutation angélique, la Visitation et la Nativité.

Ce beau rétable du xive siècle vient de l'église de Plailly (Aisne).

2581. — Chapiteau à quatre faces, décoré de guirlandes en haut-relief, et portant sur sa face antérieure un écusson d'armoiries ; trouvé dans les travaux de la rue de Rivoli, en 1853 (xvie s.).

Donné par M. Lesueur, membre de l'Institut.

2582. 2583. — La Vierge et saint Jean, grandes figures en bois sculpté, peint et doré, provenant d'un calvaire du xiiie siècle. École italienne.

2584. — Faïence dite hispano-arabe, à reflets métalliques. Grand bassin moresque à dessins bleus, rouges et blancs (xve s.).

Les bords sont décorés de quatre bélières en relief. — D. 0^m 44.

2585. — Faïence d'Urbino. Plat rond : le martyre de sainte Catherine.

Au revers la date 1533 et la signature de *Francesco Xantho da Rovigo*.

2586. — Spirale en or pur, ceinture d'époque celtique trouvée à Cesson, arrondissement de Rennes. Poids 388 grammes.

LISTE DES DONATEURS.

Beaucoup d'objets précieux ont été donnés au Musée, soit par legs en vertu de testaments, soit par simple donation. Cette liste présente les noms des personnes qui ont bien voulu contribuer ainsi à enrichir les collections de l'Hôtel de Cluny.

LEGS FAITS PAR TESTAMENT.

M. le comte Honoré DE SUSSY, janvier 1853.

Mme veuve LABADIE, née LEFEVRE, dame dignitaire honoraire de l'institution impériale de la Légion-d'Honneur, février 1853.

DONS.

MM.

SANSON DAVILLIER, ancien membre du conseil général de la Seine.

Ch. SAUVAGEOT, pensionnaire de l'académie impériale de Musique.

DE SAINT MESMIN, ancien conservateur du Musée de Dijon.

MÉRIMÉE, sénateur, membre de l'Institut, inspecteur général des monuments historiques.

Ch. LENORMANT, membre de l'Institut, président de la commission des monuments historiques, etc.

DELAHAYE, bibliothécaire de la ville d'Amiens.

Baron TAYLOR, de l'Institut.

L'abbé CAILLE DES MARES.

Edouard DELESSERT.

Capitaine PETIT, de la garde de Paris.

DAVID DE GHEEST, attaché à la légation de S. M. le roi des Belges.

MM.

LESUEUR, membre de l'Institut.

Baron DE FEISTHAMEL.

GENTIL, de Lille.

HACHETTE, éditeur à Paris.

VIOLLET LEDUC, architecte du gouvernement.

LASSUS, id.

BOESVILVALD, id.

JOLLY LETERME, architecte à Saumur.

CHARLES, architecte de la ville de Paris.

MILLET, architecte du gouvernement.

HUBERT, architecte à Paris

BOURLA, id.

NAISSANT, id.

BALLU, architecte de la ville de Paris

MM.

LABROUSTE jeune, architecte du gouvernement et de la ville de Paris.
GRÉGOIRE, architecte de la ville de Rouen.
MALLAY, architecte à Clermont-Ferrand.
LENOIR, architecte du gouvernement.
STEINHEIL, peintre d'histoire.
JOLLIVET, id.
NORBLIN, id.
ROUARGUE aîné, graveur.
Eug. GUILLEMOT.
Paul DURAND, dessinateur.
TITE RISTORI, émailleur à Limoges.
VACQUER, architecte à Paris.
CHATENET jeune, entrepreneur de travaux publics.
DE LA REIBERETTE et SAUNIER, entrepreneurs de travaux publics.
Mme veuve GRILLE DE BEUZELIN.
Mme JEAN, à Paris.
MATHON, de Neufchatel.
SÉGUIN, marbrier de l'Empereur.
ROLLAND, architecte des travaux publics.

MM.

Gabriel CHAUVIN, procureur impérial à Castellane (Basses-Alpes).
LELONG, curé de Chaveroche (Allier).
MAILLARD, curé de Plailly (Aisne).
LEFEBVRE, de Paris.
LESPART, de Caen.
HUCHOT, comm. à Enghien.
GALLOT, à Paris.
BIARDOT, propriétaire à Paris.
BLIN, professeur au collége d'Etampes.
ARTHUS FLEURY, à Paris.
LECOQ DE LA GARDE, licencié ès-lettres, à Paris.
CABASSON, propriétaire à Passy.
GESLIN D'EVRON, propriétaire à Paris.
MONTAGNE, instituteur communal de la ville de Paris.
MONGENOT, architecte à Paris.
SEBRET, propriétaire à Paris.
PASSERARD, id.
SOUTY père. id.
Ch. LALLEMENT, id.
ABADIE, architecte du gouvernement.

Outre les dons particuliers, des objets importants ont été envoyés par les administrations de l'État, telles que celle des FORÊTS, au MINISTÈRE DES FINANCES, celle de l'INSTRUCTION PUBLIQUE ET DES CULTES, et grâce à la bienveillante sollicitude de M. le PRÉFET DE LA SEINE, tous les fragments historiques et tous les objets intéressants trouvés dans les travaux de la Ville sont déposés au Musée des Thermes et de l'Hôtel de Cluny, où leur réunion forme déjà un ensemble précieux pour l'histoire de l'ancien Paris.

CHARLES DE MOURGUES frères, succrs de VINCHON, rue J.-J. Rousseau, 8. 2952

CPSIA information can be obtained
at www.ICGtesting.com
Printed in the USA
LVHW100607210323
742065LV00002B/186

9 783382 701475